# Das amerikanische Kind
## Band 2

Claudia Fischer

### *Zu diesem Buch:*

Die Geschichte über das ‚amerikanische Kind' Jacky Hart, die 1863 einen Überfall auf ihren Treck überlebte und zehn Jahre später in Wyoming den Mord an ihrer Familie rächte, findet ihre Fortsetzung in Kalifornien.
Der amerikanische Traum erfüllt sich, Jacky, Ben und Jesse arbeiten hart, um zu Erfolg und Reichtum zu gelangen. Doch rechnen sie nicht damit, dass eine böse Gefahr zuschlägt, die eng mit Jackys Vergangenheit verknüpft ist. Als die Lage aussichtslos wird, besinnt sich Jacky auf das, was sie einst von dem Cheyenne Manyeyes lernte, und schöpft Hoffnung.

### *Über die Autorin:*

Claudia Fischer, Jahrgang 1965, lebt mit ihrer Familie in einem kleinen Ort in Bayern.
Lange Zeit war sie Realschullehrerin, bis eine schwere Erkrankung sie in den vorzeitigen Ruhestand zwang.
Doch wenn sich eine Tür schließt, muss man eben andere öffnen und so wurde ihre Liebe zu Büchern nun zu ihrer Hauptbeschäftigung.
Sie arbeitet als Lektorin, ist Autorin und organisiert die Buchmesse LibeRatisbona in Regensburg.

https://www.instagram.com/dfischerin_autorin/

# Das amerikanische Kind II

## Der Trost der Bäume

Claudia Fischer

Bibliografische Information der Deutschen Nationalbibliothek: Die Deutsche Nationalbibliothek verzeichnet diese Publikation in der Deutschen Nationalbibliografie; detaillierte bibliografische Daten sind im Internet über dnb.dnb.de abrufbar.

Die automatisierte Analyse des Werkes, um daraus Informationen insbesondere über Muster, Trends und Korrelationen gemäß §44b UrhG („Text und Data Mining") zu gewinnen, ist untersagt.


1. Auflage

© 2025 Claudia Fischer

Verlag:

BoD · Books on Demand GmbH, In de Tarpen 42,

22848 Norderstedt, bod@bod.de

Druck:

Libri Plureos GmbH, Friedensallee 273, 22763 Hamburg


ISBN: 978-3-7597-9339-3

Bildnachweis:

Covergestaltung, Schmuckseiten: *Coverdesign by Isabell Bayer*

Bild der Autorin: @Monika Deinhart

Übrige Bilder und Schriften über https://www.canva.com/

Du weißt, dass alles lebt,
alles ist im Kreis des Lebens.
Die Bäume, sie reden mit dir,
du musst ihnen nur zuhören.
Sie können dir Mut und Kraft
geben und sie trösten dich.

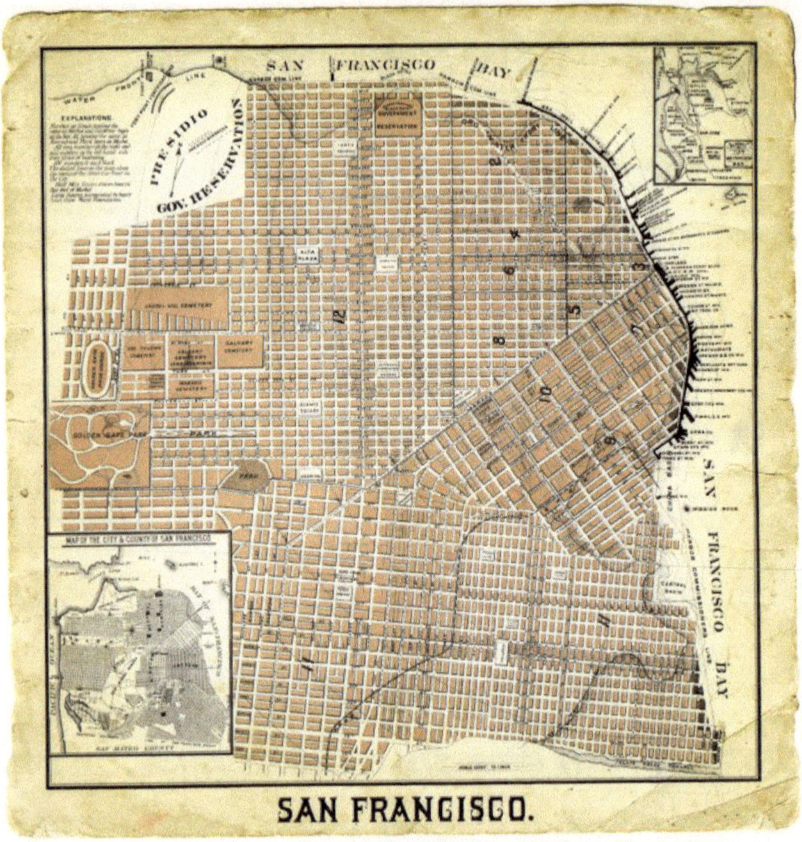

# SAN FRANCISCO.

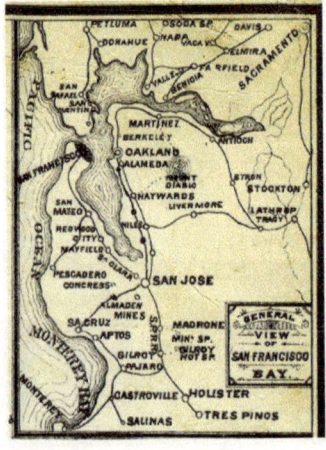

# Der Laden

Wie jeden Morgen wurde Susan Franklin von der Sonne geweckt, die ihr direkt ins Gesicht schien. Sie drehte sich im Bett noch einmal um, aber es war Zeit, aufzustehen und der Mutter zu helfen, die schon unten wirtschaftete.

Die Franklins bewohnten ein vornehmes großes Haus in der Clay Street mitten in San Francisco, und die Geräusche der Straße drangen Tag und Nacht herein, doch man war daran gewöhnt. Neu waren die bimmelnden Seilwägen der Kabelbahn, die direkt am Haus vorbeifuhren und als großer Fortschritt gerühmt wurden.

Mr. Franklin arbeitete in einer der renommierten Banken und verdiente genug Geld, um seiner Familie ein schönes Leben zu bieten. Man plante bereits, sich in eine der ruhigeren Gegenden auf den Hügeln zurückzuziehen und das Haus in der Clay Street zu verkaufen.

Susan, die meist Sue genannt wurde, hatte sich auf einen Umzug gefreut, sie liebte die Aussicht auf die Bay, die sich von den höher gelegenen Häusern bot, doch vor nicht allzu langer Zeit hatte sich das geändert, denn da war jemand in ihr Leben getreten, der ihr nicht mehr aus dem Sinn ging.

Vor etwa zwei Monaten hatte schräg gegenüber ein Laden geöffnet, der sehr schnell blühte, denn die Waren, die man dort bekam, waren günstig und gut. Es gab Lebensmittel, Haushaltsgegenstände und alle möglichen Sachen für den täglichen Bedarf.

Die energische junge Frau, Mrs. Hart, die das Geschäft zusammen mit ihrem Mann und einem weiteren Teilhaber führte, war offensichtlich in Umständen, aber sehr tüchtig und umsichtig. Sie achtete peinlich genau auf Sauberkeit und Ordnung, sodass jeder den Laden gerne betrat.

Mrs. und Mr. Hart waren stets überaus zuvorkommend, aber Sue hatte einen besonderen heimlichen Grund, dort einzukaufen, denn oft war auch der Teilhaber, Mr. Jones, anwesend und sie konnte einen Blick auf ihn erhaschen. Mit ihm zu sprechen wagte sie nicht.

Er kümmerte sich ebenfalls um die Kunden, hatte jedoch nie mehr als einen freundlichen Blick für Sue übrig, ansonsten schien sie ihm nicht weiter aufzufallen.

Sue seufzte und blickte aus dem Fenster, vielleicht war Mr. Jones zu sehen, doch sie entdeckte nur Mrs. Hart, die vor der Ladentür fegte und ein paar Waren ausgelegt hatte. Mrs. Hart war bestimmt nicht sehr viel älter als die siebzehnjährige Sue und bereits verheiratet.

Wenn sie sich doch nur mit ihr anfreunden könnte, aber was sollte die geschäftstüchtige Mrs. Hart schon mit einem jungen schüchternen Mädchen anfangen. Sue musste vor sich selbst zugeben, dass sie Angst vor ihr hatte. Aber das war nichts Neues, sie hatte vor so vielem Angst.

Sie fuhr daher auch erschrocken zusammen, als sie ihre Mutter rufen hörte.

„Susan, willst du denn nicht endlich aufstehen?"

„Ich komme, Mutter!"

Sue wusch sich schnell und kleidete sich an. Nach einem kurzen Frühstück hoffte sie wie jeden Tag, die Mutter würde sie einkaufen schicken, und so konnte sie den Laden gegenüber betreten und vielleicht war Mr. Jones da und würde ihr zulächeln. Wenn es ein besonders guter Tag war, hatte er vielleicht sogar ein freundliches Nicken für sie übrig. Vielleicht würde sie es wagen, ein paar Worte mit ihm zu sprechen ... Ach, das waren dumme Träume, schalt sie sich, sie brachte ihm gegenüber ja nicht einmal ein ‚Guten Morgen' heraus.

Doch die Mutter hatte sowieso andere Aufgaben für Sue, sie hatte sich vorgenommen, eine gründliche Reinigung des Salons zu beginnen, und die zwei Hausmädchen waren schon eifrig an der Arbeit und klopften im Hinterhof Teppiche und Vorhänge aus. Mrs. Franklin wischte Staub und Sue sollte das Silber polieren. Sue freute sich über diese Aufgabe, sie stellte sich mit dem Silber sofort ans Fenster, wo sie besseres Licht hatte. So hatte sie natürlich die Gelegenheit, den Laden gegenüber zu beobachten, was schon fast zur Besessenheit bei ihr geworden war.

Es gingen viele Leute ein und aus, aber Mr. Jones war nicht zu sehen.

Sue seufzte.

Mr. Jones war groß, dunkelblond und wirkte verwegen. Zwar trug er feine Anzüge, doch er hatte eine sehr lässige Art, und Sue konnte ihn sich gut in Lederkleidung auf einem Pferderücken vorstellen.

Als er angekommen war, hatte er lange Haare und einen Bart gehabt, inzwischen war alles gestutzt und nach der neusten Mode frisiert.

Mr. Jones war für Sue der Mann ihrer Träume und sie beneidete Mrs. Hart jeden Tag darum, dass sie ihm so nahe war, während Sue ihn nur sehnsüchtig aus der Ferne betrachten konnte.

Sie schrak auf, als ihre Mutter sie schalt.

„Susan, wo bist du mit deinen Gedanken? Wie lange willst du für das bisschen Silber denn noch brauchen?"

„Entschuldige, Mutter."

Sie beugte den Kopf und polierte eifrig.

Doch dann blieb ihr Herz kurz stehen. Mr. Jones war aus dem Laden getreten und eilte die Straße entlang. Mrs. Hart war ihm gefolgt und rief ihm etwas nach, er winkte ihr zu und verschwand rasch die Straße hinunter. Er ging wohl wie so oft zum Hafen. Zumindest glaubte Sue das.

Mrs. Hart hob kurz den Kopf in Sues Richtung und das Mädchen zog sich hastig zurück, denn sie wollte nicht dabei ertappt werden, wie sie Mr. Jones ausspionierte.

Mrs. Hart schien jedoch nichts gesehen zu haben und ging schnell ins Geschäft zurück.

Sue beendete erleichtert ihre Arbeit und half ihrer Mutter dann, die schweren dunklen Möbel abzustauben.

Im Laden begab sich Jacqueline Bianchet Hart, genannt Jacky, hinter ihre Theke und bediente freundlich die Kunden.

Sie war nun im sechsten Monat schwanger und nachdem sie die ersten Monate von Übelkeit geplagt worden war, fühlte sie sich inzwischen rundum wohl und war stolz darauf, wie gut ihr Geschäft nach zwei Monaten lief.

Fast ihre gesamte Kindheit und Jugend hatte sie in einem Warenhaus in Denver verbracht und dort von ihrer Pflegemutter alles gelernt, was eine Geschäftsfrau wissen musste.

Eigentlich war Jacky das Kind französischer Einwanderer gewesen, doch ihre Familie war auf einem Treck überfallen worden und umgekommen, und so hatte man sie nach Denver gebracht, wo sie behütet und geborgen bei Allie und Sam Warner und deren Söhnen Mike und Fred aufwuchs.

Mit 18 Jahren jedoch hatte Jacky ein Versprechen wahrgemacht, das sie ihrer toten Familie gegeben hatte, und zusammen mit ihrem späteren Ehemann Ben Hart und seinem Freund Jesse Jones hatte sie die Mörder ihrer Eltern und Geschwister gejagt und dafür gesorgt, dass Gerechtigkeit geschehen war.

Sie selbst hatte den Kopf der Mörderbande erschossen und war dafür verurteilt worden, jedoch auf Grund eines Gnadengesuches auf freiem Fuß. Davon wusste aber in San Francisco niemand, und Jacky hütete sich, diese Geschichte zu verbreiten.

Sie wusste, was ein untadeliger Ruf wert war.

Als sie nach San Francisco gekommen waren, hatten sie zusammengelegt und ein Haus in der Clay Street gekauft. Mit viel Energie war das Erdgeschoss des Hauses zu einem Ladengeschäft umgebaut worden und schon nach zwei Wochen hatte die Eröffnung stattgefunden.

Sie befanden sich nicht weit weg vom Chinesischen Viertel und konnten mit vielen Kunden rechnen, denn es herrschte Tag und Nacht ein geschäftiges Treiben in der

Straße. Beinahe vor dem Haus war auch eine Haltestelle der Cable-Car-Bahn, die Lage war also fantastisch und so blühte der Laden sehr schnell auf.

Nach einer Weile wurde es ruhiger. Jacky schloss den Laden für die Mittagspause und kümmerte sich um die Bücher.

„Wir brauchen dringend einen oder zwei Laufburschen", rief sie ihrem Mann zu. „Sie sollen die Waren einpacken und ausliefern, es ist nicht in Ordnung, dass du das weiter erledigst."

„Ich mache es gern", versicherte Ben Hart. „Was hätte ich sonst zu tun?"

„Du wirst ein reicher Mann werden, Ben, du kannst alles tun, was reiche Männer so machen, du kannst dich wie Jesse an den Piers herumtreiben und den ganzen Tag dort Kaffee trinken."

Ben trat zu seiner Frau und massierte ihr den Rücken, er wusste, dass ihr das guttat.

„Während du hier schuftest? Nein, Jack, wenn, dann wirst du auch eine feine Dame werden mit Dienstmädchen und Kindermädchen und allem, was du so brauchst! Und so lange lass uns hart arbeiten. Zumindest mich und dich. Ich weiß, du siehst Jesse alles nach, du hast immer noch das Gefühl, du musst eine Schuld zurückzahlen, nicht?"

Sie sah Ben mit ernstem Gesicht an. Er und Jesse nannten sie aus reiner Gewohnheit *Jack*, diesen Namen hatte sie angenommen, als sie sich in einen Mann verwandelt hatte, während sie zusammen Gold suchten.

„Jesse hat sein ganzes Vermögen für mich ausgegeben. Er muss es wieder bekommen. Das habe ich mir geschworen", antwortete sie mit fester Stimme.

Ben schüttelte unwillig den Kopf.

„Ach Jack, Jesse hat freiwillig mitgemacht, das weißt du so gut wie ich. Wir haben ihn nie gebeten, es war immer seine Entscheidung. Und wir hatten ja auch noch eine Menge Geld, als wir ankamen, nicht?"

„Ja, und ich werde es vermehren, er wird alles zurückbekommen."

Ben seufzte, sobald sich Jacky etwas in den Kopf gesetzt hatte, war es schwer, wenn nicht unmöglich, ihr das wieder auszureden.

Also beugte er sich über ihre Bücher, um sie abzulenken. „Und, wie sieht es mit den Einnahmen aus?"

„Gut natürlich. Wir sollten uns bald Gedanken machen, das Geschäft zu vergrößern. Vielleicht eine Filiale unten am Hafen?"

„Das ist zu früh, lass uns erst einmal hier richtig Fuß fassen", widersprach Ben stirnrunzelnd. Wurden sie sich heute denn gar nicht mehr einig?

Diesmal stimmte Jacky ein anderes Thema an. Ins Geschäft ließ sie sich ungern hineinreden.

„Wenn Jesse doch nur ein wenig Interesse an der kleinen Miss Franklin zeigen würde. Heute hat sie schon wieder aus dem Fenster gestarrt und ihn fast mit den Augen verschlungen."

Ben war erstaunt. „Miss Franklin? Wen um Himmelswillen meinst du?"

„Na die unscheinbare junge Lady, die gegenüber wohnt. Sie traut sich kaum, den Mund aufzumachen, ihre Mutter ist aber auch ein angsteinflößender Drachen. So in etwa wie meine Tante Allie!"

„Also ich kann mich nicht erinnern, dass du dich vor deiner Pflegemutter gefürchtet hättest, eher im Gegenteil." Ben erinnerte sich amüsiert an ihren kurzen Besuch bei Jackys Pflegefamilie in Denver.

„Stimmt", meinte Jacky nachdenklich. „Tante Allie war zwar wirklich eine Furie manchmal, dann bin ich ihr eben aus dem Weg gegangen und habe sie einfach machen lassen. Aber sie brachte mir alles bei, was ich wissen muss, und das war gut so. Nur Angst hatte ich tatsächlich nicht vor ihr."

„Hätte mich bei dir auch gewundert", lachte Ben. „Aber was ist das nun für eine Geschichte mit der Kleinen gegenüber und Jesse?"

Jacky grinste. „Sie ist hoffnungslos in ihn verliebt. Wenn sie hier einkauft und Jesse ist da, dann erstarrt sie vor Ehrfurcht. Sie nützt auch jede Gelegenheit, zu uns zu kommen, mich wundert, dass ihre Mutter nichts ahnt, sonst würde sie gewiss nicht das Kind so oft zum Einkaufen schicken."

„Das ist doch gut!"

„Sicher ist das gut. Meinetwegen kann sie den gesamten Laden leerkaufen. Wenn ich auch meistens erraten muss, was sie will, weil sie kaum einen Ton herausbringt, und sobald Jesse da ist, ist es noch schlimmer. Dann stottert sie tatsächlich!"

„Armes Ding. Nun, ich fürchte, an so jemandem hat Jesse kein Interesse. Was soll er mit ihr?"

„Hmm, er will doch eine Frau, die ihm gehorcht und nicht so - wie sagt er immer - bestimmend ist wie ich. Da hätte er doch die Richtige, die würde alles tun für ihn. Und reich ist die Familie auch."

„So eine Frau hätte ich auch gerne", scherzte Ben. „Eine, die mir aufs Wort gehorcht."

„Zu spät!"

Ben umarmte und küsste sie.

„Ich habe die beste Frau von allen bekommen, um keinen Preis der Welt möchte ich eine andere!" Zärtlich legte er die Hand auf ihren Bauch. „Was macht unser Kleines?"

„Verhält sich ruhig."

„Du solltest dich etwas mehr schonen, Jack. Bald kannst du nicht mehr hinter der Ladentheke stehen!"

„Eben und bis dahin muss alles laufen, auch ohne mich. Also, lass mich weiter arbeiten, ich muss noch ein paar Sachen eintragen. Dann gibt es gleich Mittagessen!"

13

Auch im Hause Franklin setzte man sich zu Tisch. Der Vater war heimgekommen, um mit seiner Familie wie jeden Tag zu speisen, und die Köchin trug ein reichhaltiges Mahl auf.

Sue stocherte etwas lustlos darin herum und wurde sofort von ihrer Mutter zur Ordnung gerufen. Folgsam aß sie rasch alles auf und hob den Kopf nicht mehr von ihrem Teller. Sie hasste es, getadelt zu werden.

Nach dem Essen musste sie sich auf Geheiß ihrer Mutter ins Bett legen und eine Stunde Mittagsschlaf halten, als sei sie noch ein kleines Kind. Aber auch hier gehorchte Sue widerspruchslos.

Sie wusste, sie war nicht besonders hübsch, sie war blass und dünn und wirkte ungelenk. Ihre Mutter steckte sie in kostbare Kleider, aber all die Rüschen und Spitzen passten nicht zu ihr, sie fühlte sich herausgeputzt und zur Schau gestellt, dabei hätte sie doch am liebsten ein einfaches Kleid getragen und wäre unauffällig im Hintergrund geblieben.

Ihr langes, glattes Haar war dunkelblond und meistens trug sie es hochgesteckt, was sie altjüngferlich erscheinen ließ und ihre Blässe noch betonte. Es war also mehr als unwahrscheinlich, dass ein so gutaussehender und vor Selbstbewusstsein strotzender Mann wie Mr. Jones jemals Interesse an ihr zeigen würde. Doch so, wie sie es in Romanen gelesen hatte, hoffte sie auf ein Wunder.

Sie hatte sich schon mehrmals ausgemalt, wie sie im Laden ohnmächtig werden würde, und er würde sich voller Sorge über sie beugen und sich in sie verlieben. Oder wenn er sie am Fenster sitzen sah, könnte sie ein Taschentuch fallenlassen, das er ihr zurückbringen würde. Sie stellte sich vor, wie er vor ihr knien würde und seine Liebe erklären, ach, diese Träume waren so schön, so erregend.

Sues Herz klopfte allein bei der Vorstellung schneller, und doch wusste sie, dass sie niemals den Mut haben würde, ein Taschentuch fallen zu lassen und dass sie es auch niemals fertigbringen würde, eine Ohnmacht vorzutäuschen.

Die Mittagsstunde ging vorbei, ohne dass Mr. Jones wieder aufgetaucht war. Und dann geschah es doch, Mrs. Franklin stellte fest, dass ihr ein paar Sachen fehlten, und schickte Sue mit einer Liste in den Laden.

Sue freute sich sehr, sie nahm ungeduldig den Korb und lief über die Straße. Auch wenn sie wusste, dass Mr. Jones gerade nicht anwesend war, allein dort zu sein, wo er sich so oft aufhielt, brachte sie ihrem Traum näher.

Sie betrat den Laden und wurde von Mrs. Hart freundlich begrüßt. „Guten Tag, Miss Franklin, schön, Sie zu sehen, was darf ich Ihnen denn geben?"

Ben hatte den Namen gehört und blickte auf, um zu sehen, wer denn diese Miss Franklin war. Er betrachtete erstaunt ein ungelenkes, junges Mädchen, das man in ein Rüschenkleid gesteckt hatte und das so schüchtern war, dass sie kaum den Kopf hob, während sie sprach.

Er konnte es kaum fassen, hatte Jacky recht? Dieses unschuldige Kind war ausgerechnet in Jesse verliebt? Armes Ding ...

Er trat zur Theke, sah zu, wie Jacky die Waren stapelte und im Korb versenkte, und fasste einen schnellen Entschluss.

„Geben Sie mir den Korb, Miss Franklin", bot er freundlich an. „Das alles ist doch viel zu schwer für Sie, ich werde Ihnen den Korb hinübertragen."

„Nein, danke ...", stotterte Sue erschrocken. „Ich wohne doch gleich ..."

„Kommen Sie, Miss Franklin!" Ben ließ sie nicht ausreden, nahm den Korb auf, bot ihr den Arm und führte sie hinaus.

Jacky war sehr erstaunt. Was hatte Ben jetzt wieder vor? Sie beobachtete, wie er auf das arme Ding einredete, während sie darauf warteten, dass die Straße frei war.

Ben amüsierte sich sehr, war aber auch gerührt, er fühlte, wie Miss Franklin an seinem Arm vor Aufregung zitterte, ihr Gesicht war tomatenrot vor Verlegenheit, und tatsächlich brachte sie kein Wort mehr hervor.

Gerade fuhr wieder eine Kabelbahn an ihnen vorbei und Ben wurde nicht müde, das Wunder zu bestaunen und in großartigen Worten zu preisen.

„Es ist einfach fantastisch mit dieser Kabelbahn. Wissen Sie, wie das funktioniert? Man kann in die Station gehen, wo die Wagen gewartet werden, und sich alles erklären lassen. Sind Sie schon einmal dort gewesen? Nicht?"

Sue schüttelte nur verlegen den Kopf und Ben fuhr ungerührt fort.

„Wir waren gleich nach unserer Ankunft dort, mich interessierte das brennend, ich liebe Technik, und es ist wirklich faszinierend: Das Seil befindet sich in einem Graben unterhalb der Straße und die Wagen greifen es mit einer Spannklaue durch einen Schlitz in der Fahrbahn. Das Seil läuft unterirdisch endlos im Kreis. Auf der Drehscheibe unten in den Stationen, werden die Wagen dann gedreht und können auf dem Gegengleis mit dem rücklaufenden Seil zurückfahren. Wo wir herkommen, gibt es so etwas nicht", erzählte er und die Begeisterung war ihm anzuhören. „Bei uns in der alten Heimat fahren nur Kutschen und die Eisenbahn. Sind Sie schon einmal mit der Eisenbahn gefahren, Miss Franklin? Nein? Also wir haben geradezu eine Schwäche für die Eisenbahn. Mein Freund Jesse - Sie kennen doch Mr. Jones? - konnte es gar nicht erwarten, mit der Transkontinentalen Eisenbahn hierher zu fahren. Acht Tage von Ost nach West, immer noch ein Wunder! So, nun können wir gehen!"

Die Straße war frei und Ben führte Sue behutsam zu ihrem Haus.

„Bitte schön", sagte er und stellte den Korb ab. „Beehren Sie uns bald wieder!"

Er verabschiedete sich freundlich und freute sich schon darauf, wenn Jesse das nächste Mal den Korb tragen würde.

Sue war tatsächlich einer Ohnmacht nahe.

Mr. Hart hatte sie am Arm geleitet wie eine Dame, er war freundlich gewesen, und sie hatte nichts sagen müssen, er hatte viel geredet und alle Antworten auf seine Fragen selbst gegeben, so hatte sie sich nicht blamieren können und das Gefühl gehabt, eine erwachsene Konversation zu führen.

Auch wenn sie kaum einen Ton von dem verstanden hatte, was er ihr über die Kabelbahnen erklärt hatte.

Sie schwebte beinahe, als sie das Haus betrat, und den Rest des Tages lächelte sie vor sich hin und war stolz und glücklich.

Jacky konnte erst wieder abends mit Ben sprechen, denn es hatte viel zu tun gegeben. Sie saßen gemeinsam am Tisch und aßen einen Eintopf.

„Und, hattest du heute ein anregendes Gespräch mit Miss Franklin?", fragte sie neugierig.

Ben grinste. „Sie kriegt tatsächlich den Mund nicht auf. Daher habe ich das Reden übernommen. Aber ich glaube, da könnten wir etwas tun."

„Wie willst du da etwas ändern und warum?"

„Sie braucht nur ein wenig Selbstvertrauen. Und sie tut mir leid, das arme Ding. Wir müssen sie deswegen ja nicht sofort mit Jesse verkuppeln!"

„Wen wollt ihr schon wieder mit mir verkuppeln?"

Jesse war unbemerkt eingetreten und setzte sich an den Tisch. Er hob den Deckel vom Topf und schnupperte genießerisch. „Riecht gut! Ich hole mir einen Teller."

Aber Jacky war schon eilfertig aufgesprungen und hatte Teller und Besteck gebracht.

Ben runzelte die Stirn. Seiner Meinung nach hofierte sie den Freund viel zu sehr, doch für Jesse schien das selbstverständlich zu sein.

„Also, raus mit der Sprache, mit wem soll ich verkuppelt werden?", fragte er kauend.

„Mit der Kleinen von gegenüber", antwortete Ben.

„Kenn ich die? Ist sie hübsch? Klug? Folgsam, im Gegensatz zu Jack?"

„Sie sieht ganz nett aus, folgsam ist sie auf jeden Fall und sie bringt den Mund nicht auf."

„Klingt gut! Dann stellt mich ihr doch einmal vor."

„Du kennst sie", warf Jacky ein. „Du hast sie schon öfter gesehen, aber vielleicht ist sie dir nicht aufgefallen. Die kleine Lady mit den teuren Kleidern, die immer fast in Ohnmacht fällt, wenn du da bist. Ben hat ihr heute den Korb heimgetragen."

Jesse runzelte die Stirn. „Sagt mir nichts. Wie alt ist sie denn ungefähr?"

„15", schätzte Ben.

„Unsinn, sie ist bestimmt älter", widersprach Jacky. „Sie wirkt nur so jung, ich wette, sie ist fast so alt wie ich."

„Also viel zu jung", gähnte Jesse. „Was soll ich mit einem Kind?"

Ben zog Jacky in seine Arme.

„Alt werden sie von selbst. Und je jünger sie sind, desto besser kannst du sie dir erziehen."

„Sieht man ja bei euch! Hat nicht so geklappt mit der Erziehung, würde ich sagen", spottete Jesse.

Jacky störte sich nicht daran, sie hatte derartiges Gerede schon oft vernommen und wusste, wie es gemeint war.

Sie überhörte also alles wie gewohnt, machte sich ihre eigenen Gedanken und wartete darauf, dass die Männer fertiggegessen hatten. Danach räumte sie den Tisch ab und das Geschirr in die große Spüle. Sie hatte bereits Wasser heiß gemacht und begann mit dem Abwasch.

Wie jeden Abend fühlte sie sich nun sehr müde, denn sie stand früh auf und all ihre Aufgaben, der Laden, der Haushalt, hielten sie so auf Trab, dass kaum Zeit zum Ausruhen blieb.

Ben hatte schon recht, es war wirklich notwendig, ein Dienstmädchen zu besorgen, das ihr die groben Arbeiten wie das Putzen, die Wäsche und auch das Kochen abnehmen würde. Sie würde so gerne mal wieder einfach ein Buch lesen oder mit Ben in der Stadt flanieren, doch dafür fehlten ihr vollkommen die Kraft und Energie. In ein oder zwei Monaten würde sie die Schwangerschaft zusätzlich behindern.

Jacky überschlug im Kopf die Kosten, sie würden kein Problem darstellen. Wie es ihre Art war, entschloss sie sich ohne Umschweife, auf Bens Wunsch einzugehen, und das ohne weitere Verzögerung.

Während Jacky beschäftigt war, unterhielten sich Ben und Jesse über die Tagesgeschehnisse. Jesse hörte eine ganze Menge in den Saloons und Cafés, in denen er sich herumtrieb. Unter anderem fand er dort auch häufig neue Großkunden und kam mit interessanten Lieferanten ins Gespräch, die er dann Ben und Jacky vorstellte. Das war nicht zu unterschätzen, daher akzeptierten sie Jesses häufige Ausflüge ohne Diskussion.

Endlich konnte sich Jacky für ein paar Minuten zu den Männern setzen und legte erschöpft die schmerzenden Beine auf einen freien Stuhl. Ben reichte ihr etwas zu trinken und sie nahm es dankbar an.

Dann wandte sie sich an Jesse. „Du könntest mir einen großen Gefallen tun und dich nach einem Dienstmädchen umsehen. Geh morgen an die Fähre und schau, wer ankommt, vielleicht findest du ein Mädchen, das gute Arbeit sucht. Hübsch braucht sie nicht zu sein, nur fleißig. Ich glaube, ich schaffe das alles bald nicht mehr."

„Endlich wirst du vernünftig", freute sich Ben überrascht. „Nur, wo soll sie denn schlafen?"

In der kleinen Wohnung über dem Laden gab es nicht besonders viel Raum. Sie waren stolz auf ein Badezimmer mit einem Badezuber und einer zweiten Wasserpumpe als großen Luxus. Das hatte beileibe nicht jedes Haus zur Verfügung.

„Wenn sie nichts anderes hat, könnte sie vorläufig in der Küche schlafen", schlug Jacky vor. „Vielleicht finden wir ein billiges Zimmer zur Miete für sie. Es wird ihr aber wahrscheinlich gerade am Anfang lieber sein, hier zu wohnen, wo sie nicht allein ist."

„Wenn sie hübsch ist, kann ich ihr auch in meinem Bett ein wenig Platz schaffen", grinste Jesse.

„Nur, wenn du sie heiratest!", bestimmte Jacky scharf.

„Jack stellt hier die Regeln auf, Jesse, halte dich besser daran", lachte Ben.

„Genau", stimmte Jacky zu. „Und nun lasse ich euch allein, ich werde noch die Abrechnungen für heute fertig machen und die Bestelllisten für morgen. Jesse, könntest du bitte gleich in der Früh die Lieferungen erledigen? Dann kann Ben im Laden helfen, wenn die frischen Waren kommen."

Jesse salutierte. „Wird gemacht, Chef."

„Arbeite nicht so lange, Jack", bat Ben.

„Ich mache alles fertig, das dauert seine Zeit!" Ihre Stimme klang leicht genervt.

„Schon gut! Helfen lässt du dir ja nicht", schimpfte Ben.

„Ich bin allein schneller", behauptete sie und verschwand nach unten.

Jesse blickte Ben nachdenklich an.

„Sag ehrlich, hast du dir das so vorgestellt?"

Ben senkte den Kopf. Nein, seine Vorstellungen waren in ganz andere Richtungen gegangen. Er hatte von einem kleinen Geschäft geträumt, das sie gemeinsam führen würden und das ihnen wenn nicht gerade Wohlstand, so doch ein gutes Leben bieten würde. Mit Jackys riesigen Ehrgeiz hatte er nicht gerechnet.

„Wenn erst das Kind da ist ...", versuchte er sich selbst Hoffnung zu machen.

„Blödsinn. Sie wird genauso verbissen arbeiten wie jetzt. Für das Kind wird sie keine Zeit haben oder sich eben vierteilen, damit sie alles schafft. Keine Ahnung, was genau sie sich in den Kopf gesetzt hat, aber davon weicht sie kein bisschen ab."

„Ja, ich dachte auch, als die Geschichte mit ihrer Rache vorbei war, würde sie endlich anfangen zu leben", gab Ben zu. „Ich glaube, sie macht das vor allem deinetwegen, Jesse."

„Meinetwegen? Was soll das?"

„Sie will dir alles zurückzahlen, was du ihretwegen verloren hast."

„Nicht dein Ernst! Ich rede mit ihr, das ist doch Humbug!" Jesse schlug sich vor den Kopf. Aber das war typisch Jacky, das hätte er schon längst erkennen müssen.

„Seit wann hat es etwas genutzt, wenn man mit ihr redete? Glaubst du, ich habe das noch nicht getan?", fragte Ben müde.

„Du klingst ganz schön verbittert, alter Freund. Weißt du was? Wir beide sollten mal wieder so richtig weggehen und feiern. Ohne Jack, nur wir zwei. Damit du auf andere Gedanken kommst."

„Ja, das würde mir guttun, aber wenn ich sie allein lasse mit all der Arbeit, das könnte ich nicht." Ben seufzte.

„Sie lässt dich doch sowieso nichts tun. Wo ist der Unterschied?", wollte Jesse bissig wissen.

„Besorge ihr ein Dienstmädchen, versuche, ein gutes Mädchen zu kriegen, vielleicht wird es dann leichter. Sie hat viel zu viel am Hals."

„Sie wird immer noch alles selbst machen wollen, du glaubst doch nicht im Ernst, dass sie irgendjemandem zutraut, etwas besser zu können als sie selbst."

„Dann muss ich eben doch ein Machtwort sprechen!"

„Meiner Meinung nach ist das schon lange fällig. Du lässt ihr viel zu viel durchgehen", tadelte Jesse.

„Sie ist unglaublich erfolgreich und stolz darauf. Soll ich ihr das verbieten? Ich werde den Teufel tun! Aber die Hausarbeit wird sie künftig sein lassen müssen. Und da werde ich nicht nachgeben!"

„Auf den Streit bin ich gespannt, sag mir Bescheid, wenn es so weit ist, das würde ich gerne erleben."

„Es wird keinen Streit geben. Sie wird tun müssen, was ich anordne! Ich kann nicht einmal sagen, wann sie sich so verändert hat. Als ich heute diese schüchterne Miss über die Straße führte, habe ich mich daran erinnert, wie Jack in Cheyenne war, als sie schwanger wurde und so schwach war wegen ihrer Übelkeit. Sie brauchte mich, auch als sie die Albträume hatte. Und als sie den Verbrechern gegenüberstand, im Gericht, immer hat sie sich auf mich gestützt. Aber jetzt? Manchmal habe ich das Gefühl ..."

„Sprich dich aus", forderte Jesse, da Ben zögerte.

Ben starrte vor sich hin.

„Ich habe das Gefühl, ich bin ihr lästig, sie macht alles allein, kann alles besser und für sie wäre es leichter, wenn ich nicht da wäre!"

Die Erkenntnis war bitter.

„Oweh", meinte Jesse. „Das hört sich aber gar nicht gut an. Ich sage dir jetzt eins, Ben, sie hat sich mal wieder in irgendeine fixe Idee verrannt. Sie ist überarbeitet und vergisst ab und zu, dass sie schwanger ist. Mich wundert manchmal wirklich, dass sie das Kind noch nicht verloren hat, so wie sie herumfuhrwerkt. Dass sie dich nicht mehr liebt, vergiss es, würdest du gehen, ihre Welt würde zusammenbrechen. Vielleicht solltest du ihr einmal genau das sagen, was du mir gerade erzählt hast."

„Wenn sie irgendwann einmal Zeit für mich übrighat, kann ich es gerne versuchen."

„Dann sprich dein berühmtes Machtwort. Sag ihr, sie soll dir zuhören oder du gehst und sie kann sehen, wo sie bleibt."

Ben sah Jesse zweifelnd an. „Vielleicht sollte ich einfach abwarten, ob es mit einem Dienstmädchen besser wird, und in ein paar Monaten kommt das Kind."

„Hmmm ... seit wann bist du feige?"

„Feige? Kennst du sie nicht schon lange genug? Was passiert, wenn man sie unter Druck setzen will? Sie schlägt um sich."

„Du hast Angst, dass sie dich hinauswirft!"

„Wenn sie das tut, könnte ich nicht zurückkommen. Nein, ich warte einfach ab. Und jetzt gehe ich ins Bett."

„Allein, wie so oft. Gute Nacht, Ben. Keine Angst, ich werde morgen das Hübscheste aller Dienstmädchen finden, vielleicht hilft ihr eine Portion Eifersucht wieder auf die Sprünge."

Ben lachte traurig. „Jack würde wahrscheinlich nicht einmal bemerken, wenn ich eine andere Frau vor ihren Augen küssen würde."

Jesse prustete los.

„Wenn du das tust, dann möchte ich bitte auch dabei sein. Jack, die rasend vor Eifersucht auf dich losgehen wird und der anderen die Augen auskratzt, das wird ein Spaß! Du unterschätzt sie, Ben. Glaube mir! Ich würde an deiner Stelle keiner anderen Frau auch nur eine Sekunde länger als nötig in die Augen sehen. Also, sei lieber vorsichtig."

Ben hob nur die Schultern, verabschiedete sich und ging in das Schlafzimmer.

Jesse saß noch eine Weile da und überlegte.

Sollte er sich einmischen? Was würde es bringen?

Er kannte Jacky, sie konnte sehr schnell wütend werden und tat dann unüberlegte Dinge, die sie oft genug hinterher bereute. Es war Bens Sache, er hatte Ben mehrmals davor gewarnt, Jacky zu heiraten, sie war eigensinnig und dickköpfig und Ben zu nachsichtig.

Nein, das sollten die beiden unter sich ausmachen.

Jesse sah auf die Uhr, es war noch Zeit für einen Gute-Nacht-Schluck. Er holte seinen Hut und seine Jacke und machte sich auf zur nächsten Bar.

Im Haus gegenüber notierte Sue Franklin, von Jesse unbemerkt, die Zeit in ihr kleines Buch.

Gib dich dem Geist der Stille hin
mit dem Vertrauen
des Kindes, das träumt,
und mit der Entschlossenheit
des Mannes, der handelt.

# So wenig Zeit

## April 1874

Das von Jesse engagierte Dienstmädchen, Claire, hatte sich schnell in den Haushalt eingefügt, und Jacky war sehr erleichtert, dass ihr die schwere Hausarbeit erspart blieb.

Zuerst hatte sie tatsächlich versucht, immer noch alles selbst zu machen, aber Ben hatte mit der Faust auf den Tisch geschlagen, warum zum Donnerwetter sie ein Dienstmädchen bezahlen würden. Und auch Claire hatte sich entschieden dagegen verwahrt, dass ihre Arbeitgeberin sich in ihre Angelegenheiten mischte.

Also gab Jacky nach und zog sich aus der Küche zurück.

Claire war übrigens weder besonders hübsch noch jung, sie hatte in Omaha einen prügelnden Ehemann verlassen und war in den Westen geflohen, um ein neues Leben zu beginnen. Sie wusste, wie ein Haushalt zu führen war, und nachdem sie zwei Wochen in der Küche geschlafen hatte, hatte sie selbst ein Zimmer in der Nähe gefunden und kam jeden Morgen pünktlich um sechs Uhr zu ihrer Arbeitsstelle, die sie als sehr angenehm empfand.

Jacky bezahlte sie gut, gab klare Anweisungen, wie sie sich einen Haushalt vorstellte, und das war ganz in Claires Sinn. Sehr bald wurde Claire ihnen allen unentbehrlich.

Dafür arbeitete Jacky mit Feuereifer im Laden, sie stellte Botenjungen ein und eröffnete tatsächlich eine Filiale im Hafen, die sie einem jungen Mann anvertraute, den Jesse kennengelernt hatte.

Sie sah oft nach dem Rechten dort, aber das war eigentlich kaum notwendig, denn der korrekte und zuverlässige Angestellte, Dustin Fisher, erledigte alles zu ihrer Zufriedenheit. Abends ließ sie sich seine Bücher bringen und kontrollierte sie mit höchster Sorgfalt. Mit Freude und Stolz beobachtete sie, wie sich ihr Geld vermehrte. Dass Ben an ihrer Seite litt, weil sie kaum Zeit für ihn fand, bemerkte sie dagegen nicht.

Sue Franklin kam immer noch fast täglich in ihren Laden und stotterte mit roten Flecken im Gesicht ihre Bestellung heraus. Jacky versuchte vergeblich, ihr etwas von ihrer Befangenheit zu nehmen, nur Ben schaffte es, dass sie schüchtern lächelte und sogar bereit war, auf Fragen ein „ja" oder „nein" zu hauchen.

Er begleitete sie oft nach Hause, trug ihren Korb, und irgendwie dauerte der Heimweg allmählich immer viel länger, als so eine Straßenüberquerung eigentlich Zeit benötigte.

Jesse hatte sich schlichtweg geweigert, Sue zu bedienen. Sobald sie erschien, pflegte er sich in den Hintergrund zu verdrücken. Immerhin nickte er ihr freundlich zu und schenkte ihr so den Himmel auf Erden.

Ben dagegen fühlte sich zu dem Mädchen auf eine unerklärliche Weise hingezogen. Sie war so rührend, so ungeschickt, klammerte sich vertrauensvoll an seinen Arm, wie es Jacky einst getan hatte, damals, vor noch nicht allzu langer Zeit. Er hatte das Bedürfnis, sie zu beschützen, ihr zu helfen, vor der bösen Welt zu bestehen.

Sue empfand Mr. Hart als den freundlichsten und gütigsten Menschen, der ihr jemals begegnet war. Er nahm sie ernst und redete mit ihr wie mit einer Erwachsenen. Niemand hatte bisher so zu ihr gesprochen, alle behandelten sie wie ein kleines Kind, aber dieser Mr. Hart sah in ihr offensichtlich eine richtige Frau und das war so ein neues, erhebendes Gefühl.

An seiner Seite fühlte sie sich etwas mutiger und selbstsicherer, doch leider verschwand ihre Selbstachtung sofort wieder, wenn sie ihr Elternhaus betrat und ihrer Mutter gegenüberstand.

Mrs. Franklin beobachtete ihre Tochter mit Sorge.

Egal, wie viel Geld sie ausgab, für die besten Coiffeurs, die teuersten Schneider, Susan blieb unscheinbar. Sie konnte niemandem in die Augen sehen, auf Gesellschaften stand sie schüchtern an Mrs. Franklins Seite und war kaum fähig, auf Fragen zu antworten.

Es würde schwer sein, einen passenden Mann für sie zu finden. Allmählich wurde es eigentlich Zeit dafür, aber Susan sah so jung aus für ihre 17 Jahre, dass man noch eine Weile warten konnte. Und schließlich würde das Mädchen eine große Mitgift bekommen, das konnte schon sehr helfen.

In letzter Zeit schien sie sowieso aufzuleben, bei der Arbeit summte sie oft vor sich hin und Mrs. Franklin ertappte das Mädchen immer häufiger bei einem Lächeln, das allerdings sofort verschwand, sobald jemand sie ansprach. Vielleicht bestand ja noch Hoffnung!

Ben freute sich nur noch auf die Sonntage.

Der Laden war geschlossen und Jacky ruhte sich aus, darauf hatte er ausdrücklich bestanden und ließ keine ihrer zahlreichen und wortgewaltigen Gegenreden gelten. Sie schrieben am Vormittag die wöchentlichen Briefe an Jackys Pflegeeltern in Denver und an Bens Eltern, in denen sie von ihrem Leben und Geschäft berichteten. Ben legte großen Wert darauf, die familiären Verbindungen nicht abreißen zu lassen.

Antworten bekamen sie selten, Bens Eltern waren einfache Rancher, die nicht gerne schrieben, und Jackys Pflegemutter Allie wollte wenig mit ihr zu tun haben. Zu sehr war sie von Jackys Verhalten enttäuscht worden.

In der Regel war es der Pflegevater Samuel, der ein paar kurze Zeilen verfasste und der sich aufrichtig auf sein Enkelkind freute und sich besorgt nach Jackys Befinden erkundigte.

Nachmittags gingen Jacky und Ben meistens hinunter zum Hafen, schlenderten über die Piers und probierten all die fremden Köstlichkeiten, die dort feilgeboten wurden. Oft wanderten sie bis zum Strand am Rande der Stadt, zogen die Schuhe aus und liefen barfuß durch das Wasser. Sie setzten sich in die Sonne, hörten den Seevögeln zu, oder beobachteten die lärmenden Robben und Seelöwen, die zahlreich im Sand und an den Molen lagen, und blickten zur Insel Alcatraz mit ihrem großen Leuchtturm und Fort hinüber.

Es war fast wieder so wie zu der Zeit, als sie wegen Jackys Beschwerden in der Frühschwangerschaft große Wanderungen unternommen und einfach nur Zeit für sich gehabt hatten.

Jacky genoss die Sonntage zwar auch, aber mit ihren Gedanken war sie im Laden und bei ihrer Arbeit. Sie hörte Ben zu, wenn er sprach, wenn er ihr erzählte, wie sehr er sich auf das Kind freute, doch sie konnte seine Freude nicht wirklich teilen.

Das Kind würde sie schon so bald daran hindern, ihre Arbeit zu machen. Sie hatte noch so viel zu tun, die Zeit ging so rasend schnell vorbei. Am liebsten wäre sie an ihren Büchern gesessen und nicht am Strand.

Ben zuliebe riss sie sich jedoch zusammen, ihm lag so viel daran, diesen Tag mit ihr zu verbringen, sie fühlte zähneknirschend, sie konnte ihm diesen Wunsch nicht abschlagen.

Ihr Bauch wuchs nun schnell, sie musste sich neue Kleider nähen lassen, die die Schwangerschaft möglichst gut verbargen, und sie stellte sich sowieso nur noch hinter die alles verbergende Theke, damit die Kunden durch ihren schwellenden Leib nicht abgeschreckt wurden.

Ja, sie verdankte diesem Kind ihr Leben, aber richtige Muttergefühle wollten sich nicht einstellen. Dazu war sie einfach zu schwer beschäftigt, sie hatte Sorgen, dass das Geld nicht reichen und dass Ben das Geschäft nicht in ihrem Sinn führen würde. Auf Jesse war kein Verlass, er nahm das Leben von der leichteren Seite. Sicher, er half und war auch zuverlässig, aber sie traute ihm keinesfalls zu, die Verantwortung für alles zu übernehmen, wenn sie wegen der Geburt ausfiel.

Oft wälzte sie sich schlaflos im Bett hin und her und die sorgenvollen Gedanken kamen nicht zur Ruhe.

Die Zeit schien ihr zwischen den Fingern zu verrinnen.

Die Weißen legen zu viel Wert auf dieses Geld. Dabei ist es doch so unnütz. Man kann es nicht essen, es stillt keinen Durst und wärmt nicht, wenn man friert. Aber von einem Traum kann man satt werden und Gedanken können wärmen.

# Die hungrige Frau

### *Mai 1874*

Was Jacky an San Francisco besonders liebte, war das Wetter. Es war nie zu heiß und meist sonnig. Die häufigen Nebel waren zwar unangenehm und manchmal wehte ein schneidender Wind von der Küste her, aber niemals war es so kalt, wie sie es als Kind in Denver erlebt hatte. Es gab auch keinen nennenswerten Schnee.

Seit ihrer Zeit im Gefängnis in Cheyenne, wo sie die zugige Kälte nur dank Bettpfannen und Petroleumlampen ausgehalten hatte, mochte Jacky den Winter nicht mehr.

An diesem Morgen war Jacky nur mühsam aufgewacht. Das Kind in ihrem Leib strampelte, sie fühlte sich unförmig und hatte Schmerzen im Rücken, allmählich wurde ihr Bauch wirklich groß. Sie war von Natur aus zart und klein und hatte an dem Kind schwer zu tragen. Aber nichts in der Welt konnte sie davon abhalten, sich hinter die Theke zu stellen und die Kunden zu bedienen.

Sie musste daran denken, dass Mai der Monat gewesen war, in dem sie im letzten Jahr Denver gemeinsam mit Ben verlassen hatte. Sie waren nun ein Jahr zusammen, ihr schien das wie eine Ewigkeit.

Nie hatte sie einen anderen Mann gewollt als Ben, er war in ihr Leben getreten und seitdem mit ihr verbunden. Ohne ihn hätte sie das alles nicht geschafft.

Gegen zehn Uhr trat Miss Franklin ein und Jesse zog sich sofort fluchtartig in einen der hinteren Räume zurück. Jacky begrüßte das Mädchen freundlich und welch Wunder, Sue grüßte ebenfalls schüchtern, sah sich aber gleich nach Ben um und ließ sich von ihm bedienen.

Ben ging mit ihr zu einem Regal, nahm ein paar Waren heraus und plauderte fröhlich mit ihr.

Jacky achtete nicht darauf, sie war mit einem anderen Kunden beschäftigt.

Plötzlich drang etwas Seltsames durch den Laden, ein silberhelles Lachen, das Jacky irritiert aufschauen ließ. Sie erblickte Sue Franklin und ihren Mann Ben, wie sie beim Regal standen, und - Sue lachte.

Ihr Gesicht erstrahlte in ungewohntem Glanz, während sie Ben in die Augen sah, und Ben war völlig in Sues Antlitz vertieft.

Jacky erstarrte.

Angelockt durch das Lachen hatte Jesse den Raum wieder betreten, er sah Jackys entsetzten Blick, erfasste in einem Moment, was passiert war, und beschloss zu handeln. Er fürchtete, Jacky würde eine Szene machen, das konnten sie nun wirklich nicht gebrauchen. Ruhig ging er zu Ben und Sue und nahm Ben den Korb ab.

„Heute werde ich Ihnen den Korb nach Hause tragen, Miss Franklin", bot er an und reichte Sue den Arm.

Sue starrte ihn erschrocken an, ihr Gesicht wurde rot wie eine Tomate und schüchtern legte sie ihre zitternde, schweißnasse Hand auf Jesses Arm.

Er führte sie zur Kasse, wo Ben zusammenrechnete und die Rechnung wie üblich in den Korb legte, und geleitete sie dann hinaus. Er hoffte, dass Jacky nicht gleich auf Ben losgehen würde, sondern damit wartete, bis die Kunden weg waren.

Wie im Traum verließ Sue an seiner Seite den Laden, sie wusste später kaum, wie sie nach Hause gekommen war, ob Jesse überhaupt ein Wort zu ihr gesprochen hatte, sie wusste nur, dass sie ihn berührt hatte.

Als sie allein im Hausflur stand, lehnte sie sich einer Ohnmacht nahe an die Wand und küsste ihre Hand, die auf Jesses Arm gelegen hatte.

Er hatte sie bemerkt, ihren Namen genannt und sie nach Hause gebracht.

So viel Glück auf einmal, es war zu viel!

Sie brachte den Korb in die Küche, rannte auf ihr Zimmer und postierte sich am Fenster, sie musste allein sein, musste den Laden gegenüber beobachten, vielleicht kam Mr. Jones noch einmal heraus, vielleicht winkte er ihr zu, vielleicht ...

Im Laden hatte Jacky sich schnell wieder gefangen und bediente weiter, es war ihr nichts anzumerken. Aber in ihr war eine Welt eingestürzt.

Ben und diese Miss Franklin! Seit wann war das so? Wieso hatte sie nichts mitbekommen?

Ben stand an ihrer Seite wie immer und machte seine Arbeit, er war freundlich und vergnügt, als sei nichts geschehen. Dabei hatte er dieses Mädchen beinahe mit Blicken verschlungen.

Hatte er nicht vor längerer Zeit gesagt, er könne und wolle dieser Miss Franklin helfen? Hatte er sich da schon in sie verliebt?

Jesse war zurückgekommen, warf Jacky nur einen kurzen prüfenden Blick zu und räumte weiter Waren ein.

Was wusste Jesse darüber? Hatte sich Ben ihm bereits anvertraut? Es sah ganz danach aus.

Wie sollte es nun weitergehen? Würde Ben sie und das Kind verlassen? Das würde sie nicht ertragen können, ein Leben ohne Ben, ohne den Mann, den sie so sehr liebte, unvorstellbar.

Jacky sehnte die Mittagspause herbei, sie musste Ben zur Rede stellen. Ihr Lächeln wirkte wie eingefroren, mechanisch erledigte sie ihre Arbeit, sprach mit den Kunden, aber in ihr brodelte es.

Kaum hing das *Geschlossen*-Schild am Fenster ging sie wie eine Furie auf Ben los. Es war ihr egal, dass Jesse anwesend war, er wusste sowieso immer über alles Bescheid.

„Was soll das mit Miss Franklin?", schrie sie Ben an.

Er starrte Jacky verblüfft an. „Was meinst du?"

„Du verschlingst sie mit deinen Augen! Hast du dich in sie verliebt? Bin ich dir nicht mehr genug?"

Ben warf einen hilflosen Blick auf Jesse.

Der antwortete mit einem selbstgefälligen ‚ich habe dich gewarnt‘ - Grinsen und setzte sich erwartungsvoll rittlings auf einen Stuhl. Das schien großes Theater zu werden.

„Hör zu, Jack, ich habe keine Ahnung, was du dir da zusammenreimst ...", erwiderte Ben ratlos.

Sie fuhr ihn wütend an.

„Ich habe euch gesehen heute! Du hast sie angestarrt wie ein verliebter Knabe! Seit wann geht das so?"

„Jack, das ist doch Unsinn, sie tut mir leid, das weißt du."

„Leid, dass ich nicht lache! Das war viel mehr, denkst du, ich erkenne das nicht?"

Ben fasste sich.

Nun war es an der Zeit, dass er auch seine Enttäuschung über Jackys Verhalten zum Ausdruck brachte.

„Meiner Meinung nach erkennst du in letzter Zeit sehr wenig!"

„Was soll das heißen?"

„Wir setzen uns jetzt erst einmal hin, so etwas bespricht man nicht im Stehen. Zuallererst sage ich dir eines: Ich bin nicht in Miss Franklin verliebt. Du solltest das wissen, dass ich‘ nur dich liebe. Sie ist so rührend und braucht meine Hilfe, siehst du nicht, dass sie viel selbstbewusster geworden ist? Sie spricht inzwischen und heute hat sie sogar laut gelacht."

Jacky ließ sich auf einen Stuhl sinken und hielt sich den Bauch, denn das Kind rumorte.

„Warum fühlst du dich diesem Mädchen gegenüber so verpflichtet? So wie du sie angesehen hast ..."

„Vielleicht, weil du mich nicht mehr brauchst? Vielleicht tut es mir gut, mich mit einer Frau zu unterhalten, die mich braucht und die mir zuhört?"

Jacky war fassungslos.

„Aber ich brauche dich doch, Ben. Und ich höre dir zu."

Ben winkte ab.

„Davon merke ich leider nicht viel, Jack. Alles, was dich interessiert, sind der Laden und das Geld. Ich glaube, du hast viel mehr von deiner Tante Allie übernommen, als dir bewusst ist."

Vor Jackys Augen erschien unvermittelt das Bild einer Frau, das der Cheyenne Manyeyes einst heraufbeschworen hatte.

Manyeyes hatte sich nach dem Überfall der kleinen Jacqueline angenommen und ihr seine Weisheiten mit auf den Weg gegeben. Wie hatte er gesagt?

Stumm wiederholte Jacky in Gedanken seine Worte:

*„Die Weißen legen zu viel Wert auf dieses Geld. Dabei ist es doch so unnütz. Man kann es nicht essen, es stillt keinen Durst und wärmt nicht, wenn man friert. Aber von einem Traum kann man satt werden und Gedanken können wärmen. Ich sehe eine weiße Frau, die dem Geld hinterherjagt, und je mehr sie es hortet, desto kälter wird es. Sie träumt vom Geld und diese Träume machen nicht satt, sondern hungrig."*

Die Erkenntnis traf sie wie ein Schlag. Sie war diese hungrige Frau geworden. Eine zweite Tante Allie.

Aber hatte sie denn eine andere Möglichkeit gehabt? Sie musste vor der Geburt alles geschafft haben, damit es ihnen gutging, damit sie ihre Schulden bei Jesse zurückzahlen konnte. Das lief nicht von selbst, das verlangte unerbittlichen Einsatz und Anstrengung.

Und nun hatte sich Ben offensichtlich in dieses Mädchen verliebt und ließ sie im Stich. Weil er das Gefühl hatte, sie brauchte ihn nicht mehr.

Ihre Augen füllten sich mit Tränen.

Es war ungerecht. Sie hatte hart gearbeitet, um ihnen ein schönes Leben zu verschaffen. Wenn das Kind erst da war, wenn die Schulden zurückgezahlt waren, dann wollte sie sich mehr Ruhe gönnen und gemeinsame Tage mit Ben verleben. Verstand er das denn nicht?

War es zu spät? Hatte sie ihn verloren?

Ben betrachtete sie besorgt. Sie sah blass und müde aus, ihre dunklen Augen lagen tief in den Höhlen und sie war trotz des dicken Bauches fast mager. Sie hatte sich die letzten Monate nie geschont, es wurde wirklich Zeit, dass sie kürzertrat.

Was sie sich da über Sue Franklin zusammengereimt hatte, war Unsinn. Ja, er empfand etwas für das Mädchen, aber das war doch keine Liebe, nur das Bedürfnis ihr zu helfen und sie zu beschützen. Sie war ein Kind.

Jacky dagegen war seine Frau, er liebte sie, wenn sie es ihm auch schwermachte zurzeit, aber ihre Reaktion heute zeigte ihm immerhin, dass sie ihn ebenfalls noch liebte, und vielleicht hatte er das einfach gebraucht.

Jesse hatte also tatsächlich recht gehabt.

Er beugte sich über sie und strich ihr sanft über den Rücken. „Ich sage dir jetzt einmal etwas, Jack, du wirst ab heute aufhören, hier zu arbeiten und dich schonen. Du musst etwas mehr an dich und das Kind denken. Jesse und ich werden das hier schon schaukeln und vielleicht kann Claire helfen, der Haushalt muss eben ein wenig zurückstehen."

Sie versteifte sich sofort unter seiner Berührung.

„Du willst dich hier ungestört mit ihr treffen."

Die Eifersucht hatte sie fest im Griff, ließ keinen Raum für Vernunft.

Ben und dieses Mädchen, eine unerträgliche Vorstellung.

Ben seufzte. „Also gut, dann bleib hier und krieg das Kind meinetwegen irgendwann im Laden. Ich weiß nicht, wie ich dich überzeugen kann. Wenn du meinem Wort nicht glaubst, ist es vielleicht sowieso besser, wir beenden unsere Ehe."

„Beenden?" Jacky war fassungslos.

„Ich kann nicht mit einer Frau leben, die glaubt, dass ich sie anlüge und betrüge."

„Ich glaube doch nicht ... du lügst doch nicht, du lügst mich nicht an, niemals ... nein ..." Jacky wusste nicht mehr, was sie sagen und denken sollte.

Nein, Ben log nicht, er hatte ihr immer die Wahrheit gesagt und sie ihm.

Ben hakte sofort ein. „Und warum glaubst du mir jetzt nicht, dass mir an Miss Franklin nichts liegt, außer dass ich finde, sie hat etwas Unterstützung nötig? Warum vertraust du mir nicht?"

Jesse nickte beifällig. Er hatte der Unterhaltung gespannt zugehört, vielleicht hatte er etwas mehr Geschrei erwartet, aber Ben hatte sich gut geschlagen und Jacky den Wind aus den Segeln genommen.

„Ben, ich habe dir immer vertraut ...", stammelte Jacky.

„Dann tu es weiterhin! Du hast keinen Grund, mir zu misstrauen, und das weißt du auch."

Sie senkte beschämt den Kopf. Ihre Gedanken rasten, sie drehten sich im Kreis um den Mittelpunkt ihres Lebens: Ben. Den Mann, der mit ihr verbunden war durch die Kraft der Mutter Erde. Wie konnte sie an ihm zweifeln?

„Es tut mir leid, Ben, du hast recht. Ich glaube, ich war dumm, aber du hast sie so angesehen und sie dich ...", brachte sie schließlich hervor.

„Komm her zu mir!"

Er zog sie auf seinen Schoß, küsste sie und sie erwiderte den Kuss, wie sie es lange nicht mehr getan hatte. Sie liebte Ben so sehr, die Angst, ihn zu verlieren, hatte sie beinahe um den Verstand gebracht.

Jesse stand auf.

„Ich schätze, die Vorstellung ist vorbei. Ich sage euch mal was, ihr zwei nehmt euch jetzt den Nachmittag frei und ich werde mit Claire den Laden machen. Keine Diskussion! Und nun habe ich Hunger, lasst uns hinaufgehen und sehen, was Claire Gutes gekocht hat. Und wehe, Jack, du redest heute Nachmittag über den Laden. Ich werde Ben fragen, wenn du das machst, kriegst du es mit mir zu tun!"

Er lachte sie an, aber sie wusste, dass hinter dem Spaß eine Menge Ernst steckte.

Jesse scherte sich selten um ihre Befindlichkeiten, sondern sagte ihr frei weg die Meinung, auch wenn das sehr unangenehm werden konnte.

Sie nickte daher, denn sie wollte nicht mit ihm streiten.

Und er hatte wohl in dieser Sache auch vollkommen recht. Ben war heute wichtig, nicht der Laden!

„Danke, Jesse", sagte Ben. „Wir werden die Zeit gut nutzen!"

Und das taten sie auch, sie gingen spazieren, schlenderten durch die belebten Straßen, fuhren mit der Kabelbahn ganz nach oben und bestaunten die Aussicht auf die Bay.

Kein Wort fiel über Sue Franklin oder den Laden, sie fassten sich an den Händen und waren wieder vereint.

Jacky versuchte, das Bild der geldgierigen Frau aus ihren Gedanken zu verscheuchen. Nie hatte sie so werden wollen wie Tante Allie, aber sie hatte es nicht verhindern können. Sie hatte Ben eine gute Frau sein wollen, darin hatte sie versagt, das erkannte sie.

Nun ja, es war nicht zu spät, Ben war immer noch an ihrer Seite und sie konnten neu beginnen. Bald würde das Kind sowieso alles ändern.

Aufatmend sah sie sich um und betrachtete die Häuser, die sich adrett an die Hügel schmiegten. Jedes Haus sah anders aus, man merkte, wie viel Mühe sich die Bewohner gaben, hervorzustechen. Sei es mit Farbe oder kunstvollen Verzierungen.

„Was meinst du, Ben, sollten wir uns nicht hier heroben ein Haus kaufen?", fragte sie unvermittelt.

„Hier wohnen die reichen Leute", lachte er.

„Wir gehören wohl inzwischen dazu", entgegnete sie stolz. „Und für das Kind wäre es vielleicht auch besser, wenn es abseits des Lärmes aufwachsen würde. Wir könnten einen Garten haben, Bäume pflanzen, Blumen und Gemüse, ich vermisse das sehr. Weißt du noch, wie schön es in Leadville war?"

Er drückte sie fest.

„Dann sehen wir uns doch einmal um, wenn wir schon hier sind."

Sie fanden zwar kein Haus, aber ein Grundstück in der stilleren Jones Street, wo die Kabelbahn ganz in der Nähe fuhr, die sie zum Geschäft in der Clay Street bringen konnte.

Sie beschlossen, das Grundstück zu kaufen und ein Haus bauen zu lassen, und machten sich glücklich wieder auf den Weg zum Hafen, um in das Leben einzutauchen.

Spät in der Nacht kamen sie zurück, und Jacky hatte tatsächlich die ganze Zeit kaum an den Laden gedacht.

Lerne, den Augenblick zu leben,
dann wird deine Furcht verschwinden
und der Augenblick wird zur Ewigkeit.

# Sues ungutes Gefühl

## *Juni 1874*

Ben und Jacky hatten einen Kompromiss geschlossen: Jacky würde sich künftig nur mehr vormittags im Laden aufhalten, nachmittags konnte sie sich um die Bücher kümmern, spazieren gehen oder sich einfach ausruhen. Meistens verrichtete sie leichte Arbeiten in der Küche, da Claire zunehmend im Verkauf beschäftigt war, aber weil Claire den Vormittag über tüchtig gearbeitet hatte, blieb nicht viel zu tun.

Ende Mai hatten Jacky, Ben und Jesse sogar einen Preis der Stadt San Francisco für ihr erfolgreiches Unternehmen bekommen. Ein Bild wurde von den dreien gemacht und sie erhielten eine ordentliche Geldsumme.

In der Zeitung stand ein großer Artikel, der den Mut und die Entschlossenheit rühmte, mit der vor allem Jacky ihr Geschäft aufgebaut hatte.

In der Folge kamen noch mehr Kunden, und der Laden in der Clay Street wurde allmählich zu klein.

Sue Franklin hatte den Bericht ebenfalls gesehen. Heimlich hatte sie die Zeitung vor dem Wegwerfen bewahrt und das Bild ausgeschnitten, das ja auch Jesse zeigte. Nun konnte sie ihn jederzeit ansehen, sie hatte das Bild sorgfältig in ihr Buch geklebt und verbrachte jede freie Minute damit, es anzustarren.

Ben war weiterhin sehr freundlich und plauderte mit ihr, aber ihr war aufgefallen, dass er etwas mehr Abstand hielt, und immer öfter brachte Jesse sie mit ihrem Korb nach Hause, was jedes Mal höchstes Glück für Sue bedeutete. Jesse seufzte zwar heimlich deswegen, aber er wollte Ben aus der Schusslinie halten und so schlimm war es nun auch wieder nicht, ein Mädchen über die Straße zu bringen, das einen stumm anhimmelte.

Sue beobachtete weiter das Geschäft der Harts, notierte alles in ihr kleines Büchlein. Sie hatte von Ben schon gehört, dass sie planten umzuziehen, und das Herz wurde Sue schwer, denn das neue Haus würde weit entfernt vom zukünftigen Haus der Franklins liegen. Sie würde Mr. Jones dann wohl nie wiedersehen, es würde keinen Grund mehr geben, in der Clay Street einzukaufen.

So saß sie weiterhin nachts am Fenster und wartete, dass Mr. Jones das Haus verlassen würde. Wann er zurückkam, konnte sie fast nie sagen, denn da schlief sie bereits tief und fest und träumte sich in seine Arme.

Eines Nachts, an einem Mittwoch Anfang Juni, entdeckte sie etwas Seltsames von ihrem Beobachtungsposten aus: Vor dem geschlossenen Laden gegenüber standen zwei Männer, die durch die Scheiben spähten. Sue konnte sie im Licht der Straßenlaternen nur undeutlich erkennen. Sie trugen jedoch Waffen und wirkten dunkel und gefährlich.

Atemlos beobachtete Sue die beiden, bis sie nach einer Weile einfach verschwanden, und schrieb alles auf.

Hätte sie die Polizei informieren sollen? Oder Mr. Hart?

Doch dann hätte alle Welt erfahren, dass sie keinesfalls brav im Bett lag, sondern die Nachbarn bespitzelte. Und Sue war sich sicher, dass Jacky Hart den wahren Grund dafür kennen würde, auch wenn sie nie etwas verlauten ließ. Ihr konnte man nichts vormachen, das bestätigte sogar Mr. Hart hin und wieder. So schwieg sie und hoffte, ihr ungutes Gefühl würde sie trügen.

Nach zwei Tagen allerdings waren die Männer erneut da, diesmal war es Nachmittag. Sue saß gerade mit einer Näharbeit am Fenster und erkannte den einen sofort an seinem auffälligen Hut, den er auch in der Nacht getragen hatte. Vor Schreck stach sie sich in den Finger und lutschte das Blut weg, nicht, dass es das kostbare Kleidungsstück beschmutzte.

Mit angehaltenem Atem beobachtete sie, wie die Männer den Laden betraten, jedoch gleich darauf wieder herauskamen, offensichtlich ohne Einkäufe getätigt zu haben, denn sie trugen keine Taschen.

Die Männer sprachen kurz miteinander und eilten dann die Clay Street in Richtung Hafen hinunter.

Leider war es schon spät, die häuslichen Einkäufe waren gemacht. Sue konnte nicht einfach zum Laden gehen und Mr. Hart fragen, was die Männer gewollt hatten. Außerdem war alles bestimmt ganz harmlos und Sue schalt sich selbst wegen ihrer bösen Vorahnungen.

Doch die Männer kamen zu ihrem Entsetzen wenig später wieder, diesmal waren sie zu viert, und sie bezogen Posten vor dem Laden, direkt unterhalb ihres Fensters. Jetzt gab es keine Ausrede mehr, hier stimmte etwas ganz und gar nicht.

Sue haderte mit sich selbst, aber sie wagte es nicht, ihr Haus zu verlassen und zum Laden zu laufen, denn wie hätte sie das ihrer Mutter erklären sollen? Außerdem hätte sie direkt an den Männern vorbeigehen müssen.

Mit einem unguten Gefühl beobachtete sie also weiter.

Die Männer blieben, bis der Laden geschlossen wurde, dann verschwanden sie. Sue hatte zwar nicht die ganze Zeit an ihrem Fenster sitzen können, ihre Mutter brauchte sie hier und dort, scheuchte sie herum, doch wann immer sie Zeit gefunden hatte, hatte sie kontrolliert, ob die Männer noch da waren.

Nun war sie mehr als erleichtert. Endlich waren die Kerle weg und würden hoffentlich nicht wiederkommen! Aber wenn sie ehrlich zu sich war, glaubte sie nicht daran.

Nach dem Abendessen notierte sie daher alles gewissenhaft in ihr Büchlein und beschrieb die vier Männer so genau wie möglich, machte sogar eine kleine Zeichnung von dem auffälligen Hut.

Dann wartete sie mit bangem Herzen die Nacht ab. Sue wusste, dass sie Mr. Hart Bescheid sagen musste, wenn die Männer noch einmal erschienen.

Lange saß sie nervös am Fenster, gegenüber war alles still, nichts rührte sich, die Harts hatten alle Lichter gelöscht.

Sue sah auf die Uhr, es ging auf halb elf zu. Ihr Herz schlug schneller, als Mr. Jones nach Hause kam, ungewöhnlich früh. Sie beobachtete, wie über dem Laden noch kurz das Licht brannte, dann war es wieder dunkel, Mr. Jones war wohl zu Bett gegangen.

Sie schalt sich selbst, warum hatte sie die Gelegenheit nicht genutzt und war hinuntergelaufen, um mit Mr. Jones zu sprechen? Ja, gut, sie hätte es wohl nicht gewagt und wie hätte sie das den Eltern erklären sollen, die sich erst jetzt gerade in ihr Schlafzimmer zurückzogen?

Es wurde immer später, doch Sue wollte nicht zu Bett gehen, sie war hellwach vor Angst und Aufregung.

Nach einer Weile hörte sie den Vater im Nebenzimmer schnarchen, die Eltern schliefen also endlich.

Dann um halb zwölf leuchtete plötzlich wieder ein Licht im Laden auf. Bestimmt war Mr. Hart noch einmal aufgestanden und arbeitete.

Sue hatte das schon öfter beobachtet in letzter Zeit, dass jemand nachts im Laden war. Sie schrieb auch das auf und dann kämpfte sie mit sich, konnte sie es wirklich wagen, hinüberzulaufen?

Die Gelegenheit war günstig, niemand würde sie sehen und ihren kleinen Ausflug bemerken.

Sie kontrollierte ängstlich die Straße, es war kurz vor Mitternacht und still geworden, kein Mensch war mehr unterwegs. Sie musste es tun! Jetzt sofort!

Morgen war es vielleicht zu spät!

# Die Entführung

### Jacky und Sue

Als sie sich ihren Umhang holte, fühlte Sue sich mutig wie nie und stolz schlich sie mit den Schuhen in der Hand die Treppe hinunter. Leise öffnete sie die Tür und spähte die Straße entlang. Die Straßenlampen waren inzwischen erloschen, das fahle Mondlicht erleuchtete die Stadt. Die Kabelbahn fuhr auch nicht mehr, alles war ruhig, nur vom Hafen her drang entfernt der übliche Lärm.

Sue schloss die Tür hinter sich, sperrte aber nicht zu, zog sich rasch die Schuhe an und eilte über die Straße. Heftig klopfte sie an die Ladentür. Von drinnen kam ein unwilliges Stöhnen, dann hörte sie Schritte.

„Wer ist da?", ertönte Mrs. Harts Stimme.

Es war also Jacky, die noch gearbeitet hatte.

Heimlich hatte sie sich aus dem Bett geschlichen, als Ben endlich schlief und Jesse heimgekommen war. Sie selbst konnte schlecht schlafen, der Bauch war überall im Weg. Daher nützte sie die wachen Stunden für ihre Bücher.

Sue erschrak, sie hatte Mr. Hart erwartet, doch ihr neugewonnener Mut ließ sie antworten: „Mrs. Hart, ich muss Ihnen etwas Wichtiges sagen! Hier ist Sue Franklin!"

Jacky öffnete erstaunt die Tür.

Sue Franklin? Mitten in der Nacht? Was war in sie gefahren? Hatte es etwas mit Ben zu tun? Dieser Gedanke kam ihr sofort, die Eifersucht war nie ganz verschwunden, wenn sie auch wusste, dass Ben nur sie liebte.

Sue drängte sich in den Raum und begann ohne Umschweife.

„Mrs. Hart, ich glaube, Ihnen droht Gefahr von ein paar Männern. Sie sind bewaffnet, sie waren schon vor zwei Nächten hier und haben alles ausgespäht, und heute

45

Nachmittag sind sie die ganze Zeit unter meinem Fenster gestanden und haben den Laden beobachtet. Jetzt sind sie weg, aber vielleicht kommen sie wieder."

Jacky starrte Sue sprachlos an.

„Ich dachte, Sie ... Sie müssten das wissen", stotterte Sue verlegen.

Jacky straffte den Rücken.

„Ja, danke, Miss Franklin, das ist wirklich tapfer von Ihnen, dass Sie mitten in der Nacht auftauchen, um mir das zu sagen. Wie viele Männer waren es denn genau?"

„Vier, zwei waren heute Nachmittag auch in ihrem Laden."

Jacky war sehr nachdenklich geworden.

Wer sollte so viel Interesse an ihrem Geschäft haben? Waren es ganz normale Einbrecher, die alles ausspionierten, oder ... An die andere Möglichkeit wollte sie gar nicht denken. Es war auch kaum wahrscheinlich. Das alles lag so weit hinter ihnen.

Sie musste trotzdem sofort Ben wecken.

Rasch wandte sie sich an Sue: „Vielen Dank, dass Sie so viel Mut hatten, mir das zu erzählen. Jetzt gehen Sie aber besser wieder nach Hause, Miss Franklin, kommen Sie, ich begleite Sie hinüber!"

„Das ist nicht nötig, ich kann allein ..."

„Nein, das lasse ich nicht zu, ich will Sie in Sicherheit zuhause wissen."

Jacky öffnete resolut die Tür und erschrak zutiefst, denn dort stand schon jemand: ein Mann mit gezogenem Revolver, den er direkt auf Jacky richtete.

„Mitkommen!", befahl eine raue Männerstimme. „Und kein Geschrei!"

Sue klammerte sich angstvoll an Jacky, die wie angewurzelt dastand und auf die Waffe blickte. Erinnerungen überfluteten sie. Cheyenne, man hatte sie aus dem Haus des Colonels geholt ...

„Da ist noch jemand. Ein Mädchen!", ertönte eine andere Männerstimme. „Was machen wir mit ihr?"

Der Mann überlegte nicht lange. „Auch mitnehmen, wir brauchen keine Zeugen! Kommen Sie, meine Damen! Tun Sie nichts Unüberlegtes, wir schießen sofort."

Er nahm Jacky am Arm, und sie fühlte den Revolver an ihrer Seite. Sie musste mitgehen, zum zweiten Mal erlebte sie nun diese Situation, damals war sie von Will Taylors Männern mitgenommen worden, und auch diesmal war der Ausgang mehr als ungewiss.

„Wenn Sie Geld wollen ...", begann sie.

Der Mann unterbrach sie und lachte heiser. „Geld kriegen wir hinterher. Für dich! Tot oder lebendig!"

Jackys Gedanken rasten.

Tot oder lebendig.

So hatte sie die Mörder ihrer Familie suchen lassen. Nun war anscheinend nach ihr gesucht worden, konnte es sein, dass doch noch jemand von der Bande am Leben war?

Und die arme Sue wurde mit hineingezogen, Sue, die sie hatte warnen wollen, und die nun von zwei Banditen geführt wurde, weil sie sich vor Angst kaum auf den Beinen halten konnte.

Warum hatte sie nur die Tür geöffnet, schalt sich Jacky. Aber die Tür wäre wohl kein großes Hindernis gewesen. Vielleicht hätte jedoch Ben den Lärm gehört und wäre ihr zu Hilfe geeilt.

Ben ... Er lag friedlich in seinem Bett und würde sich morgen fragen, wo sie geblieben war. Er würde sich schreckliche Sorgen machen.

Doch wenn er gekommen wäre, um ihr zu helfen, wäre er vielleicht sogar schon tot. Man hatte anscheinend nur sie gewollt, ansonsten hätten die Männer nach Ben gesucht und ihn ebenfalls mitgenommen.

Jackys Gedanken überschlugen sich fast in ihrem Kopf, während man sie die stille Clay Street hinunterzerrte. Keiner war da, der zu Hilfe eilen konnte.

Am Fuß des Hügels wartete eine Kutsche, auf der Ladepritsche lag ein großer Haufen Säcke. Die Männer fesselten und knebelten Jacky und Sue und zogen ihnen je einen Sack über. Dann wurden die beiden Frauen auf die Pritsche gelegt.

Jacky hatte Mühe zu atmen. Es war stickig im Sack, der Knebel gab ihr zusätzlich das Gefühl keine Luft zu bekommen, sie versuchte, die aufkommende Panik zu bekämpfen. Was hatte man mit ihnen vor?

Die Kutsche fuhr los, sie ahnte schon, wohin es gehen würde: zur Fähre. Man wollte sie also rasch von San Francisco wegbringen, an irgendjemanden ausliefern, der sie dann ermorden würde? Sie und ihr ungeborenes Kind.

Sie hatte wenig Hoffnung, das lebend zu überstehen. An gewöhnliche Einbrecher glaubte sie nicht mehr, man hätte sich nicht so viel Mühe gegeben, sie in aller Heimlichkeit zu entführen, und man hätte die Kasse ausgeraubt.

Es ging ganz allein um sie, und da fiel ihr nur ein Personenkreis ein, der dahinterstecken konnte. Bloß, wer genau war der Auftraggeber und warum jetzt?

Nach all der Zeit?

Alle, die Grund dazu hatten, sie zu ermorden, waren doch tot? Hatten sie jemanden übersehen?

Neben sich hörte sie Sue leise wimmern. Warum musste ausgerechnet Sue Franklin ihr Schicksal teilen?

Die Kutsche hielt an, Männerstimmen waren zu hören, Jacky wusste, dass sie an der Fähre waren, bald würden sie hinauffahren und übersetzen.

Sie konnte nichts dagegen tun.

Die arme Sue war in tiefem Schock. Sie wusste gar nicht, wie ihr geschehen war, sie kämpfte gegen die Fesseln, gegen den Knebel, abwechselnd fürchtete sie, zu ersticken oder einfach vor Angst zu sterben.

Warum nur war sie mitten in der Nacht aus dem Haus gerannt? Was würde nun mit ihr geschehen?

Sie sehnte sich so sehr nach ihrer Mutter. Tränen liefen ihr übers Gesicht, sie weinte, aber das Weinen machte die

Atemnot nur noch schlimmer, sie musste sich zwingen, langsam durch die Nase zu atmen.

Ein, aus, ein, aus, die Luft reichte nicht! Sofort wurde sie panisch und warf sich hin und her.

Sie fühlte Mrs. Hart neben sich liegen, wie konnte sie nur so still bleiben, oder war sie vielleicht schon tot? Eine neue Welle von Furcht überfiel Sue, und sie wehrte sich mit aller Macht gegen die Fesseln.

Von Mrs. Hart ertönte ein ungeduldiges Stöhnen, Sue hatte in ihren Bauch getreten. Wenigstens lebte sie noch.

Sue stieß ihre Füße immer wieder nach unten, sie versuchte, den Sack zu zerreißen, und endlich gelang es ihr. Erleichtert bemerkte sie, dass frische Luft zu ihr strömte und sie wurde für einen Augenblick ruhiger.

Doch als sie sich aus dem Sack winden wollte, bekam sie einen Stoß und ein Mann zischte ihr zu, sie solle aufhören, so herumzustrampeln, sonst könne sie etwas erleben.

Sue erschrak und wagte es nun nicht mehr, sich zu bewegen. Sie musste sich damit begnügen, dass durch den Riss im Sack wenigstens Luft zu ihr drang.

Die Kutsche war eine Weile gestanden, nun setzte sie sich in Bewegung und hielt gleich darauf wieder an. Sie waren offensichtlich auf der Fähre und tatsächlich, das Horn ertönte, und sie befanden sich auf dem Meer. Zum Glück war das Wasser ruhig und die Fähre schaukelte nur leicht auf den Wellen, so bestand keine Gefahr, dass ihnen übel wurde.

Jacky fragte sich, welche Summe die Männer bezahlt hatten, dass die Fähre um Mitternacht noch einmal fuhr. Wieder war wohl viel Geld im Spiel, was erneut auf eine Richtung hinwies.

Allerdings hatten die Entführer nun eine deutliche Spur hinterlassen, das tutende Horn war sicher aufgefallen und man würde sich fragen, wer oder was in der Nacht noch über die See transportiert worden war.

Jacky hoffte, dass Ben und Jesse die richtigen Schlüsse ziehen würden, auch wenn das sehr unwahrscheinlich war. Wie konnte man darauf kommen, dass sie aus heiterem Himmel anscheinend von den Schatten der Vergangenheit eingeholt wurde?

Schließlich, nach einer gefühlten Ewigkeit, erreichte die Fähre das andere Ufer. Die Kutsche setzte sich erneut in Bewegung, es ging über Pflastersteine, dann bog sie irgendwo ab und fuhr einen holprigen Weg entlang. Sie waren nun anscheinend in Oakland und würden es bald verlassen. Wie spät es wohl schon war?

Jacky schien es, als sei sie seit vielen Stunden gefesselt, die Sonne würde bestimmt demnächst aufgehen, so dachte sie zumindest.

Endlich hielt die Kutsche an. Jemand sprang auf die Ladefläche, und gleich darauf wurde Jackys Sack aufgeschnitten. Es war tatsächlich immer noch dunkel, aber der Mond schien, und Jacky erkannte den Mann, der sie im Laden mit dem Revolver bedroht hatte.

Neben ihr wurde auch Sue gerade befreit.

Jackys Knebel und die Fesseln waren endlich weg, welche Erleichterung, wieder Luft zu bekommen. Sie setzte sich auf, rieb sich die schmerzenden Handgelenke und sah sich um. Insgesamt waren es fünf Männer, wenn man den Kutscher dazuzählte.

Doch ihr blieb keine Zeit, sie wurde hochgerissen und von der Kutsche gehoben, Sue ebenso. Sue sank sofort zu Boden, ihre Beine trugen sie nicht mehr.

Jacky dagegen hielt sich mit eisernem Willen aufrecht. „Was soll das alles?", fragte sie mutiger, als ihr zumute war. „Wohin bringen Sie uns?"

„Wirst du früh genug sehen. Los, steig auf das Pferd", ordnete einer der Kerle an.

Wie um alles in der Welt sollte die hochschwangere Jacky ein Pferd besteigen können?

Der Mann sah das ein und hob sie mit Mühe hinauf. Sue wurde hinter sie gesetzt, dann schlang man ein Seil um die zwei Frauen, so dass sie aneinandergefesselt waren.

„Keine Gespräche, ihr beiden!", wurde ihnen noch befohlen, dann ritten sie auch schon los. Der Kutscher blieb mit der Kutsche zurück.

Wie Jacky erwartet hatte, ging es nach Osten, über die Berge, in die Einsamkeit der Wildnis.

Das Reiten war für sie sehr unangenehm, noch dazu, wo sie sich nicht festhalten konnte, denn ihre Hände waren an ihren Körper gebunden. So klammerte sie sich mit den Beinen fest und hoffte, sie und Sue würden das Gleichgewicht nicht verlieren. Bei einem Sturz könnte sie das Baby töten, davor hatte sie am meisten Angst.

Ihr armes kleines Baby, wie sollte sie es nur beschützen?

„Ich glaube, ich kann meine Hand herausziehen!", hörte sie Sue plötzlich flüstern.

Jacky hielt die Luft an und machte sich so dünn wie möglich. Sie spürte, wie Sue an dem Seil zerrte und zog und dann war es tatsächlich lockerer und Sue konnte sich ein bisschen abstützen. Doch leider hatte einer der Männer vielleicht etwas bemerkt und ritt so nahe neben ihnen her, dass weitere Befreiungsversuche unmöglich waren.

Sue legte mutlos ihren Kopf auf Jackys Schulter, sie war todmüde und - war es zu verstehen? Sie schlief ein.

Nun musste Jacky wieder allein für Halt sorgen und sie hatte große Angst, ebenfalls einzunicken und dann vielleicht vom Pferd zu fallen. Aber sie wollte Sue nicht wecken und biss weiter die Zähne zusammen.

Inzwischen war die Morgendämmerung angebrochen. Bald würde Ben merken, dass sie weg war.

„Hey", sagte Jacky schließlich zu dem Mann neben sich, als sie es nicht mehr aushielt. „Binde meine Arme los, ich muss mich festhalten können, wir fallen bald herunter."

Sue war wieder hochgeschreckt und hielt nur mit Mühe das Gleichgewicht. Beinahe hätte sie sich und Jacky vom Pferd gerissen.

Der Mann rief den anderen zu, sie sollten kurz anhalten, dann löste er mit etwas Mühe den Knoten und nahm den Strick ab.

„Wenn ihr versucht, wegzureiten, kommt ihr sowieso nicht weit", warnte er Jacky. „Ich bleibe hinter euch und beobachte euch!"

Sie antwortete nicht. Nun war es leichter, sie konnte sich am Sattel festhalten und Sue schlang die Arme um sie.

Sie ritten, bis die Sonne aufgegangen war. Es würde ein heißer Tag werden, schließlich war schon Sommer. Sue döste immer wieder ein, Jacky dagegen blieb hellwach. Sie suchte fieberhaft nach einem Fluchtweg, doch ihr wollte nichts einfallen, sie wurden auch zu gut bewacht.

Aufmerksam prägte sie sich den Weg ein, den sie nahmen. Sie versuchte, sich Stellen zu merken, an denen sie vorüberkamen, ein verkrüppelter Baum, eine Felsenwand, ein kleiner Bachlauf ...

Hier in der Einsamkeit konnte man sich leicht verirren, gerade, wenn es durch Wälder ging. Jacky konnte sich nur nach dem Stand der Sonne richten und schätzte, dass sie in den Südosten unterwegs waren, in eine Gegend, in der tatsächlich niemand lebte.

Die Männer benützten Karten und einen Kompass, sie schienen Erfahrung damit zu haben. Jacky besaß keines dieser Hilfsmittel.

Wenn sie nur wüsste, was die Männer vorhatten, wie viel Zeit ihr noch blieb, sie musste mit ihnen ins Gespräch kommen. Wer von den vieren war wohl bereit, mit ihr zu reden?

Unschlüssig betrachtete sie die Männer, einer musste der Anführer sein, das war bestimmt der Kerl, der mit dem gezogenen Revolver in der Tür des Ladens gestanden war. Mit ihm zu reden war wohl sinnlos, sie brauchte jemanden, der noch einen Funken Mitgefühl und Menschlichkeit hatte.

Sie dachte intensiv an Ben.

*Ben, bitte, wach auf, bitte, suche mich, du bist unsere einzige Hoffnung!*

# Sie sind weg!

### San Francisco, Samstag, 6. Juni

Als Claire am frühen Morgen den Laden betrat, wunderte
sie sich. Die Tür stand offen und das Licht brannte noch
schwach.

War etwas passiert in der Nacht? Mrs. Hart war doch
sonst so sorgfältig und überaus genau.

Oder war das Kind gekommen? Nein, dafür war es zu
ruhig im Haus und Mr. Hart hätte sie bestimmt gleich mit
der Nachricht überfallen. Die Hebamme wohnte nicht weit
weg und war schon ein paar Mal bei Mrs. Hart gewesen,
um sie zu untersuchen. Hoffentlich war nichts Schlimmes
passiert und Mrs. Hart ins Hospital gebracht worden?

Claire löschte das Licht und ging nachdenklich in die
Küche. Vorsichtig klopfte sie am Badezimmer, denn sie
war beunruhigt. Niemand antwortete, also trat Claire ein
und es bestätigte sich, dass der Raum leer war. Sie eilte
zurück zur Pumpe in der Küche und füllte wie gewohnt
den großen Topf. Als sie danach den Herd schürte, kam
Ben gähnend aus seinem Zimmer.

„Guten Morgen, Claire, haben Sie meine Frau gesehen?
Sie scheint schon auf zu sein."

Claire erschrak und das ungute Gefühl verstärkte sich.
„Nein, Mr. Hart, sie ist weder unten im Laden, noch im
Badezimmer. Aber etwas Seltsames war, die Ladentür
stand offen und das Licht brannte."

Ben starrte sie an. Dann rannte er hinunter in den
Laden. Er entdeckte die geöffneten Bücher, hatte Jacky
also wieder nachts heimlich gearbeitet, nur wo war sie?
Alles war ordentlich wie immer, nichts fehlte.

Er trat vor die Tür und blickte die Clay Street hinauf
und hinunter. Unwillkürlich sah er nach oben zu dem
Fenster gegenüber, an dem Sue Franklin immer Posten

53

bezog. Sie war nicht zu sehen. Aber er bemerkte, wie sich die Dienstmädchen vor der Türe stritten, und überquerte die Straße.

„Ich habe nicht offengelassen! Das musst du gewesen sein, du warst die Letzte!"

„Ich habe zugesperrt wie immer! Das lasse ich mir von dir nicht sagen! Das warst bestimmt du, die Herrin wird dich hinauswerfen!"

„Entschuldigung", mischte sich Ben ein. „Höre ich recht, Ihre Tür war heute Morgen auch offen?"

Sie sahen Ben überrascht an und eins der Mädchen antwortete. „Ja, jemand hat die Tür offengelassen!"

Ben lief es kalt über den Rücken. Irgendetwas stimmte hier ganz und gar nicht.

„Haben Sie vielleicht meine Frau gesehen?", fragte er.

Die Mädchen verneinten und gingen rasch ins Haus, die Herrin würde gewiss schon auf sie warten.

Ben warf noch einmal einen Blick zu Sues Fenster, doch da war niemand. Ungewöhnlich, um diese Zeit befand sie sich sonst immer dort.

Er beschloss, Jesse zu wecken.

Jesse hörte sich Bens Sorgen an und stand sofort auf. „Denkst du, dass mit dem Kind etwas ist?", überlegte er.

„Ich weiß nicht, sie würde doch nicht einfach fortgehen? Wohin denn auch? Und warum?"

„Vielleicht war etwas und sie ging zu einem Arzt?"

„Ohne mir etwas zu sagen? Nein! Ich traue ihr viel zu, aber das nicht!"

„Du hast recht, das würde sie nicht tun. Ich fürchte, wir müssen die Polizei informieren, Ben."

„Ja, ich werde sofort gehen!"

Währenddessen herrschte auch im Haus Franklin helle Aufregung. Nachdem Mrs. Franklin wegen der offenen Tür laut und lange geschimpft hatte, rief sie Sue, die wieder einmal zu spät zum Frühstück kommen würde. Doch es erfolgte keine Antwort. Mrs. Franklin stampfte schließlich selbst wütend in Susans Zimmer und fand das Bett unberührt und das Zimmer leer vor.

Sprachlos schaute sie sich um.

Susan und die offene Tür ...

Mrs. Franklins Gedanken purzelten durcheinander. War ihre Tochter weggelaufen? Nein, das würde sie nie tun!

Was war aber sonst passiert?

Sie suchten das ganze Haus ab, sahen, dass Sues Umhang fehlte und ihre Schuhe, dann schickte Mrs. Franklin eins der Mädchen zur Bank, um ihren Mann zu holen, das andere zur Polizei.

Und so trafen Ben und das Dienstmädchen der Franklins vor der Wache wieder zusammen. Sie sahen sich beunruhigt an.

„Ist etwas passiert?", fragte Ben.

„Ja, Miss Franklin ist verschwunden!"

„Wie bitte?" Ben erschrak zutiefst.

„Die Haustür war offen, und Miss Franklin war anscheinend gar nicht im Bett gewesen."

„Unsere Tür war auch offen und meine Frau ist spurlos verschwunden!"

Das Mädchen schlug entsetzt die Hände vor den Mund. Sie beschlossen, gemeinsam Meldung zu machen.

Zunächst wollte man ihnen nicht glauben und riet, abzuwarten, vielleicht seien die beiden Frauen einfach zum Feiern gegangen, doch als Ben verzweifelt einwandte, dass seine Frau im neunten Monat schwanger sei, wurde der Polizist still.

„Vielleicht ist etwas mit dem Kind gewesen?", fragte er. „Und die junge Miss hat es bemerkt und geholfen?"

Ben schlug mit der Hand auf den Tisch. „Meine Frau hätte mich geholt und nicht Miss Franklin!"

Das Dienstmädchen nickte dazu. „Miss Franklin hätte ihre Mutter verständigt. Sie wäre doch nicht allein aus dem Haus gerannt. Dazu ist sie viel zu ängstlich."

Schließlich gingen zwei Polizisten mit in die Clay Street. Ben war inzwischen außer sich vor Sorge. Hoffnungsvoll sah er Jesse an, doch der schüttelte den Kopf.

„Sie ist nirgends zu finden, ich habe herumgefragt, keiner hat sie gesehen!"

Mrs. Franklin, die auf der Straße ungeduldig gewartet hatte, war in Tränen aufgelöst. Die Polizisten hatten zu tun, sie zu beruhigen. Sie stürzte sich sofort auf Mr. Franklin, der inzwischen erschienen war und Mühe hatte, in all dem Chaos zu begreifen, worum es überhaupt ging. Doch dann führte er einen Polizisten in Sues Zimmer. Der Sergeant sah sich genau um, trat zum Fenster und blickte hinaus auf die Straße, wo Ben und Jesse sich fassungslos vor dem Laden unterhielten.

Und dann entdeckte er ein kleines Buch, das auf dem Fensterbrett lag. Er öffnete es und las:

*9:30 Mr. Jones geht zum Hafen hinunter*

*10:30 Mr. Jones kehrt mit drei Paketen zurück*

*22:00 Mr. Jones geht Richtung Hafen*

Und so ging es seitenweise.

Dann kam ein eingeklebtes Bild, der Zeitungsausschnitt, der Jacky, Ben und Jesse zeigte.

Auf den letzten Seiten änderten sich die Einträge.

*20:00 Zwei bewaffnete Männer stehen vor dem Laden. Einer hat einen seltsamen Hut, fast wie ein Mexikaner. Sie suchen etwas, jetzt gehen sie wieder.*

Zwei Tage später hatte sie wieder über diese Männer geschrieben.

*15 Uhr: Die zwei Männer von neulich Nacht sind in den Laden gegangen. Ich erkannte den einen an seinem Hut. Sie sind bewaffnet.*

Der mit dem seltsamen Hut ist groß und dunkelblond, er hat stechende Augen und einen Bart. Er trägt eine lederne Hose und ein blaues Hemd. Der andere hat einen braunen Hut und dunkle, lange Haare. Er trägt ein rotblau kariertes Hemd und auch eine lederne Hose. Beide haben Stiefel.

15:05 Sie kommen wieder heraus und gehen Richtung Hafen hinunter.

16:00 Sie sind wieder da, sie sind zu viert. Sie stehen unter meinem Fenster und beobachten den Laden. Ich kann die zwei anderen nicht sehen, aber die beiden tragen ebenfalls Hüte. Ich muss Mr. Hart warnen, nur, ich möchte nicht an den Männern vorbeigehen! Und wie sollte ich das Mutter erklären!

18:00 Mr. Hart hat den Laden geschlossen, die Männer sind nun auch gegangen.
Aber ich zeichne den seltsamen Hut des einen Mannes:

22:20 Mr. Jones ist gekommen!

22:30 Alle Lichter im Haus sind gelöscht. Ich kann nicht schlafen, da stimmt etwas nicht!

23:30 Im Laden brennt wieder ein Licht. Mr. Hart arbeitet vielleicht noch.

*23:50 Es ist alles ruhig. Ich wage es, ich werde hinübergehen und Mr. Hart warnen. Ich habe den Mut, ich werde es tun!*

An dieser Stelle brachen die Notizen ab. Der Polizist hob den Kopf und sah Mr. Franklin an, der entsetzt die Aufzeichnungen seiner Tochter mitgelesen hatte.

Was war in Sue gefahren? Aber hier bot sich ein Bild, anscheinend war das Mädchen in den Laden gelaufen und Verbrechern in die Hände gefallen. Und da Mrs. Hart auch verschwunden war ...

Der Sergeant stürmte die Treppe hinunter und suchte Mr. Hart. Mr. Franklin wollte ihm folgen, doch seine Frau hielt ihn auf, sie fiel hysterisch weinend in seine Arme und er musste sie in den Salon geleiten, wo er sie auf die Couch bettete.

Mit der Erklärung „Das hat Miss Franklin geschrieben" drückte der Polizist auf der Straße Ben das Buch in die Hand und schlug die letzten Seiten auf.

Ben las rasch, wurde blass und reichte das Buch an Jesse weiter.

„Was ist das?", fragte Jesse. „Sie hat alles notiert, über mich und über ..."

Er sah Ben an. „Wie haben sie uns gefunden?"

„Du denkst es auch?"

„Was sonst? Wer hätte ein Interesse daran, Jack zu entführen? Und die arme Miss Franklin ist zufällig mit hineingeraten!"

Der Polizist hörte aufmerksam zu.

„Sie wissen also, was hier passiert ist?"

Ben nickte.

Er musste sich setzen und ließ sich auf den Treppenstufen, die zum Laden führten, nieder. „Jesse, bitte, erkläre du, mir fehlen gerade die Worte."

Jesse erzählte in knappen Sätzen, dass er mit Ben und Jacky vor kurzem Verbrecher gejagt hatte und Jacky den

Boss der Bande und seinen Bruder erschossen hatte. Sie waren überzeugt gewesen, alle Bandenmitglieder gerichtet zu haben, aber offensichtlich war noch jemand am Leben und suchte nun seinerseits Rache.

„Sie ist tot", flüsterte Ben mutlos. „Sie ist bestimmt schon tot!"

„Unsinn, Ben. Wenn man das gewollt hätte, hätte man sie gestern hier im Laden umgebracht. Sie wollten sie lebend", versicherte Jesse.

Der Polizist räusperte sich. „Ich werde nun Mr. und Mrs. Franklin informieren. Haben Sie schon nachgesehen, ob etwas gestohlen wurde? Fehlt etwas?"

Jesse schüttelte den Kopf. „Die Kasse ist unversehrt, das Geld ist noch drin, auch ist keine Einbruchsspur zu sehen, Mrs. Hart muss die Tür selbst geöffnet haben."

„Ja, gut. Dann schicken wir sofort Suchmannschaften los. Sie müssen ja Richtung San Jose geritten sein."

„Die Fähre ist gestern noch gefahren", mischte sich Claire plötzlich ein, die sich ebenfalls zu der Gruppe auf die Straße gesellt hatte.

„Die Fähre?", fragte der Polizist erstaunt.

„Ja, ich habe das Horn tuten hören gestern, kurz nach Mitternacht. So um halb eins!"

Mehrere Leute, die sich inzwischen versammelt hatten, nickten zustimmend.

„Ja, die Fähre ist noch einmal abgefahren."

„Verdammt", fluchte Jesse. „Los Ben, pack zusammen. Wir suchen sie selbst!"

„Wo wollen wir suchen?"

„Richtung Osten, wir fragen in Oakland, wo die Fähre anlegt. Jemand muss sie gesehen haben. Wir dürfen keine Zeit mehr verlieren, wir nehmen ein Boot und dann den Zug Richtung Osten, sie haben einen so großen Vorsprung."

„Wir werden die Züge kontrollieren und den Fährmann befragen", rief der Polizist und winkte einen Untergebenen herbei, um ihm eifrig Anweisungen zu geben.

Ben und Jesse eilten zurück in ihr Haus und packten in Windeseile ein paar Sachen zusammen. Als sie wieder auf die Straße kamen, sahen sie Mr. Franklin.

Er hatte mit einem Polizisten gesprochen, war über alle Neuigkeiten informiert worden und hielt sie kurz auf.

„Finden Sie sie, um Gottes Willen, finden Sie sie! Geld spielt keine Rolle egal, was Sie brauchen. Ich werde ebenfalls Männer ausschicken, tun Sie, was Sie können."

„Versprochen", rief Jesse und rannte mit Ben hinunter zum Hafen, um ein Boot aufzutreiben, das sie schnell übersetzen konnte. Sie fanden ein abfahrbereites Dampfschiff, und mit ein wenig mehr an Bezahlung war der Kapitän bereit, unverzüglich loszufahren.

Ben stand an der Reling und starrte ins Meer.

„Vielleicht haben sie sie einfach in die See geworfen."

„Ben, ich bin sicher, sie leben noch, beide! Ich glaube zwar nicht an diesen Indianerhokuspokus, aber denkst du nicht, du würdest es fühlen, wenn sie tot wäre?"

Ben horchte in sich hinein. „Du hast recht, ich würde es fühlen. Sie lebt, wir müssen sie finden."

„Wer ist es?", fragte Jesse. „Wer hat sie erwischt und warum jetzt?"

„Jemand, bei dem Geld keine Rolle spielt."

Jesse schwieg eine Weile.

„Diese Miss Franklin, sie hat genau Buch geführt über mich, hast du das gesehen? Die ist doch verrückt."

„Das ist ein kleines Mädchen mit romantischen Vorstellungen. Sie hat sich in dich verliebt, so konnte sie dir nahe sein", versuchte Ben eine Erklärung.

„Tut mir leid, ich finde das nicht normal. Sogar unser Bild aus der Zeitung hatte sie eingeklebt."

Das Bild!

Ben sah Jesse an. Beide verstanden im selben Moment. „Der Zeitungsartikel!"

„So sind sie also auf unsere Spur gekommen", schloss Ben. „Als wir neu anfingen hier, hätten wir andere Namen benutzen sollen. Wir waren viel zu leichtfertig."

„Wer hätte auch an so etwas gedacht."

Ben überlegte angestrengt.

„Die zwei Männer, von denen Miss Franklin geschrieben hat, sie waren gestern im Laden, ich kann mich erinnern. Sie sind herumgegangen, haben sich kurz umgeschaut aber nichts gekauft."

„Was wollten sie? Sich einfach nur alles ansehen?"

„Vielleicht haben sie Jack gesucht? Sie war oben."

„Ja, es war Nachmittag, sie wussten wohl nicht, dass Jack nur mehr vormittags dort arbeitet. Und dann haben sie den Laden beobachtet und gewartet. Du hast gestern zugesperrt, nicht wahr, Ben?"

„Ja. Wir gingen früh ins Bett, Jack muss noch einmal aufgestanden sein, sie kann so schlecht schlafen."

„Ich war gestern auch schon weit vor elf Uhr zuhause, da war sie noch nicht auf, alles war dunkel und ruhig. Ich war todmüde, bin sofort eingeschlafen. Ich habe nichts gehört, auch nicht, dass Jack noch einmal hinuntergegangen ist", berichtete Jesse.

„Sie muss ihnen selbst die Tür geöffnet haben. Es ging wohl blitzschnell."

„Wenn sie ihr etwas antun, Ben, ich schwöre dir, ich werde sie jagen, bis zum letzten Mann!"

„Was glaubst du, was ich tun werde?"

Sie waren sich einig, es würde keine Gnade geben.

Endlich erreichten sie das andere Ufer. Sie bedankten sich bei dem Bootsmann und sahen sich um. Die große Fähre stand abfahrbereit im Hafen und ein paar Polizisten befanden sich an Bord.

Ben und Jesse eilten hinüber, um mehr zu erfahren. Anscheinend wurde der Fährmann gerade befragt.

„Mein Name ist Ben Hart", rief Ben schon von Weitem hoffnungsvoll. „Haben Sie etwas über meine Frau herausgefunden?"

„Mr. Hart, kommen Sie an Bord", antwortete ein Polizist. „Wir haben ein Telegramm aus San Francisco erhalten und erfahren, was passiert ist. Der Fährmann erzählte uns gerade, dass er heute Nacht gegen eine großzügige Bezahlung vier Männer zu Pferd und eine Kutsche übersetzte, die mit schweren Säcken beladen war."

„Wurde ... wurde ..." Ben stockte.

Jesse griff ein. „Wurde etwas über Bord geworfen?"

„Soweit wir wissen, nicht. Die Männer und die Kutsche verließen die Fähre ganz normal, dem Fährmann ist nichts Besonderes aufgefallen. Oder doch, die Kutsche hatte rote Räder, sie glänzten richtig, waren wohl frisch lackiert und das sah angeblich seltsam aus, weil die Kutsche ansonsten fast zusammenfiel, so alt war sie. Die fünf Männer machten sich auf den Weg nach Oakland. Wir haben bereits gefragt, es fuhr seit gestern Abend kein Zug ab, niemand hat Oakland mit dem Zug verlassen können. Sie sind also noch mit der Kutsche oder zu Pferd unterwegs."

„Sie haben zwölf Stunden Vorsprung!", stellte Ben verzweifelt fest.

„Wenn sie die Kutsche weiter benutzten, sind sie langsam, wenn sie mit Pferden weg sind, können sie auch nicht so schnell, wie sie wollen, Jack ist hochschwanger", überlegte Jesse.

„Das wird sie nicht kümmern."

„Glaub das nicht, sie müssen fürchten, dass das Kind kommt, sie werden sie schonen! Schnell Ben, besorgen wir uns Pferde." Er wandte sich an den Polizisten. „Vielen Dank, wir reiten jetzt los und werden versuchen, sie irgendwie einzuholen."

Der Polizist tippte an die Mütze. „Viel Glück, wir werden ebenfalls Suchtrupps aussenden."

Ben und Jesse rannten zu einem Stall, in dem sie Pferde bekamen. Sie wählten zwei kräftige Tiere und führten sie ins Freie. Dann saßen sie auf und berieten, in welche Richtung sie sich wenden sollten.

„Die Frage ist, wo wollen sie hin? Vallejo im Norden?"

„Wie kommst du auf Vallejo, Jesse?"

„Dort kommt die Eisenbahn über die Bay, wenn sie die kürzere Zugstrecke nach Sacramento und in den Osten nehmen wollen, müssen sie dorthin. Oder bleiben sie hier und gehen irgendwo in die Wildnis? Dann müssten wir in östlicher Richtung suchen. Ich denke wir tun das auch, ich glaube nicht, dass sie die Eisenbahn nehmen, sie würden gerade mit Jack auffallen. Versuchen wir es in Richtung Osten, es ist besser, als gar nichts zu tun."

„Ich bin so froh, dass du hier bist, ich kann gar nicht denken." Wieder einmal machte Ben sich bewusst, welch ein Glück er hatte, Jesse zum Freund zu haben.

Jesse wandte sich ihm mit ernstem Gesicht zu.

„Das ist doch klar, Ben, du machst dir schreckliche Sorgen. Auf, wir preschen so richtig los, vielleicht haben wir doch eine Chance sie einzuholen."

Sie trieben die Pferde an mit wenig Hoffnung, aber es war ihre einzige Möglichkeit, etwas zu tun.

*Wer den Namen eines Menschen kennt,*
*hat Macht über ihn*

# Gibt es Hoffnung?

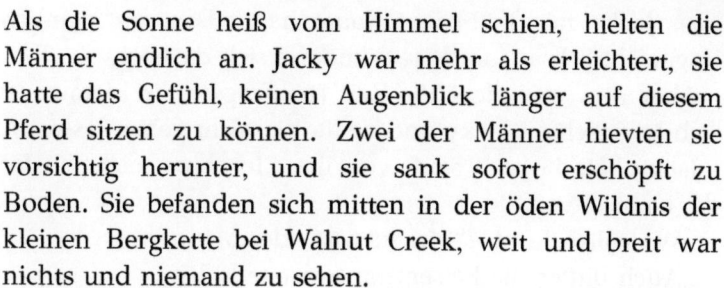

### Jacky und Sue – Samstag, 6. Juni

Als die Sonne heiß vom Himmel schien, hielten die Männer endlich an. Jacky war mehr als erleichtert, sie hatte das Gefühl, keinen Augenblick länger auf diesem Pferd sitzen zu können. Zwei der Männer hievten sie vorsichtig herunter, und sie sank sofort erschöpft zu Boden. Sie befanden sich mitten in der öden Wildnis der kleinen Bergkette bei Walnut Creek, weit und breit war nichts und niemand zu sehen.

Sue, die sich seit der Entführung in permanentem Schockzustand befand, setzte sich zu Jacky und barg das Gesicht an ihrer Schulter.

„Ich muss ... ich muss ... ich kann es kaum mehr halten", flüsterte sie verzweifelt in Jackys Ohr.

Jacky wandte sich an die Männer. „Wir beide müssen uns erleichtern. Wir gehen hier hinter die Felsen."

Die Männer grinsten.

„Eine geht, die andere bleibt hier", bestimmte der Kerl, den Jacky für den Anführer hielt.

Sie gab Sue einen Schubs. „Lauf", befahl sie.

Sue stand zögernd auf, aber die Not war größer als die Scham, und sie verschwand rasch hinter den schützenden Felsen.

„Versuch nicht, abzuhauen", rief einer der Männer. „Wenn du das tust, ist die hier tot."

Sue kam bald darauf zurück, ihr Gesicht war vor Verlegenheit so rot wie eine Tomate, und so schnell sie konnte, setzte sie sich neben Jacky und zog ihren Umhang fest um sich. Ihr war soeben klar geworden, dass sie darunter nur ein rüschenbesetztes Nachthemd trug.

Jacky hatte ebenfalls Nachtkleidung an, ein einfaches langes, weites Hemd, einen Morgenmantel, der sich kaum mehr über ihrem Bauch schließen ließ, und Pantoffeln.

Sue hatte immerhin richtige Schuhe an den Füßen.

Jacky erhob sich mühsam. Ihre Haare hatten sich aus dem Knoten gelöst, und Sue bemerkte zum ersten Mal, dass Jacky nur halblange Haare hatte. Das sah ziemlich ungewöhnlich aus und sie wunderte sich darüber.

Aber nun war nicht die Zeit für Fragen. Sie klammerte sich ängstlich an Jacky und wollte sie nicht gehen lassen.

Jacky befreite sich sanft von ihr. „Ich bin gleich wieder da, keine Angst."

„Wo willst du hin?", fragte einer der Männer.

„Auch hinter die Felsen", antwortete Jacky.

„Mach ja keinen Unsinn. Denk daran, die Kleine hier wird es büßen!"

„Was sollte ich für einen Unsinn machen?", stöhnte Jacky mit gerunzelter Stirn. „Sehe ich so aus, als könne ich schnell davonlaufen?"

Der Mann betrachtete ihren Bauch. „Was hast du eigentlich da drin? Drillinge?"

Die anderen Männer johlten.

Jacky kümmerte sich nicht darum, sie war von Jesse Spott gewohnt, und erleichterte sich hinter den Felsen. Fieberhaft überlegte sie, was sie tun konnte. Weglaufen war tatsächlich unmöglich, aber Miss Franklin konnte es schaffen. Wenn sie nur ein bisschen mutiger wäre.

Währenddessen betrachteten die Männer die arme Sue, die ängstlich auf dem Boden kauerte.

„Was machen wir eigentlich mit ihr?", fragte einer.

„Was wohl? Wir haben unseren Spaß und dann ..." Der Mann machte mit seinen Händen eine Bewegung, die andeutete, dass er ihr den Hals umdrehen würde.

„Guter Plan", rief der dritte Mann.

Jacky kam zurück, sie hatte alles gehört und gesehen. Sie machte sich große Sorgen, dem Mädchen durfte nichts geschehen, schließlich hatte sie mit dem Ganzen nichts zu tun. Sie setzte sich neben Sue und zog sie schützend in ihre Arme. Wieder barg Sue ihr Gesicht an Jackys Schulter.

Jacky merkte, dass das Mädchen weinte.

„Bleib ruhig, zeige nicht, dass du Angst hast", befahl sie so leise, dass die Männer sie nicht hörten.

„Okay, ich werde es versuchen, Mrs. Hart", kam es fast unhörbar zurück.

„Ich heiße Jacky, du kannst mich auch Jack nennen, Ben und Jesse tun das."

„Jesse ...", stammelte Sue ehrfürchtig.

Trotz allem musste Jacky lächeln. Die Schwärmerei für Jesse war tatsächlich stärker als die Angst. Vielleicht konnte man das nutzen.

„Hör zu, Sue, versuch ein wenig zu schlafen, ich werde es auch, wir müssen bei Kräften bleiben."

„Aber die Männer ..."

„Sie haben uns bis jetzt nichts getan und haben das wohl vorläufig auch nicht vor."

Zumindest bei ihr nicht, war sich Jacky sicher, sie war für den Moment lebend wertvoller. Bei Sue sah das ein wenig anders aus, aber Jacky hatte inzwischen eine vage Idee, wie sie das Mädchen vielleicht retten konnte. Doch erst wollte sie ein paar Stunden schlafen und hoffte, dass man sie in Ruhe ließ. Dann konnte sie weiter nachdenken und planen.

Ben hatte nun sicher schon längst gemerkt, dass sie weg war. Sie hatte das Licht brennen und die Tür offengelassen, er würde sich fragen, wo sie hingegangen war. Und wohin Sue Franklin verschwunden war.

Sie seufzte, es war so gut wie unmöglich, dass er die richtigen Schlüsse ziehen und sie finden würde. Sie mussten sich selbst helfen.

Sue war an ihrer Schulter bereits eingeschlafen.

Für Jacky war das nicht so leicht, aber einer der Männer gab ihr eine Decke, die konnte sie sich unter den schmerzenden Rücken legen, mit dem sie an einem Baum lehnte. Zum Zudecken war es bereits viel zu warm, ihren Mantel auszuziehen kam ebenfalls nicht in Frage, sie hatte nur ein Nachthemd an, sie wollte sich keine Blöße geben. Sehnsüchtig blickte sie durch die Baumkrone über sich in den strahlend blauen Himmel. Sie erinnerte sich an den Cheyenne Manyeyes, der sie alles über die lebenden Dinge und den Kreis des Lebens gelehrt hatte, und sie fühlte, dass der Baum lebendig war.

Daraus schöpfte sie Kraft und Trost. Die kleinen Äste bewegten sich sanft im Wind und winkten ihr zu.

Sie war nicht allein.

Endlich konnte sie einschlafen, doch viel zu bald wurde sie wieder geweckt. Die Männer hatten ein Feuer gemacht und ein paar Dosen mit Bohnen gewärmt. Jacky und Sue bekamen auch etwas zu essen. Danach durften sie an einen Bach gehen und sich waschen und trinken, wurden aber streng bewacht.

Prüfend sah Jacky zur Sonne, es war früher Nachmittag. Die Männer sattelten die Pferde und machten sich zum erneuten Aufbruch bereit.

Jacky versuchte, Zeit zu schinden, je langsamer sie vorankamen, desto besser schien es ihr, auch wenn sie immer noch keine Ahnung hatte, wo das alles hinführen würde und wer genau dahintersteckte.

Eigensinnig saß sie am Boden und tat so, als könne sie nicht aufstehen, doch die Männer machten keine Umschweife, zwei von ihnen packten sie an den Armen, schleppten sie zum Pferd und hoben sie hinauf.

Sie machte sich schwer wie ein Kartoffelsack und half nicht im Geringsten mit, sollten sie sich zu Tode schinden, und trotz ihrer Kraft taten sie sich nicht leicht mit ihr. Schließlich hatten sie es geschafft, Jacky saß auf dem Sattel.

Sue wurde wieder hinter sie gesetzt und sie ritten gleich los. Jacky biss die Zähne zusammen, sie empfand das Reiten als zunehmend unangenehm, doch sie ahnte, dass ihr jammern nichts nützen würde. Sie beherrschte sich also und entschied sich, mit den Männern zu reden, sie musste wissen, woran sie war.

„Hey, du", rief sie dem Mann zu, der neben ihr ritt. „Was habt ihr eigentlich vor, wer schickt euch?"

Er grinste sie an. Mit seinen rötlichen Haaren und den Sommersprossen sah er jung und richtig harmlos aus, daher hatte Jacky beschlossen, sich zunächst an ihn zu wenden.

„Das würdest du gerne wissen, nicht?", fragte er.

„Was sonst? Denkst du, ich komme zu meinem Vergnügen hier mit? Also, sag mir, wer dahintersteckt. Wen habe ich so fasziniert, dass er euch ausschickt, um mich zu holen?"

„Du bist ganz schön frech, ich schätze, nicht mehr lange. Und unser Auftraggeber war bestimmt nicht von dir fasziniert. Aber das ist egal, du bist auch bald so tot wie er, wir hätten das ja schnell und sauber erledigt, leider sollen wir dich lebendig abliefern. Dann wirst du schon sehen."

Jacky starrte den Mann an.

„Euer Auftraggeber ... ist tot? Aber wie ...?"

Sie begann zu verstehen. Und dann erfuhr sie, wer tatsächlich hinter ihr her war, und warum.

Es bedarf des Zusammentreffens
von Feuer und Wasser,
von Sonne und Dunst,
um einen Regenbogen zu erzeugen.

# In Walnut Creek

### *Ben und Jesse – Samstag, 6. Juni*

Zur etwa selben Zeit befanden sich Ben und Jesse auf der ausgefahrenen Straße, die von Oakland nach Osten führte. Sie ritten schnell und suchten gleichzeitig nach Spuren, aber das schien ziemlich sinnlos.

Und dann kam ihnen doch der Zufall zu Hilfe.

Nach ein paar Meilen begegneten sie einer Kutsche, die Richtung Oakland fuhr, und die mit Säcken beladen war. Sie waren schon daran vorbeigeritten, als Ben plötzlich anhielt und sein Pferd wendete. Jesse musste eine ganze Strecke zurückreiten, um zu Ben aufzuschließen, der den Kutscher aufgefordert hatte, anzuhalten. Die Kutsche war alt und hatte rote Räder.

Jesse verstand. Ben hatte sich an die Beschreibung des Fährmannes erinnert.

„Sie kamen heute Nacht aus San Francisco, nicht?", fragte Ben gerade.

Der Kutscher sah ihn verwirrt und furchtsam an.

Ben schrie ihn an. „Reden Sie, um Himmels Willen, reden Sie, Mann. Sie hatten meine Frau dabei, wo ist sie?"

Jesse zog seine Waffe und bedrohte den Kutscher. „Reden Sie besser!"

Verzweifelt zog Ben seine Geldtasche hervor. „Wie viel Geld wollen Sie? Sagen Sie mir, wo meine Frau ist? Und das Mädchen, das dabei ist? Sind sie noch am Leben?"

Er drückte ihm ein paar Scheine in die Hand.

Als der Kutscher immer noch nicht reagierte, wollte Ben ihm mehr geben, aber Jesse griff ein.

Er schwang sich auf den Kutschbock und hielt dem Mann den Revolver ans Knie. „Du Dreckskerl nimmst jetzt das Geld und redest, sonst sitzt du im Rollstuhl. Erst ein Knie, dann das andere ..."

71

Der Kutscher versuchte, sich zur Wehr zu setzen, doch Ben war schneller gewesen, er war ebenfalls auf die Kutsche gesprungen, packte den Mann und riss seine Arme nach hinten. Jesse ließ die Waffe am Knie des Mannes entlanggleiten.

„Ich zähle bis drei. Eins ... zwei ...“

„Halt!“, rief der Kutscher. Seine Stimme klang ängstlich. „Ich ... ich wollte das nicht. Sie haben mir so viel Geld gegeben, sie sagten, niemand würde etwas merken, ich sollte nur Säcke aufladen und dann würden wir übersetzen, und ein Stück hinter Oakland könne ich wieder umkehren. Ich wusste das nicht, sie haben die Frauen gebracht, sie geknebelt und gefesselt und in Säcke geschnürt. Ich konnte nichts tun. Es ging so schnell, dann fuhren wir los. Ich hatte Angst vor ihnen. Fünf Meilen von hier haben sie die Frauen rausgeholt und auf ein Pferd gesetzt und zusammengebunden. Dann sind sie weggeritten.“

„Wohin?“, schrie Ben den Mann an.

„Ich weiß es nicht, ich weiß es wirklich nicht! Richtung Osten.“

„Sie haben noch gelebt?“

„Ja, sie waren lebendig, die eine Frau, sie war schwanger, sie konnte nicht auf das Pferd steigen. Sie haben sie hochgehoben. Sie hat was gesagt, aber ich habe es nicht verstanden.“

„Wie viele Männer waren es?“

„Vier.“

„Wurden Namen genannt?“

„Nein, keine Namen.“

„Erinnere dich, sie müssen geredet haben, was haben sie gesagt?“

Der Kutscher dachte nach. Er schien schwer von Begriff zu sein und war sehr langsam in allem.

Doch dann fiel ihm etwas ein und sein Gesicht hellte sich auf. „Sie haben davon geredet, dass sie irgendwo in den Bergen bleiben mit der Frau. Und dass jemand aus dem Osten mit dem Zug ankommt und einer der vier ihn in Walnut Creek abholen und zu dem Versteck bringen wird. Das ist alles, ich schwöre, das ist alles."

„Ich hoffe für dich, du sagst die Wahrheit." Jesse steckte den Revolver weg.

Er nickte Ben zu und die beiden setzten ihren Ritt etwas langsamer fort, sie mussten reden.

„Es kommt jemand in Walnut Creek mit dem Zug an, der Jack will", überlegte Jesse.

„Ja, und einer der Bande wird ihn von dort abholen und zu ihr bringen."

„Was für uns heißt, Jack bleibt am Leben, so lange der Kerl noch im Zug sitzt. Er scheint der Auftraggeber zu sein."

„Wir haben richtig vermutet, Jesse, sie wollen sich hier irgendwo verbergen und wer weiß was mit Jack anstellen. Was machen wir nur jetzt? Es hat keinen Sinn, Jack so zu suchen. Sie könnte überall sein. Hier gibt es ja nur Wildnis, wo man sich leicht verstecken kann. Wir müssen nach Walnut Creek, das Treffen abwarten und ihnen folgen, sie werden uns direkt zu ihr führen."

„Du hast recht und wir werden das allein machen, wir beide können ihnen unauffällig folgen, mit einer ganzen Horde Polizisten wird es schwer."

„Es sind vier Männer und mindestens noch einer ist unterwegs. Wir sind nur zu zweit", gab Ben zu bedenken.

„Du vergisst Jack. Sie hat den Kerlen bis dahin sowieso die Hölle heiß gemacht. Die sind bestimmt fertig mit der Welt. Und wir beide haben das Überraschungsmoment auf unserer Seite. Jack hat letztes Jahr zwei Männer erschossen, bevor man sie ausschalten konnte. Du zwei, ich zwei, den Fünften und Sechsten müssen wir sehen. Wenn wir schnell sind, schaffen wir alle aus dem Hinterhalt."

Jesse klang zuversichtlicher, als er sich fühlte.

Es schien so einfach. Zu einfach?

Sie beschlossen, im nächsten Ort einen Zug nach Walnut Creek zu nehmen, sie würden schneller dort sein als mit Pferden, nun, da sie nicht mehr unterwegs Ausschau halten mussten und ein Ziel hatten, war der Zug besser.

Sie brauchten tatsächlich nicht lange zu warten und stiegen kurz darauf in einen Zug nach Osten. Die Pferde ließen sie ebenfalls einladen, sie würden sie bald brauchen.

Wenig später erreichten sie Walnut Creek und erkundigten sich sofort nach der Ankunft des nächsten transkontinentalen Zuges aus dem Osten über Stockton.

Viele Reisende benutzten immer noch die alte Linie, auch wenn sie länger war als die neuere Strecke über Vallejo, sie hatte den Vorteil, dass man in Sacramento nicht mit seinem gesamten Gepäck mühsam umsteigen musste.

Jeden Tag würde ein Zug ankommen, die Zeiten waren ein wenig ungewiss, man wusste nie, was einem auf der langen Strecke alles begegnete.

Also bezogen Ben und Jesse ein Zimmer in einem Hotel mit Blick auf den Bahnhof. Nichts würde ihnen entgehen.

Sie waren nun zur Untätigkeit verdammt und das fiel gerade Ben sehr schwer. Sobald er sich hinlegte, stand er wieder auf, dann rannte er im Kreis ungeduldig durchs Zimmer, bis Jesse genervt befahl, er solle sich endlich hinsetzen, doch kaum saß Ben, sprang er erneut auf und stellte sich ans Fenster.

Schließlich besorgte Jesse eine Whiskyflasche und nötigte Ben zu trinken.

„Damit du ruhiger wirst! Wir können nichts tun, Ben, wir können nur warten, es wird ihr erst einmal bestimmt nichts geschehen und Jack kann sich sehr gut allein helfen. Trau deiner Frau ein wenig mehr zu."

„Was will sie gegen vier Männer ausrichten?"

„Sie hat es schon mit einer ganzen Bande aufgenommen. Und du weißt, sie hat keine Angst. Kannst du dich nicht mehr erinnern, wie sie mit John Taylor umgesprungen ist in seinem Haus? Ich glaube, er war heilfroh, als er sie los war."

„Aber wenn mit dem Kind etwas ist ...“

Jesse schlug ihm auf die Schulter. „Was soll sein? Sie ist gesund und kräftig, sie hat noch Zeit zur Geburt. Außerdem ist Miss Franklin bei ihr, sie ist nicht allein.“

„Glaubst du wirklich, dass die Kleine eine große Hilfe für Jack ist? Eher wohl im Gegenteil.“

„Jack wird auch ihr Feuer unterm Hintern machen. Jetzt bleib ruhig, Ben, es hilft ja sowieso nichts.“

Nach einer unruhig verbrachten Nacht bezogen sie wieder abwechselnd ihren Platz am Fenster.

Es wurde ein langer, heißer Sonntag. Die ganze Zeit über geschah nichts. Wohl fuhren Züge ein, aber niemand wurde abgeholt, niemand sah sich suchend um.

Am frühen Nachmittag wurde Ben plötzlich unruhig. Er stand am geöffneten Fenster und sein Blick fiel auf einen Laubbaum gegenüber, der sich leicht im Wind bewegte.

Das war seltsam, denn es war vollkommen windstill, nirgendwo regte sich ein Lüftchen. Doch dieser Baum schien ihm zuzuwinken. Gebannt starrte Ben auf die Äste und Blätter, die nun heftig hin und herwehten. Es lag etwas Tröstliches darin, als wolle der Baum ihm eine Botschaft bringen.

Jacky? Sie lebte noch, nun war er sicher. Er schloss kurz die Augen und schickte in Gedanken Mut und Kraft zu ihr, er würde sie retten, koste es, was es wolle.

Als er wieder auf den Baum blickte, war keinerlei Bewegung mehr auszumachen. Hatte er sich das eingebildet? Nein. Jacky hatte mit ihm Verbindung aufgenommen.

Sie konnte das, davon war er überzeugt.

Ben sagte Jesse nichts davon, sein Freund würde ihm bestimmt nicht glauben. Und so verging der Tag weiter mit nervenaufreibendem Warten.

Im Zimmer wurde es allmählich unerträglich heiß. Ben lag regungslos auf dem Bett und Jesse döste auf seinem Wachposten fast ein. Träge glitten seine Augen über die staubigen Straßen. Aber plötzlich wurde er munter.

Ein Reiter war am Bahnhof angekommen, der schwer bewaffnet war. Das allein wäre nichts Besonderes gewesen, doch Jesse holte Ben sofort ans Fenster.

„Kannst du dich noch erinnern, was diese Franklin über die Männer schrieb vor unserem Laden? Und an die Zeichnung von dem Hut? Schau dir mal den Typen an."

Ben blickte hinaus und entdeckte einen blonden Mann mit Bart, einer ledernen Hose, einem blauen Hemd und einem seltsamen Hut, der fast aussah, wie ein Sombrero.

„Das ist einer von ihnen. Er war im Laden!", rief Ben und wollte schon hinausstürmen, doch Jesse hielt ihn fest.

„Warte, er ist aus einem ganz bestimmten Grund hier, er will seinen Auftraggeber zu Jack bringen, darüber waren wir uns doch einig? Verdirb jetzt nichts, Ben. Aber es zeigt, dass wir richtig gehandelt haben. Jack ist bestimmt noch am Leben und wir müssen den Kerlen nur folgen."

Ben nickte widerstrebend, aber zustimmend und stellte sich neben Jesse ans Fenster.

Sie beobachteten, wie der Mann zum Schalter ging - offensichtlich wollte er etwas wissen - und dann die Straße überquerte, sich umsah, sein Pferd in einen Stall brachte und eine Pension weiter die Straße entlang aufsuchte.

„Nun wird es interessant", meinte Jesse. „Der nächste Zug aus dem Osten kommt morgen irgendwann. Wir müssen bereit sein. Und wir dürfen uns nicht blicken lassen. Der Kerl kennt dich aus dem Laden und mich vielleicht von dem Zeitungsbild. Ansonsten würde ich ja rübergehen und ein wenig mit ihm ins Gespräch kommen. Wir können leider kein Risiko eingehen."

„Nein, auf keinen Fall, wir bleiben hier und warten", stimmte Ben resigniert zu.

Jesse postierte sich wieder am Fenster und gähnte, als es Abend wurde. „Heute passiert bestimmt nichts mehr, komm Ben, gehen wir nach unten, essen wir etwas. Keine Sorge, wir behalten den Bahnhof im Auge."

Zögernd stimmte Ben zu und folgte Jesse in den Speisesaal. Es war sehr schwierig, gelassen zu bleiben, er konnte nicht aufhören, an Jacky zu denken, und malte sich alles Mögliche aus, was ihr und dem Kind zustoßen konnte. Die Ungewissheit war schwer zu ertragen, viel schwerer als die Zeit, in der sie im Gefängnis gewesen war, denn da hatte er wenigstens gewusst, dass es ihr gutging und sie liebevoll umsorgt wurde.

Doch jetzt war sie Banditen hilflos ausgeliefert, wenn auch Jesse sagen würde, dass Jacky niemals wirklich hilflos war. Ben konnte nicht so recht daran glauben, er sorgte sich schrecklich um sie. Und natürlich auch um Miss Franklin, die so schutzbedürftig war.

Er wusste kaum, was er aß, er ließ die halbe Mahlzeit übrig, knetete gedankenverloren ein Stück Brot und wünschte sich, die Zeit würde schneller vergehen.

Dieses Warten war unerträglich!

Sie gingen daher bald zu Bett und wälzten sich größtenteils schlaflos hin und her, die Nacht dauerte ewig.

Was würde der morgige Tag bringen?

Ben stand im Morgengrauen auf und postierte sich am Fenster, sah zu, wie die Straße allmählich zum Leben erwachte, wie die Geschäfte öffneten. Zuhause in der Clay Street würde Jacky um diese Zeit auch die Fensterläden aufmachen, den Eingang fegen und die Waren nett anordnen, so dass sie zum Kauf einluden. Sie würde ein herzliches Lächeln im Gesicht tragen und jeden freundlich begrüßen.

Warum nur war ihnen dieses Glück nicht weiter vergönnt gewesen? Wer steckte hinter dem Ganzen?

Jesse gesellte sich schließlich zu Ben und schlug vor, vorsichtshalber zu packen und das Zimmer zu räumen, sie konnten es, wenn nötig, gleich wieder beziehen. Sie brachten zunächst ihre Taschen in den Stall, in dem die Pferde untergebracht waren, und deponierten sie dort.

Dann setzten sie sich am Bahnhof in eine versteckte Ecke, hielten sich je eine Zeitung vors Gesicht, doch über den Rand hinweg beobachteten sie, was geschah.

Nach einiger Zeit erschien der Mann, den Miss Franklin beschrieben hatte. Er sah sich suchend um und ließ sich dann gemütlich auf einer Bank nieder, lehnte sich zurück und zog den Hut über das Gesicht.

Schließlich näherte sich ein Zug aus dem Osten und hielt mit viel Dampf und quietschenden Bremsen an.

Der Mann stand auf und betrachtete aufmerksam die Reisenden, die dem Zug entstiegen.

Doch nach einer Weile drehte er sich um und verließ den Bahnhof. Sein Auftraggeber war nicht dabei gewesen.

Ben ließ die Zeitung sinken.

„Verdammt", fluchte er. „Noch ein Tag. Ich halte das nicht mehr aus."

Jesse war auch verärgert, aber er fügte sich ins Unvermeidliche. „Komm, nützt ja nichts, warten wir auf morgen."

„Und wenn wir den Kerl einfach zwingen uns zu ihr zu führen?"

„Dann kriegen wir den nicht, der dahintersteckt, und können auf das nächste Mal warten, dass der Kerl zuschlägt."

Ben musste das zähneknirschend einsehen.

Sie gingen niedergeschlagen zurück ins Hotel und bekamen das Zimmer wieder.

Noch eine Nacht in Untätigkeit!

Endlich wurde es Morgen. Wieder setzten sich Ben und Jesse auf eine Bank am Bahnhof und verbargen ihre Gesichter hinter Zeitungen.

Bald darauf erschien auch der Mann mit dem Hut.

Der Zug erreichte Walnut Creek diesmal tatsächlich schon gegen neun Uhr und die Spannung wuchs ins Unermessliche. Der Mann war aufgestanden und musterte wie am Vortag die Ankommenden.

Plötzlich hellte sich sein Gesicht auf. Er schwenkte seinen Hut und ging auf drei bewaffnete Männer in dunklen Anzügen zu. Einer der Männer war schwarzhaarig und hatte einen Bart.

Ben schloss kurz die Augen, Erinnerungen kamen hoch, es konnte nicht sein.

Jesse sah Ben erschrocken an. „Will Taylor!", flüsterte er. „Nein, das geht nicht, er ist tot."

„Er sieht genauso aus", raunte Ben fassungslos zurück. „Vielleicht ist es ein weiterer Bruder?"

Jesse überlegte. „Er ist jünger, nicht? Kann es sein Sohn sein?"

„Vielleicht, aber unwahrscheinlich. Ich tippe auf Bruder."

„Warum haben wir nie daran gedacht, dass es noch mehr Taylors geben könnte? Warum hat uns keiner gewarnt?"

Ben schwieg eine Weile und meinte dann langsam: „Die Taylors hatten sich in McMurphy umbenannt, vielleicht passte dieser Bruder nicht ins neue Bild und keiner wusste von ihm?"

„Wir können nur raten, aber wahrscheinlich haben wir es wieder mit einem Taylor zu tun. Das ist nicht gut! Gar nicht gut! Komm, Ben, schauen wir, wo sie hinwollen. Es sind, wie es aussieht, jetzt insgesamt sieben Männer. Wir müssen sehr vorsichtig sein."

Ben und Jesse beobachteten die vier Männer, die sofort zum Stall gingen und mit Pferden wieder herauskamen.

„Sie reiten gleich los", erkannte Ben. „Schnell, Jesse, wir brauchen unsere Pferde."

Sie holten die Tiere aus dem Stall und folgten den Männern vorsichtig.

Gut, dass sie wie schon am Vortag alles vorbereitet hatten und gleich aufbrechen konnten.

Nun waren sie endlich auf dem Weg zu Jacky.

Die Zeit des Wartens war vorbei!

Zur selben Zeit kam in Walnut Creek ein Telegramm aus San Ramon an und Polizisten strömten daraufhin an den Bahnhof, doch Ben und Jesse sowie die vier Männer bekamen davon nichts mehr mit, denn sie waren bereits unterwegs.

Es war Dienstag der 9. Juni.

# Die Macht des Namens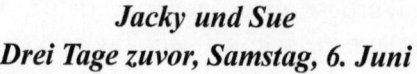

## *Jacky und Sue*
### *Drei Tage zuvor, Samstag, 6. Juni*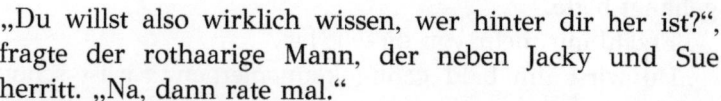

„Du willst also wirklich wissen, wer hinter dir her ist?",
fragte der rothaarige Mann, der neben Jacky und Sue
herritt. „Na, dann rate mal."

„Es hat mit den Taylors zu tun, nicht wahr?", vermutete
Jacky.

„Wenn du so schlau bist, warum reimst du dir den Rest
nicht auch noch zusammen?"

„Du hast gesagt, dein Auftraggeber sei tot. Er hatte wohl
Geld, sonst wärt ihr nicht hier. Also war es Will Taylor,
nicht? Warum will mich ein Toter haben?"

„Als Will Taylor das Kopfgeld auf dich aussetzte, war er
noch am Leben. Du hättest keine drei Tage überlebt,
hättest du ihn nicht erschossen", triumphierte der Mann.

Sie merkte, wie Sue zusammenzuckte. Nun gut, da
musste die Ärmste jetzt durch. Jacky konnte keinerlei
Rücksichten mehr nehmen und nur hoffen, dass Sue sich
nicht einmischte.

„Wir kommen der Sache näher. Dieses Kopfgeld ist also
noch offen?", fragte sie scheinbar ungerührt weiter.

„Schlaues Mädchen!"

„Und wer zahlt es aus? Und wer will mich nun
unbedingt lebendig? Denn würde es nur um Will Taylor
gehen, hättet ihr mich gleich umgebracht und kassiert."

„Das Geld hat dieser Anwalt, Callahan, und Will hatte
einen Bruder."

„John Taylor, ich weiß, der ist auch tot", verkündete
Jacky nicht ohne Stolz.

„Nein, da ist noch ein Bruder. Einer, von dem kaum
einer wusste. Er kam eines Tages und übernahm die
Ranch. Er sieht aus wie Will, ist ihm wie aus dem Gesicht

geschnitten, daher gibt es keine Zweifel und der Anwalt Callahan kennt ihn wohl auch. Jeff Taylor hat gehört, was du getan hast, du hast seine zwei Brüder ermordet."

„Ich habe ihnen das verpasst, was ihnen zustand."

„Und du wurdest nicht gehängt dafür. Pass auf, du kannst mir glauben, seit ich Jeff Taylor kenne, weiß ich, dass du besser dran gewesen wärst, wenn man dich gehängt hätte."

„Erzähl mir mehr von diesem Jeff."

„Du wirst ihn bald genug kennenlernen. Er ist schon unterwegs."

„Er kommt hierher?"

„Ja!"

„Wie will er uns hier finden?", wollte Jacky spöttisch wissen.

„Das lass unsere Sorge sein."

„Nun sag schon. Wie wollt ihr das machen?" Jacky ließ nicht locker, sie brauchte Informationen, so viele wie möglich.

„Also gut, wenn es dich so interessiert, wir werden ihn von Walnut Creek abholen, dort wird er in zwei oder drei Tagen ankommen."

Zwei oder drei Tage hatte sie also noch Zeit. Das war zumindest etwas, das Hoffnung geben konnte. Sie musste mehr erfahren, musste alles wissen.

Daher fragte sie weiter. „Was will er eigentlich von mir?"

„Er will dich haben und dich schön langsam in Stücke reißen. Von dir wird nicht viel übrigbleiben, von deinem Kind wohl auch nicht."

Sue hörte mit wachsendem Entsetzen zu. Nicht nur, dass Jacky anscheinend eine Mörderin war, so ganz hatte sie das nicht verstanden, sie sollte nun auch grausam ermordet werden. Und dennoch blieb sie so ruhig und redete einfach weiter. Sue konnte das nicht verstehen. Sie hatte keine Ahnung, wie sehr Jacky mit ihrer Angst kämpfte und was es sie kostete, sich so zu beherrschen. Für Sue klang es, als sei Jacky die mutigste Frau der Welt.

„Und was kriegt ihr dafür?", fragte Jacky weiter.

„Das Geld. Und ein schönes Schauspiel."

„Hör zu ... wie heißt du eigentlich?"

„Ich? Nenn mich Theo!"

„Okay, hör zu, Theo, wenn es euch ums Geld geht, mein Mann wird zahlen. Und Miss Franklins Eltern auch, sie sind reich, sehr, sehr reich. Was habt ihr davon, wenn dieser Taylor mich umbringt? Glaubst du, er macht sich die Hände schmutzig? Die Drecksarbeit dürft sowieso ihr erledigen."

„Und wenn schon, Taylor zahlt genug."

„Du siehst irgendwie nicht so aus, als könntest du wehrlose Frauen - wie sagtest du? - in Stücke reißen. Ich glaube, du würdest zu sehr an deine Mutter denken dabei."

Theo warf ihr einen Blick zu.

Jacky saß vollkommen ruhig und anscheinend teilnahmslos auf dem Pferd, sie hatte die Hände untergelegt, weil der Reitersitz ihr immer größere Probleme bereitete, sodass sie versuchte, sich abzustützen, so gut es ging.

Er grinste sie unsicher geworden an. „Netter Versuch. Ich kannte meine Mutter gar nicht."

Jacky lachte laut auf.

„Da ist deiner Mutter einiges erspart geblieben. So einen Sohn hat sie sicher nicht gewollt."

Der Mann, der vor ihnen ritt und den Jacky für den Anführer hielt, zügelte plötzlich sein Pferd, bis er an ihrer Seite war. „Was redet ihr hier eigentlich die ganze Zeit?", wollte er barsch wissen.

Er war schwarzhaarig, und seine dunklen Augen standen eng beisammen, was ihm einen bösartigen Blick verlieh. Die Hakennase verbesserte den Eindruck nicht, dieser Mann sah gefährlich aus.

Sue machte sich angstvoll hinter Jacky so klein wie möglich, sie wollte nicht auffallen und wünschte sich sehnlich, Jacky würde endlich aufhören zu reden, damit man sie wenigstens in Ruhe ließ.

„Wir sprechen über Theos selige Mutter", antwortete Jacky bereitwillig und offensichtlich unbeeindruckt.

„Du, halt's Maul!", rief Theo zornig.

„Was soll das alles?", fragte der schwarzhaarige Mann.

Jacky wusste, dass sie ihm gegenüber vorsichtiger sein musste, er war bestimmt nicht so leicht zu übertölpeln wie der etwas unbedarfte Theo.

Dennoch war es notwendig, das Gespräch am Laufen zu halten. Und sie konnte nicht aus ihrer Haut, sie würde sich nicht unterkriegen lassen.

„Theo findet, dass ich seiner seligen Mutter ähnlich sehe, nicht wahr?", fragte sie unschuldig.

Theo zog seine Waffe. „Ich sagte, halt's Maul!", schrie er Jacky an. „Ich kannte meine Mutter nicht und sie sah gewiss nicht aus wie du."

„Wenn du ihr ähnelst, bin ich tatsächlich froh darüber. Wer möchte schon so aussehen."

Der schwarzhaarige Mann griff ein. „Hau ab, Theo, steck den Revolver weg, bevor noch was passiert, und lass die beiden in Ruhe", befahl er. „Die hier hat ein großes Mundwerk, das wird ihr schon noch gestopft werden."

„Von diesem Jeff Taylor vielleicht?", höhnte Jacky. „Er wird enden wie seine Brüder. Wie hat Will gebrüllt, als ich ihm in den Bauch schoss. Ihr hättet ihn hören sollen. Und wie hat er es verdient! Direkt zur Hölle ist er gefahren, leider viel zu schnell, einen Tag hätte er schon noch vor Schmerz schreien können."

Der Mann beugte sich zu Jacky und riss sie am Arm.

Sue wäre beinahe vom Pferd gefallen. Sie schlotterte vor Angst, wie konnte Jacky nur solche Sachen sagen ... Sie würden es bitter büßen müssen. Entsetzt vernahm sie, was er nun androhte.

„Hör zu, du kleine Nutte. Was Will aushalten musste, wird kein Vergleich zu dem sein, was Jeff Taylor mit dir vorhat. Wenn du Glück hast, verlierst du dein Kind noch vorher, ansonsten schneidet er es dir aus dem Bauch, und dann holt er den Rest aus dir heraus, und das wird da passieren, wo niemand außer uns deine Schreie hören wird. Also benimm dich und pass auf, was du sagst."

Sie blickte ihn herausfordernd an.

„Wieso sollte ich mich benehmen? Wenn ich es nicht tue, erschießt du mich? Was Besseres könnte mir dann doch gar nicht passieren."

„Es gibt andere Möglichkeiten, dich still zu kriegen. Wie wäre es mit einem Schuss ins Knie?"

Sie lachte spöttisch.

„Schlechte Idee, dann könnt ihr mich herumschleppen. Wird kein Vergnügen für euch. Bessere Vorschläge?"

Er starrte sie etwas verblüfft an. „Hast du denn eigentlich gar keine Angst? Springst du mit deinem Mann auch immer so um?"

Beim Gedanken an Ben zog sich Jackys Herz zusammen. „Mein Mann ist ein richtiger Mann. Er weiß, wie er mit mir umzugehen hat", sagte sie mit fester Stimme.

„Sei sicher, dass ich das auch weiß."

„Du? Mach dich nicht lächerlich! Wie heißt du überhaupt? Damit ich dich mit deinem Namen anmelden kann, falls ich zuerst in der Hölle auftauche."

Er lachte.

„Das wirst du ganz bestimmt, und du kannst dort gerne meinen Namen nennen. Ich bin Ken, das genügt für dich. Dich kennt man ja, Mrs. Hart."

Er trieb sein Pferd an und ritt wieder voran.

Jacky dachte intensiv nach. Manyeyes, der Cheyenne, der sie alles gelehrt hatte, als sie noch ein Kind war, hatte ihr gesagt, wer den Namen eines Menschen kennt, hat Macht über ihn.

Sie musste jede Chance nützen, und ein wenig Macht zu haben, konnte sicher nicht schaden.

„Mrs. Hart, Jacky", kam es schüchtern und verzweifelt von hinten. „Ich verstehe nicht alles, warum musste das passieren? Was ist geschehen mit diesen Taylors? Warum hast du sie umgebracht, um Himmelswillen?"

„Leise, Sue, bitte, sei leise. Ich erzähle dir alles, aber nicht hier und jetzt. Die Taylors waren Mörder, sie haben meine Familie ermordet, so viel dazu, aber jetzt sei still. Ich muss überlegen."

Jacky musste unbedingt ihr Tempo verlangsamen.

Sie hatte kein Verlangen, Jeff Taylor so bald zu begegnen, es war wichtig, alles hinauszuzögern, um mehr Zeit zu gewinnen.

Was hatte sie nun überhaupt erfahren? Konnte ihr das nützen?

Jeff Taylor war bereits unterwegs, was hieß, dass er im transkontinentalen Zug nach Westen saß. Theo hatte von zwei Tagen gesprochen, bis dahin mussten sie einen Weg zur Flucht finden und je weiter entfernt sie noch von einem möglichen Treffpunkt waren, desto besser.

Das Kind in ihrem Leib gab ihr einen gewaltigen Tritt, sie fuhr zusammen, doch dann hatte sie eine Idee.

„Danke", flüsterte sie ihrem ungeborenen Kind zu.

Es war im Begriff, ihr zum zweiten Mal das Leben zu retten. Vor einem halben Jahr hatte es sie vor dem Galgen bewahrt.

Sie brach plötzlich in lautes Stöhnen aus und hielt sich den Bauch.

Die Männer wandten sich zu ihr und Sue fragte erschrocken: „Mrs. Hart, Jacky, was ist los?"

„Ich habe Schmerzen", log Jacky. „Ich glaube, ich habe Wehen."

„Oh, mein Gott", rief Sue entsetzt. „Wir müssen anhalten, wir müssen ..."

Sie brach ab, sie hatte keine Ahnung, was bei einer Geburt zu tun war.

Die Männer wechselten unsichere Blicke.

„Sie lügt", meinte Ken und trieb sein Pferd wieder an. Alle folgten und Jacky wartete eine Weile ab, bis sie erneut stöhnte.

„Verdammt, ich habe Wehen! Soll ich das Kind auf dem Pferd kriegen?", schrie sie. „Du wolltest doch, dass ich es vorher bekomme, Ken, also nun tu etwas!"

„So viel ich weiß, kann das eine Weile dauern", erwiderte Ken ungerührt. „Wir reiten weiter."

Aber immerhin drosselte er das Tempo und sie ritten nur mehr in langsamem Schritt.

Jacky war auch das noch zu schnell.

Dennoch wartete sie, sie hatte gehört, dass Wehen anfangs sehr große Abstände hatten, recht viel mehr wusste sie leider auch nicht darüber, sie war noch bei keiner Geburt dabei gewesen und hatte keine Mutter, die sie hätte aufklären können, was da genau geschah.

So musste sie sich allein auf ihren Instinkt verlassen. Sie war außerdem überzeugt, dass die Männer noch weniger Erfahrung damit hatten als sie.

Eines war ihr klar: Sie durften auf keinen Fall in die Nähe von Walnut Creek kommen, das musste sie um jeden Preis verhindern, denn dann war sie verloren.

Wieder stöhnte sie auf. „Es tut weh", klagte sie.

Ken ritt an ihre Seite.

„Ach, sieh mal einer an, die kleine Lady kann also doch vor Schmerzen jammern. Ist dir dein freches Gerede jetzt vergangen? Beiß einfach die Zähne zusammen. Das ist alles nur ein Vorgeschmack."

„Fahr zur Hölle!", fauchte Jacky ihn an. „Ich kann nicht mehr weiterreiten."

„Dann läufst du."

Ken stieg ab und winkte einen der anderen Männer zu sich. Gemeinsam hoben sie Jacky vom Pferd.

Sie sank sofort zu Boden.

„Steh auf!", fuhr Ken sie an.

Er band ihre Hände zusammen, riss sie hoch, stieg auf sein Pferd, legte ihre gefesselten Hände über den Sattelknauf und schleifte sie an der Fessel mit sich.

Jacky machte keinen Schritt, sie ließ sich einfach ziehen, hatte nur Angst, dass Ken sie fallenlassen würde, das würde ihrem Kind bestimmt nicht guttun, denn sie würde sich nicht abstützen können.

„Ken, so geht das nicht", wandte der Mann mit langen dunklen Haaren ein, der sich bis jetzt sehr stillgehalten und kaum einen Ton gesprochen hatte.

„Sicher geht das, sie lügt, sie hat keine Wehen", widersprach Ken mit wütender Stimme.

Jacky stöhnte laut und verzweifelt als Antwort und stieß aus zusammengebissenen Zähnen einen leisen Schrei aus. Ihre Arme taten aber auch wirklich weh, sie wurden beinahe herausgerissen.

„Bitte, haltet an", schluchzte Sue fassungslos. „Wir müssen anhalten!" Erschrocken vor ihrem eigenen Mut hielt sie die Hände vor den Mund.

„Was willst jetzt du?", fuhr Ken sie an und trieb sein Pferd weiter an.

Jacky schrie auf, als ihre Füße über die Steine scheuerten, und sie verlor ihre Pantoffeln.

„Ken, hör auf damit!", rief der langhaarige Mann, holte Ken ein und griff in die Zügel, um sein Pferd anzuhalten. „Lass sie das Kind kriegen hier, einer von uns kann jetzt sofort nach Walnut Creek reiten und Taylor herholen."

Theo stimmte erleichtert zu. Das Entsetzen stand ihm ins Gesicht geschrieben. Sie hatten doch nicht ahnen können, dass Mrs. Hart noch schwanger war, mit einem Kind wollte er nichts zu tun haben.

„Wir suchen uns hier einen Platz mit Wasser!", schlug er eifrig vor. „Es wird sowieso schon bald Abend."

‚Gut so', dachte Jacky, ‚einer weniger! Einer reitet nach Walnut Creek.'

Ken gab schließlich zögernd nach. Er musste einsehen, dass Jacky wirklich keinen Schritt machen würde.

Sie ritten langsam noch ein kleines Stück, Jacky war wieder aufs Pferd gehoben worden, und fanden bald einen Bach in einem Wäldchen, wo sie ihr Lager aufschlugen. Dann besprachen sie, wer von ihnen Taylor herholen würde.

Jacky hatte sich etwas abseits niedergelassen. An einen Baum gelehnt, hörte sie gespannt zu, doch vergaß sie nicht, in regelmäßigen Abständen zu stöhnen.

Sue saß neben ihr, streichelte ihr über das Haar und fragte leise, ob sie etwas tun könne.

Jacky schüttelte nur ungeduldig den Kopf.

„Später!", flüsterte sie.

Sie hoffte so sehr, dass dieser Ken nach Walnut Creek reiten würde, er schien ihr der Gefährlichste der vier Männer zu sein.

Doch dieser Wunsch erfüllte sich nicht. Die Männer wählten den Mann mit dem seltsamen Hut, den sie Zach nannten. Er sollte am nächsten Morgen losreiten.

Nun hatten Jacky und Sue ein paar Tage Zeit gewonnen. Jacky schöpfte leise Hoffnung.

Ken trat zu ihr und sah sie wütend an.

„Du machst hier bloß Theater, ich durchschaue dich."

„Fahr zur Hölle!", wiederholte Jacky ihren dringlichsten Wunsch. Zur Sicherheit stöhnte sie noch einmal auf und schlang die Arme um ihren Bauch.

Sie wollte unbedingt, dass Zach uneinholbar war, so lange musste sie die Wehen noch spielen. Die Männer hatten keine andere Möglichkeit, als hierzubleiben, sonst würde Zach sie nicht mehr finden.

Ken wandte sich verächtlich ab.

„Ich rate dir dringend, das Kind zu bekommen. Wenn nicht, wird die Kleine es büßen", brummte er noch und setzte sich zu den anderen Männern.

Sue blickte Jacky erschrocken an.

„Du bekommst doch das Kind?", fragte sie flüsternd.

Jacky schüttelte unmerklich den Kopf.

„Ich musste dafür sorgen, dass wir hierbleiben und nicht weiter vorankommen."

„Aber dann ..."

„Lass mich machen, Sue. Sie werden dir nichts tun. Ich habe einen Plan." Sie stöhnte wieder laut auf. „Tu so, als würdest du dich auskennen mit Geburten", zischte sie in

Sues Ohr. „Wehen kommen und gehen. Es ist eben noch nicht so weit."

„Ich kann das nicht!"

„Du musst!"

Jackie spielte ihre Rolle noch bis tief in die Nacht, ließ die Männer, die am Feuer saßen, wartend, dass etwas geschehen würde, durch ihr Gestöhne nicht zur Ruhe kommen. Aber sie achtete darauf, die Abstände zu vergrößern.

„Wann kommt jetzt das verdammte Kind endlich?", fragte Theo schließlich entnervt.

„Ich glaube, es lässt nach", antwortete Jacky. „Vielleicht ist es doch noch nicht so weit."

„Ich wusste es! Du spielst Theater", rief Ken zornig. „Morgen könnt ihr zwei was erleben."

„Wehen kommen und gehen", warf Sue schüchtern ein.

„Was mischt du dich da ein?"

Jacky gab Sue einen kleinen Stoß.

„Ich kenne mich aus damit", hauchte das Mädchen.

„Gut so", flüsterte Jacky fast unhörbar.

„Du? Du bist doch noch ein Kind!", höhnte Ken.

Sue richtete sich stolz auf. „Ich bin 17. Und ich kenne mich mit Geburten aus."

Zum ersten Mal hörte Jacky wirklich Sues Stimme, sie konnte ja tatsächlich richtig sprechen.

„17? Du siehst aus wie 12."

„Da siehst du mal", fauchte Jacky. „Du kannst nicht einmal das Alter einer Frau erraten, und dann willst du wissen, ob eine Frau Wehen hat. Halte dich da also raus in Zukunft. Und natürlich ist Miss Franklin eine Hebamme. Was glaubst du, warum sie mitten in der Nacht bei mir war, ich habe sie holen lassen."

Zur Sicherheit stöhnte sie noch einmal auf.

„Hör endlich auf damit", befahl Ken.

„Wir reden weiter, wenn du mal ein Kind kriegst", spottete Jacky.

„Das wird nicht passieren."

„Leider, es würde dir nur guttun!"

„Wenn du jetzt nicht gleich still bist, kneble ich dich."

„Mach doch, wenn du anders mit mir nicht fertig wirst. Mein Mann hat das übrigens nicht nötig."

„Du verdammte ..."

Ken erhob sich wütend, riss Jacky hoch und schlug sie ins Gesicht. Sue sprang auf und umklammerte Jacky, versuchte, sie wegzuziehen. Ken traf auch sie mit der Faust, doch sie schien es kaum wahrzunehmen. Theo und der langhaarige Mann griffen ein und hielten Ken zurück.

Jacky und Sue konnten sich befreien und brachten sich außer Reichweite.

Ken beruhigte sich nur langsam, warf Jacky noch einen wütenden Blick zu und holte dann einen Strick.

„Nachdem das Theater wohl vorbei ist, ist es besser, wir binden euch wieder an."

Er fesselte die zwei Frauen Rücken an Rücken zusammen und auch an den Füßen, wie sie so schlafen sollten, war ihm egal. Der vierte Mann, der seine langen, dunklen Haare zu einem Pferdeschwanz gebunden hatte, erbarmte sich und schob ihnen wenigstens noch eine Decke unter den Kopf.

„Danke", sagte Jacky zu ihm. „Wie heißt du?"

„Jim, wieso?"

„Damit ich weiß, wen ich demnächst zur Hölle schicke."

„Ich kann dir die Decke auch wieder wegnehmen."

Als Antwort stöhnte Jacky noch einmal und krümmte sich so weit zusammen, wie es ihr möglich war.

Jim verdrehte genervt die Augen, wandte sich um und legte sich auf sein Lager.

Sue und Jacky warteten, bis alle schliefen, ihnen selbst war in dieser Lage Schlaf fast unmöglich.

„Kannst du etwas tun?", flüsterte Jacky.

„Nein! Er hat zu fest zugebunden."

„Ich habe diesen Ken ganz schön wütend gemacht", lächelte Jacky stolz.

„Du hast so viel Mut, ich wünschte, ich könnte auch so sein."

„Ach Sue, wenn du es wirklich willst, bist du ebenso. Du warst mutig genug, mitten in der Nacht zu uns zu kommen, um uns zu warnen. Das hätte ich dir nie zugetraut."

Sue fühlte Stolz in sich.

„Ich musste es einfach tun! Dein Mann war immer so nett zu mir, und Mr. Jones ..." Sie seufzte sehnsüchtig.

„Nenn ihn nicht Mr. Jones, er heißt Jesse und mein Mann heißt Ben. Du gehörst jetzt irgendwie zu uns, nicht? Es tut mir so leid, dass ich dich da mit hineingezogen habe."

„Was ist eigentlich passiert? Warum sind wir hier? Warum tun sie uns das an?"

Jacky erzählte flüsternd von dem Treck, der überfallen worden war, von ihrer Pflegefamilie in Denver, wie sie Ben kennengelernt hatte und mit ihm und Jesse Gold fand. Wie sie die Bande nach und nach gestellt hatten, und wie sie am Ende Will und John Taylor erschossen hatte und dafür ins Gefängnis gegangen war.

Es war eine lange Geschichte, und Sue hörte atemlos zu.

„Mit diesem weiteren Bruder haben wir einfach nicht gerechnet. Niemand hat daran gedacht, dass es noch einen Taylor geben könnte. Warum haben wir nicht andere Namen angenommen, als wir nach San Francisco gingen? Sie hätten uns nie gefunden, wir waren so dumm. Und nun, wer soll darauf kommen, was gestern in der Nacht passiert ist? Alle schliefen fest. Wir sind einfach spurlos verschwunden, keiner kann erraten, was geschehen ist, Sue, wir sind auf uns allein gestellt, niemand wird uns zu Hilfe kommen", schloss Jacky ihren Bericht.

„Was können wir nur tun?", fragte Sue hoffnungslos.

„Wir müssen fliehen, zumindest du musst es. Ich kann wahrscheinlich nicht, wie soll ich vom Fleck kommen? Ich habe nicht einmal mehr meine Pantoffeln, du hast wenigstens Schuhe."

„Nein, ich gehe nicht ohne dich, niemals, ich überlasse dich nicht diesen Männern."

„Sue, du musst Hilfe holen. Du musst dich irgendwie durchschlagen und Ben und Jesse Bescheid sagen, sie werden alles tun, um mich zu finden. Ich verlasse mich auf dich. Du bist meine einzige Hoffnung. Wir haben ein paar Tage Zeit bis dieser Taylor kommt, so lange können sie hier nicht weg, weil Taylor sie sonst nicht findet. Oder sie müssen noch einen Mann ausschicken, dann sind es nur mehr zwei, mit denen ich zu tun habe. Verstehst du jetzt?"

„Ja, ich verstehe."

„Wir brauchen einen Plan für deine Flucht. Heute geht wohl nichts mehr, ich weiß nicht, wie ich diese Fesseln lösen könnte. Verdammt, die tun echt weh, dir auch?"

„Ja. Ich spüre meine Arme schon nicht mehr."

„Dieser Ken ist der entscheidende Mann, Theo ist ein Weichling, den koch ich auf kleiner Flamme, und Jim hat Mitleid, das nützen wir aus. Du musst Jim und Theo bei ihren Namen nennen und jammern, du wirst sehen, sie werden weich werden. Wer einen Namen kennt, hat Macht über ihn. Probiere es aus, es funktioniert. Nur Ken wird das Problem werden."

Jacky schwieg eine Weile.

Dann fuhr sie fort: „Ich habe eine Idee. Wir warten, bis Zach weg ist. Damit du fliehen kannst, könnten wir eines versuchen, ich mache Ken wütend, so wütend, dass er auf mich losgeht und nichts anderes mehr sieht. Die anderen beiden werden ihn vielleicht zurückhalten und nicht mehr auf dich achten, und genau da musst du losrennen. Du musst so schnell und leise sein, dass sie es erst merken, wenn du schon außer Sicht bist. Am besten läufst du zunächst gar nicht so weit. Du suchst dir einen Baum und kletterst hinauf, oder du versteckst dich in einer Höhle. Sie werden das nicht vermuten, wenn sie dich suchen. Einer muss bei mir bleiben, sie werden daher nur zu zweit sein. Beobachte sie, bis sie ergebnislos zurückkehren, dann läufst du endgültig weg."

„Aber dann ... Ken wird dir wehtun."

„Ja, doch das halte ich aus."

„Wenn aber dem Kind etwas geschieht?" Sue war den Tränen nahe.

„Dieses Kind rettete mein Leben, ich werde seines retten, glaube mir, ich bin ihm das schuldig und ich pflege meine Versprechen zu halten. Ihm wird nichts geschehen. Jesse sagt auch immer, man könne eher einem Fisch das Schwimmen ausreden, als mir etwas, das ich mir in den Kopf gesetzt habe."

„Jesse", seufzte Sue ehrfürchtig.

„Ja, wenn dir die Flucht gelingt, wirst du ihn bald wiedersehen. Und er wird staunen, wie mutig du bist."

„Glaubst du?"

Jacky zögerte leicht mit der Antwort, sie wusste ja, was Jesse über Sue dachte. Aber das sollte sie selbst zu gegebener Zeit herausfinden, es war nun wichtig, Sue stark zu machen, damit sie Hilfe holen konnte.

„Jesse mag mutige Frauen, ich bin sicher, er wird dich sehr bewundern", antwortete sie daher diplomatisch.

„Ich werde mutig sein", versicherte Sue daraufhin rasch.

„So ist es recht! Versuchen wir dennoch, ein wenig zu schlafen, vielleicht sind wir irgendwann einfach zu müde, um wach zu bleiben."

Sue wand sich, doch dann siegte die Neugierde.

„Darf ich dich noch etwas fragen Jacky?"

„Was denn?"

„Warum sind deine Haare so kurz?"

Jacky seufzte und verdrehte die Augen, als ob ihre Haare irgendwie wichtig wären.

Aber dann antwortete sie doch, sie wollte Sues Vertrauen nicht verlieren.

„Ich habe mich eine Zeitlang als Mann verkleidet. Ben hatte mich nicht mitnehmen wollen, weil es für ein

Mädchen zu gefährlich war, dort, wo er Gold suchte. Also schnitt ich mir die Haare ab und wurde zum Mann. So blieb ich unbehelligt, und ehrlich gesagt war es zum Arbeiten auch praktischer, Hosen zu tragen und kurze Haare zu haben."

„Hat Mr. Hart, ich meine Ben, das nicht gestört? Gefiel ihm das denn?"

Jacky grinste in sich hinein. Was das Mädchen für Probleme hatte! War es wirklich wichtig, wie man aussah, wenn Liebe im Spiel war? Von Manyeyes hatte sie gelernt, mit mehreren Augen zu sehen. Auch mit geschlossenen. Und sie wusste, dass ihre Verbundenheit mit Ben ganz tief im Inneren entstanden war.

Daher war sie vor Kurzem auch so eifersüchtig gewesen, sie hatte geglaubt, Ben habe das Band leichtfertig gekappt. Was im Nachhinein gesehen vollkommener Unsinn war. Doch das mit der Liebe sollte Sue selbst herausfinden.

„Ich habe ihn nicht lange gefragt, ich tat, was ich tun musste. Ich bin auch nicht wegen Ben mitgegangen, ich wollte nur Gold finden", berichtete sie daher.

„Und Mr. Jones? Jesse?"

„Jesse hatte damit überhaupt nichts zu schaffen, er kam erst später dazu."

„Wart ihr da schon verheiratet?"

„Nein, waren wir nicht, wir hatten es auch zunächst nicht vor, wie gesagt, wir wollten nur Gold finden. Wir haben zusammen gewohnt und heirateten dann später, weil wir nicht mehr ohneeinander sein wollten. Wir lebten nicht in Schande, falls du das wissen wolltest!"

„Entschuldige, Jacky", kam es schüchtern von Sue. „Ich wollte nicht ..."

„Schon gut. Wenn wir hier heil herauskommen, kann ich dir ja jede Einzelheit erzählen, auch über Jesse, was dich wahrscheinlich sowieso mehr interessiert."

Jacky konnte es natürlich nicht sehen, aber sie wusste, dass Sue tomatenrot angelaufen war, und sie musste trotz allem lächeln. Wie naiv das Mädchen doch war.

Dann gab sie sich einen Ruck. „Sue, versprichst du mir eines?"

„Was denn?"

„Wenn du hier wegkommst, wenn du es schaffst, richteste du Ben bitte aus, dass ..."

Jacky unterbrach sich. Ben wusste, dass sie ihn liebte, musste sie ihm das überhaupt sagen?

Ja, es war notwendig, sie selbst würde sich besser und getröstet fühlen, wenn sie nur daran dachte, dass diese Botschaft vielleicht das Letzte sein würde, was Ben von ihr hören würde. Sie hatte sich ja nicht verabschieden können. Daher fuhr sie nach einer kurzen Pause fort:

„Sag ihm bitte, dass ich ihn sehr liebe, und dass ich alles, was in meiner Macht steht, tun werde, um unser Kind zu retten. Wirst du ihm das so ausrichten?"

Sue kämpfte mit den Tränen. „Natürlich werde ich das, Jacky, du kannst dich darauf verlassen."

„Danke, das wird mir sehr über diese schlimme Zeit hinweghelfen. Aber für den Moment wäre es auch gut, wenn ich ein bisschen schlafen könnte."

„Versuchen wir es Jacky, ich bin so müde."

Sie dösten tatsächlich ein paar Mal ein, aber fühlten sich am Morgen wie gerädert und waren beinahe froh, als die Männer erwachten.

Ken trat zu ihnen. „Und was ist jetzt mit dem Kind? Kommt es heute?"

„Es hat in der Nacht aufgehört, es war wohl das viele Reiten, das die Wehen auslöste. Und nun kannst du uns losbinden", antwortete Jacky.

„Ich denke nicht daran, so seid ihr gut aufgehoben. Und falls ihr müsst, lasst es doch einfach laufen!"

Er lachte schallend.

„Meinetwegen", stimmte Jacky ungerührt zu. „Ihr müsst dann mit dem Gestank leben."

„Ich schmeiße euch einfach in den nächsten Bach, schadet euch sowieso nicht."

„Dann schmeiß dich aber daneben, ich habe noch nie jemanden erlebt, der so stinkt wie du." Sie zog verächtlich die Nase kraus.

Kens Augen verengten sich. „Treib es nicht zu weit, vielleicht habe ich keine Lust mehr, auf Taylor zu warten."

Jacky verlor ihre Fassung nicht. „Wäre schade um die hohe Belohnung. Er wollte mich doch lebend. Frag lieber deine Kumpels, was die dazu sagen."

Es kostete sie unglaublich viel Kraft, so ruhig zu bleiben und Ken zu provozieren. Sie fühlte weder ihre Arme noch Beine, alles war angeschwollen und durch die Fesseln staute sich das Blut. Sie musste die Zähne zusammenbeißen, um nicht einfach zu schreien.

Aber sie wollte nicht kleinbeigeben, nicht vor Ken.

„Können wir etwas zu trinken haben?", fragte sie.

„Wenn du schön ‚bitte' sagst!"

„Wie du meinst, dann eben ‚bitte'. Hat dir deine Mutter also doch etwas beigebracht, was Manieren angeht. Vielleicht ist ja nicht alles verloren bei dir. Weiß deine Mutter eigentlich, was du so treibst? Oder hat sie Glück, wie Theos Mutter, und kennt dich gar nicht?"

„Lass endlich die Mütter hier aus dem Spiel! Ich weiß, was du vorhast."

„Ach?"

„Ja, du willst uns mit deinem Balg weichkochen, aber das wird dir nicht gelingen."

Ken wandte sich ab und befahl Jim, Wasser zu holen.

Jacky sackte in sich zusammen.

„Ich halte das bald nicht mehr aus", klagte sie mit unterdrückter Stimme. „Sue, du musst mir helfen, wir müssen Jim dazu kriegen, dass er uns losbindet."

„Wie?"

„Mitleid!", zischte Jacky und war gleich wieder still, denn Jim kam mit einer Kanne voll frischem Wasser. Er flößte zuerst Jacky, dann Sue etwas ein.

Jacky hörte das Mädchen weinen.

„Es tut so weh, kannst du nicht den Strick lockern, Jim?", bat Sue. „Wie sollen wir denn fliehen, hier im Nirgendwo?"

„Ken glaubt, ich kann fliegen", fügte Jacky leise an. „Ich habe ja nicht einmal mehr Schuhe."

„Warum ärgerst du ihn auch so?", fragte Jim.

Jacky sah ihm in die Augen, sie waren tiefblau, was zu den dunklen Haaren sehr ungewöhnlich aussah.

„Bitte, Jim", flüsterte Sue eindringlich.

Die Macht des Namens, Jacky erlebte zum ersten Mal, dass Manyeyes tatsächlich recht gehabt hatte.

Die Bitte, die Tränen und der so sanft ausgesprochene Name, das hatte eine Wirkung, der sich Jim kaum entziehen konnte.

Er richtete sich auf. „Ken, was soll das eigentlich? Wir binden sie los, glaubst du, ich habe den ganzen Tag Lust darauf, die zwei zu füttern und zu bedienen? Außerdem können sie sicher besser kochen als Theo - könnt ihr doch?", wandte er sich an Sue.

Jacky hatte Mühe, sich ein triumphierendes Lächeln zu verbeißen.

„Natürlich können wir kochen", antwortete sie barsch. „Was ihr hier für einen Fraß bietet, es ist sowieso unglaublich, dass ihr damit so lange überlebt habt."

Ken reagierte unwillig, doch Jim nahm ein Messer und schnitt die Stricke durch.

Es tat höllisch weh, als das Blut sich wieder seinen Weg bahnte. Sue schluchzte auf, während sie sich die Arme und Beine rieb. Trotzdem versäumte sie nicht, sich noch einmal an Jim zu wenden, sie hatte auch bemerkt, welche Wirkung sie gehabt hatte.

„Danke, Jim, vielen Dank!"

Sie versuchte ein klägliches, schüchternes Lächeln und er klopfte ihr auf die Schulter.

„Gleich wird es dir bessergehen!"

Jacky lag kraftlos auf dem Boden.

Als Sue einigermaßen ihr Gefühl zurückerlangt hatte, begann sie, Jackys Beine zu massieren. Sie waren dick geschwollen.

„Jacky, ich glaube, du hast Wasser in den Beinen", meinte Sue besorgt. „Das sieht nicht gut aus, unsere Köchin hatte auch einmal so dicke Beine, sie musste dann ihre Füße hochlagern. Und sie machte kalte Umschläge."

„Hilf mir zum Bach, ich werde meine Beine kühlen."

Auf Sue gestützt wankte Jacky Richtung Bach.

„Halt, wo wollt ihr hin?", fragte Ken sofort.

„Zum Bach", antwortete Sue. „Mrs. Hart braucht kaltes Wasser für ihre Beine."

Jacky hob ihr Hemd und ihren Morgenmantel ein wenig an und zeigte ihre geschwollenen Füße.

Ken nickte schließlich und ließ sie vorbei, ging aber mit, um sie zu bewachen.

Jacky setzte sich einfach mitten in das Gewässer, es war ihr egal, dass alles nass wurde. Der Tag versprach, heiß zu werden, da war das kühle Wasser nur angenehm und sie spürte, wie ihre Beine leichter wurden.

Erst als die Kälte dann doch unangenehm wurde, regte sie sich und tat es Sue gleich, die sich gewaschen und auch die Haare ins Wasser getaucht hatte. Es war gut, sich wieder frischer und sauberer zu fühlen.

Und es wurde Zeit, die Flucht vorzubereiten, denn Zach war inzwischen nach Walnut Creek aufgebrochen. Sie hatten es nur mehr mit drei Männern zu tun.

Ein bisschen fürchtete sie sich vor der Zeit, in der sie ohne Sue sein würde, sie hatte sich an das ruhige Mädchen gewöhnt, es hatte auch gutgetan, jemanden zum Reden zu haben. Nun, da Sue ihre Angst allmählich überwand, wurde sie zu einer echten Hilfe.

Jacky hoffte inständig, dass Sue die Nerven behalten und weglaufen würde. Und sie gelobte, bei Jesse alles in die Waagschale zu werfen, damit er seine Meinung über Sue vielleicht doch änderte, das war sie ihr schuldig.

Was in den Bäumen ist, ist in uns.

Das, was im großen Adler ist, ist in uns.

Das, was in den Bergen ist, ist in uns.

Das, was im großen Stern ist, ist in uns.

Wir sind wahrlich eins mit allen Dingen.

# Jackys Plan

### Sonntag, 7. Juni

Die Stunden zogen sich hin. Sue und Jacky, die sich in den Schatten der Bäume zurückgezogen hatten, wurden immer wieder vom Schlaf übermannt.

Irgendwann rief Jim: „Hey, ich hab Hunger, wie ist das jetzt mit dem Essen?"

Jacky erhob sich mühsam.

„Na, dann zeig mal her, was ihr dabei habt!"

Sie betrachtete mit Sue die Vorräte, es gab nur ein paar Dosen mit Bohnen und Corned Beef. Daher suchte sie unter den Bäumen nach essbaren Pflanzen, fand Miner Salat und sogar Zitronenmelisse und mischte alles zusammen mit den Bohnen und dem Fleisch in eine Pfanne. Es schmeckte tatsächlich wesentlich besser als das, was sie bisher bekommen hatten. Jacky empfand es als sehr wichtig, bei Kräften zu bleiben, und dazu gehörte auch einigermaßen gesundes und nahrhaftes Essen.

Sie vertilgten alles bis auf den letzten Bissen und lagen danach beschäftigungslos herum.

Jacky blickte wieder sehnsüchtig in die Baumkronen über sich, die sich sanft im Wind bewegten. Ihr schien es, als flüsterten sie ihr Trost und Mut zu.

Intensiv dachte sie an Ben.

‚Tragt meine Gedanken zu Ben!', flehte sie tonlos. Sachte winkten die Äste ihr zu. Und ihr war plötzlich leichter ums Herz. Als hätte Ben die Botschaft erhalten und würde ihr Kraft und Zuversicht schicken.

Es wurde Zeit zu handeln, Zach würde vielleicht jetzt schon bald Walnut Creek erreichen, und dort würde er auf

Jeff Taylor treffen und ihn herbringen. Wenn es ganz schlimm kam, konnten die beiden bereits am nächsten Tag hier sein. Sie wollte es nicht riskieren, noch länger zu warten. Daher gab sie Sue ein kleines Zeichen und richtete sich auf.

Sue hatte verstanden. Sie nickte, sie war bereit. Ihr Herz pochte vor Angst und Aufregung, aber sie würde nicht versagen, sie musste es einfach schaffen.

„Hey, Ken", rief Jacky laut. „Du hast meine Frage von gestern noch nicht beantwortet, wie ist das jetzt mit deiner Mutter? Weiß sie, was du hier treibst?"

„Lass mich in Ruhe."

„Warum? Wir sind gerade so schön beisammen und können doch ein wenig plaudern. Wir haben ja sonst nichts zu tun. Es interessiert mich einfach. Ich möchte ja nicht, dass mein Sohn so wird wie du."

„Dein Sohn? Den wirst du nicht einmal zu Gesicht kriegen! Woher weißt du überhaupt, dass es ein Junge wird?"

„Ich weiß das eben. Mütter spüren das. Deine hat es bestimmt auch gewusst. Hat sie dich gleich hergegeben oder hat sie noch versucht, an dir etwas zu erziehen?"

„Du bist jetzt still, oder ..."

„Oder was?"

„Ich kneble dich."

„Du hast also Angst vor mir", höhnte Jacky.

„Nein, du gehst mir auf die Nerven."

Sie erhob sich mühsam und schleppte sich zu den Männern hinüber. Aus den Augenwinkeln konnte sie beobachten, wie Sue unauffällig Richtung Bäume rutschte.

Jacky musste unbedingt die Blicke auf sich ziehen, die Männer durften Sue nicht sehen. Also setzte sie sich so, dass sie Sue in ihrem Rücken hatten.

Tapfer redete sie weiter, was immer ihr in den Sinn kam, sprudelte aus ihr heraus.

„Ken, ich habe nicht darum gebeten, von dir mitgenommen zu werden. Jetzt bin ich aber da und damit musst du dich abfinden. Schau dir nur Theo an, er wird jedes Mal rot im Gesicht, wenn ich ihn nach seiner Mutter frage. Nicht wahr, Theo?"

Unwillkürlich sahen Ken und Jim zu Theo, der tatsächlich rot anlief.

Jacky lachte laut auf. „Okay, ich sehe schon, das ist euch unangenehm, das Thema. Also gut, ich will nicht so sein. Reden wir über die Taylors. Woher kennt ihr sie eigentlich? Seid ihr etwa aus Cheyenne?"

„Was geht dich das an?"

„Eine Menge, würde ich sagen!"

Sue war inzwischen unbemerkt verschwunden. Jacky konzentrierte sich, sie musste Zeit gewinnen für das Mädchen. So plapperte sie einfach weiter und hoffte, Sue würde schnell ein Versteck finden.

„Schließlich will ich doch wissen, mit wem ich es hier zu tun habe. Und es gehört sich auch, dass man sich gegenseitig bekanntmacht."

„Hör zu, Mrs. Hart, du hältst jetzt einfach deine Klappe. Inzwischen finde ich es sogar gut, dass sie dich nicht gehängt haben, weil je länger ich dich kenne, desto lieber erledige ich diesen Job selbst", verkündete Ken.

Wieder presste Jacky mit dem Mut der Verzweiflung ein Lachen hervor.

„Du bist ja ein richtiger Held, kleiner Ken, und so allmählich beschleicht mich der Verdacht, dass du in Cheyenne bei meinem Prozess dabeiwarst. Ja, ich glaube, ich habe dich sogar ein paar Mal in Cheyenne gesehen, natürlich, warst du nicht einer von denen, die den Colonel besoffen machten und in den Gerichtssaal schleppten? Und als man mich auf Taylors Farm entführte? Hast du da nicht John Taylors Stiefel geleckt? Ich hätte dich gleich erkennen sollen, aber damals hast du nicht ganz so gestunken. Diesen Gestank hätte ich bestimmt nie vergessen. Hast du dich seitdem eigentlich wenigstens einmal gewaschen?"

Kens Augen hatten sich verengt.

Jacky war auf der Hut, redete aber schnell weiter, nur nicht jetzt die Verbindung verlieren!

„Anscheinend nicht. Doch nun ist klar, du hast für die Taylors gearbeitet. Wusstest du wenigstens, wer sie waren? Oder dachtest du tatsächlich, du hättest es mit dem künftigen Gouverneur William G. McMurphy zu tun? Und ihr beiden? Jim und Theo? Was ist mit euch? Wusstet ihr, dass die McMurphys in Wahrheit Taylor hießen und Mörder waren?"

Ken sprang auf. Seine Augen waren voller Wut.

„Halte endlich dein verdammtes Maul!"

Jacky wich leicht zurück, sie hatte ihr Ziel erreicht, aber es wurde gefährlich für sie.

„Ken, lass sie", meinte Jim unbehaglich. „Lass sie doch reden ..."

Er drehte sich halb um.

Jacky blieb das Herz kurz stehen.

Jim suchte Sue, doch sie war nicht da. Sein Blick ging zurück zu Jacky, fassungslos starrte er sie an, er war derjenige gewesen, der die Stricke durchgeschnitten hatte.

Er durchschaute Jacky in dem Moment, aber war unfähig zu reagieren. Wenn Ken merkte, dass Sue weg war, würde sich sein Zorn auch auf ihn entladen.

Was sollte er tun?

Jacky ergriff wieder das Wort. Ihr kam kein Grund in den Sinn, warum Jim nicht sofort Alarm schlug, aber da er es nicht tat, nützte sie ihre Chance.

„Was ist los, Ken? Wieso willst du nicht mit mir sprechen? Ich will doch nicht unwissend sterben, so wie du", spottete sie und rutschte noch ein Stück zurück. Ken folgte ihr langsam und auch Jim und Theo standen zögernd auf.

„Du kleine Nutte bist jetzt still, ich habe genug von deinem Gerede! Theo, hol mir mal ein Tuch, ich werde sie knebeln und fesseln und bis Taylor kommt, will ich keinen Ton mehr von ihr hören."

Theo kramte in seiner Tasche und suchte ein Tuch.

Ken stand ebenfalls auf, ging zu seinem Sattel, um einen Strick zu holen.

Währenddessen machte Jacky einen sinnlosen Fluchtversuch, weg vom Lagerplatz, weg in die andere Richtung, nur weg von Sue. Sie kam nicht weit, Jim hatte sie sofort eingefangen und hielt sie fest.

Sie wehrte sich aus Leibeskräften, aber sie hatte keine Chance. Mehrmals schrie sie laut und trat nach Jim, sie wollte es ihnen nicht zu einfach machen, vor allem wollte sie die Männer noch eine Weile ablenken. Sue war nun ein paar Minuten weg, es konnte schon reichen, denn sie befanden sich mitten in einem Wald, vielleicht war sie schlau genug, eine andere Richtung einzuschlagen, als die, aus der sie gekommen waren.

Ken ging auf Jacky los und schlug sie mit der flachen Hand mitten ins Gesicht, ihre Lippe platzte auf und sie schmeckte Blut.

Dann fesselte er sie und zog die Stricke so heftig an, dass sie vor Schmerz laut aufheulte.

„Hol die andere, Theo, wir binden sie wieder zusammen."

Theo drehte sich um und sah, was Jim schon wusste.

„Sie ist weg!"

Ken fuhr herum und begriff sofort. Er brüllte laut auf vor Wut, wandte sich noch einmal Jacky zu, erblickte ihr triumphierendes Grinsen und versetzte ihr zwei Schläge ins Gesicht, die sie halb besinnungslos machten. Sie sackte in Jims Armen zusammen und sah Sterne.

„Los!", schrie Ken. „Wir müssen sie suchen, sie kann noch nicht weit sein."

Sie ließen die gefesselte Jacky einfach liegen und rannten weg, in verschiedene Richtungen.

Es war gut, dass Jacky nicht geknebelt war, denn sie musste sich übergeben. Ihr Kopf dröhnte, doch sie hoffte mit aller Macht, dass Sue es schaffen würde.

„Sue, Sue, Sue", flüsterte sie unaufhörlich und schickte die Kraft ihrer Gedanken zu dem Mädchen.

Mühsam robbte sie über den Boden, sie war allein, wenn sie es zu einem der Pferde schaffen würde ... aber sie war so langsam, viel zu langsam.

Und dann kam Jim zurück, er sollte auf Jacky aufpassen. Die Gelegenheit zur Flucht war vorbei, Jacky musste das zähneknirschend einsehen. Sie hätte auch nicht gewusst, wie sie gefesselt ein Pferd besteigen hätte sollen, sie hätte es letztendlich nicht geschafft, zu entkommen.

„Ihr habt das geplant", fuhr Jim sie an. „Ihr habt mich dazu gebracht, euch loszubinden. Ihr verdammten Nutten!"

„Und ihr seid darauf hereingefallen", keuchte Jacky erschöpft. Sie verstand nun, warum Jim nicht eher Alarm geschlagen hatte. Er hatte Angst vor Ken gehabt.

Als Jim sah, dass Jacky sich übergeben hatte, schleppte er sie zum Bach, um sie zu säubern.

„Du wirst es büßen", drohte er. „Und die Kleine auch, sie werden sie erwischen."

Jacky antwortete nicht, ihr war schon wieder übel, und in ihrem Kopf drehte sich alles. Außerdem hatte sie große Angst um Sue.

Was, wenn sie sie wirklich fanden?

Doch als es dunkel zu werden begann, kehrten Ken und Theo zurück, allein. Jacky fiel ein riesiger Stein vom Herzen. Nun musste sie nur die nächsten Stunden und Kens Zorn überleben, dann bestand Hoffnung.

Sie wappnete sich für eine schwierige Zeit und machte sich innerlich stark, sie würde nicht kleinbeigeben.

Niemals!

# Sues Flucht

### *Sue – Sonntag, 7. Juni*

Sue kauerte auf ihrem Platz im Lager, bereit wegzulaufen, und beobachtete, wie Jacky die Männer provozierte. Sie bewunderte Mrs. Hart restlos für ihren Mut, wie konnte sie nur mit diesen üblen Kerlen so frech reden.

Sobald Jacky zu ihnen hinübergegangen war und alle Blicke auf sich zog, wartete Sue nicht länger. Sie huschte zunächst hinter einen Baum in der Nähe, hielt noch kurz inne, und als nichts geschah, begann sie erst langsam und leise zu schleichen, immer in Deckung. Dann war sie hoffentlich außer Hörweite und lief los.

Noch nie in ihrem Leben war sie so schnell gerannt und kam rasch außer Atem, aber sie achtete nicht darauf. Sie musste weg, weg, weg!

Doch sehr bald konnte sie nicht mehr, blieb keuchend stehen und sah sich um. Die Männer würden bestimmt gleich kommen, sie musste sich schleunigst ein Versteck suchen und ihren lauten Atem beruhigen, damit man sie nicht hören konnte.

Nur wo? Sie hatte zwei Möglichkeiten, den Berg hinauf oder hinunter zu fliehen. Sie entschied sich für bergauf, denn damit würden die Männer vielleicht nicht rechnen.

Konnte sie auf einen Baum klettern? Die Bäume waren leider niedrig und boten zu wenig Deckung.

Aus der Ferne hörte sie plötzlich Gebrüll, es hallte regelrecht durch den Wald. Ihr Herz blieb vor Schreck kurz stehen. Sie hatten ihr Verschwinden bemerkt. Was würden sie mit Jacky tun?

Sues verzweifelter Blick fiel auf einen größeren Baum, der von dichtem Gebüsch umgeben war. Vorsichtig stocherte sie mit einem Ast hinein, nicht, dass sich Schlangen darin befanden, dann kroch sie in das Gehölz und voller Freude sah sie, dass der Baum in der Wurzel eine Höhlung hatte, die sie perfekt verbergen würde. Sie kauerte sich darin so klein wie möglich zusammen, zog den dunklen Umhang schützend um sich und versuchte, ihr pochendes Herz und ihren keuchenden Atem zur Ruhe zu bringen. Hier war sie sicher, selbst wenn die Männer in das Gebüsch schauen sollten, sie würden sie nicht sehen, dazu müssten sie hineinkriechen, um die Höhlung zu entdecken.

Bald darauf hörte sie Rufe und Schritte. Sie wagte kaum mehr, zu atmen.

„Lauf in die Richtung weiter, so weit kann sie nicht gekommen sein! Und Jim, geh du zurück und pass auf, nicht dass die Kleine dort ist und mit der anderen abhaut", ertönte Kens Stimme.

Jemand eilte ziemlich nah an ihr vorbei. Sie zog den Kopf ein und hielt den Atem an, doch niemand stöberte in dem Gebüsch herum oder kam auf den Gedanken, dass Sue sich hier versteckte.

Sie wartete lange Zeit, denn sie musste sicher sein, dass die Männer wieder im Lager waren. Zu groß war die Gefahr, dass sie ihnen in die Hände fiel, wenn sie versuchte, jetzt wegzulaufen. Am besten wäre es sowieso, sie würde erst in der Dunkelheit weiter fliehen, man würde sie nicht sehen.

Endlich hörte sie erneut Schritte und die zornigen Stimmen der Männer, die erst näherkamen und sich dann von ihr entfernten, Richtung Lager, Richtung Jacky.

Welche Erlösung! Doch Sue versuchte, nicht daran zu denken, was mit Jacky nun geschehen würde.

Als alles ganz still war und die Dunkelheit allmählich hereinbrach, wagte sich Sue aus ihrem Versteck.

Sie streckte sich, um ihre zitternden Beine zu beruhigen, und horchte angestrengt, ob sie jemanden hören konnte. Von Jacky und den Männern war nichts zu vernehmen, nur von weit entfernt erklangen Rufe von Tieren. In ihren Ohren erschienen sie bedrohlich und furchterregend.

Doch das nützte nichts, sie hatte eine Aufgabe. Schnell eilte sie davon, in die Richtung, aus der sie am Tag zuvor gekommen waren. Sie vergaß mit jedem Schritt mehr, dass sie Angst hatte, denn sie musste für Jacky Hilfe holen, nichts war dringender.

Und sie würde Jesse wiedersehen. Jesse ...

Der Gedanke an ihn beflügelte sie geradezu, aber allzu bald war die Dunkelheit vollkommen, nicht einmal das Licht des Mondes drang durch die Bäume, die jetzt sehr dicht standen. Sie fiel über Äste, machte eine Menge Lärm dabei und hatte das Gefühl im Kreis zu laufen. Außerdem hatte sie große Furcht, in eine Schlucht zu fallen, niemand würde sie finden.

Schließlich gab sie auf, lehnte sich an einen Baum und schlief sofort erschöpft ein.

Am Morgen erwachte sie mit den ersten Sonnenstrahlen, suchte zunächst einen Bach und trank durstig, dann kühlte sie ihre brennenden Füße und machte sich schließlich wieder auf den Weg.

Sie hatte keine Ahnung, wohin sie sich wenden sollte, weit und breit sah sie nur Hügel und Bäume und in der Ferne weite Ebenen. Erschöpft stolperte sie nur noch vor sich hin. Immer öfter musste sie ausruhen, aber der Gedanke an Jacky trieb sie an.

Dann, am späten Nachmittag erreichte sie doch den Fuß der Bergkette und befand sich auf der Ebene.

Zu ihrer Freude entdeckte sie ein paar Meilen entfernt eine Ortschaft. Jetzt hatte sie es bald geschafft!

Sie sah sich vorsichtig um, nun da sie die schützenden Bäume verließ, war sie ein leichtes Ziel. Vielleicht warteten die Männer hier irgendwo, um sie abzufangen.

Sie zögerte daher, bevor sie endlich entschlossen weitereilte.

Sie musste einfach.

Zunächst lief sie, so schnell sie konnte, dann, als nichts geschah, wurde sie wieder langsamer und suchte Deckung in den hohen dornigen Büschen, die überall wuchsen.

Weiter, weiter, weiter, hämmerte sie sich im Rhythmus ihrer Schritte ein.

Doch immer öfter versagten ihre Beine und sie sank todmüde auf den staubigen Boden, schlief ein und erwachte wieder, ohne ausgeruht zu sein. Die Sonne war inzwischen untergegangen, aber in dem Ort wurden Lichter entzündet, die ihr den Weg wiesen. Sue sammelte ihre letzten Kräfte und feuerte sich selbst an.

Endlich erreichte sie das erste Haus. Ohne zu überlegen, hämmerte sie an die Tür.

„Bitte, machen Sie auf, bitte, helfen Sie mir", rief sie mit krächzender Stimme.

Ein Hund bellte, sie hörte Krachen und zornige Rufe, dann öffnete sich neben ihr ein Fenster und eine Laterne beleuchtete sie.

„Bitte", schluchzte Sue. „Helfen Sie mir!"

Sie sackte zusammen.

Sofort wurde die Tür geöffnet und man brachte sie ins Haus. Erstaunt sahen die Bewohner, dass es sich um ein Mädchen handelte, das ein schmutziges Nachthemd trug, welches nur notdürftig von einem zerrissenen Umhang bedeckt war. Sie bekam Wasser, man zog ihr die Schuhe aus und Entsetzensrufe wurden laut, als man die blutenden Füße sah.

Sue kam zu sich und setzte sich auf. „Sie müssen mir helfen, Mrs. Hart, Jacky, wir wurden entführt, Jacky ist noch dort, sie wollen sie umbringen."

Die Frau des Hauses wandte sich an ihren Mann.

„Averell, lauf zum Sheriff und auf dem Rückweg holst du den Doktor. Beeil dich um Himmelwillen! Und Sie Miss, legen sich jetzt hin, Sie brauchen erst einmal Ruhe."

„Nein, keine Ruhe, ich muss zum Sheriff, ich muss zu Ben und Jesse ..."

„Schschsch ... mein Mann wird den Sheriff alarmieren, er wird gleich da sein, ganz ruhig, Miss ..."

„Sue, Sue Franklin!"

„Sue Franklin?"

Die Frau lief ihrem Mann hinterher. „Averell, mach schnell, es ist diese Sue Franklin."

Sie kam aufgeregt zurück. „Man sucht Sie überall, Miss, überall hängen Aufrufe, wer Sie gesehen hat, soll sich melden. Und es gibt hohe Belohnungen für Hinweise. Was ist geschehen?"

„Wir wurden entführt, ich konnte fliehen, aber Jacky, sie ist hochschwanger, das Kind, sie werden sie umbringen."

„Sie sind in Sicherheit, Miss Franklin. Mein Name ist Peggy Pennyfeather, Sie können Peggy zu mir sagen."

„Ich muss zu Jacky ... Jesse ..." Sue schluchzte auf.

Schließlich kam der Sheriff, gleich darauf der Doktor und zusammen schafften sie es, aus Sue die ganze Geschichte herauszubekommen.

„Nun gut", meinte der Sheriff. „Es ist mitten in der Nacht, es hat keinen Sinn mehr, etwas zu unternehmen. Morgen früh gleich werde ich meine Männer zusammentrommeln und wir werden einen Suchtrupp losschicken."

„Aber Jeff Taylor kommt ...", rief Sue entsetzt.

„Miss Franklin, wir können heute nichts mehr unternehmen. Wir müssen bis morgen warten."

Der Doktor gab ihr ein Schlafmittel und fragte Mrs. Pennyfeather, ob Miss Franklin über Nacht im Haus bleiben könne.

„Aber selbstverständlich", antwortete Mrs. Pennyfeather beflissen und legte auch schon ein neues Hemd für Sue zurecht.

Sie machte Wasser heiß, führte Sue in ein Badezimmer und setzte sie in die große Zinkwanne, dann brachte sie das beinahe schon schlafende Mädchen in ein Bett und pflegte die geschundenen Füße mit einer Salbe.

„Möchten Sie noch etwas essen?", wollte sie freundlich wissen.

Sue überlegte, wann sie das letzte Mal etwas zu sich genommen hatte. Sie erinnerte sich an die Bohnen und das Corned Beef, die sie mit Jacky am Vortag über dem Feuer gebraten hatte.

Jacky ... ob sie noch lebte?

Mrs. Pennyfeather wartete die Antwort gar nicht ab, sie stapfte in die Küche, holte ein Stück Brot und die Reste vom Abendessen, fütterte Sue regelrecht, doch viel konnte das Mädchen nicht mehr hinunterbekommen. Schließlich ließ Mrs. Pennyfeather sie in Ruhe und löschte das Licht.

Sue fiel sofort in tiefen Schlaf, sie musste einiges nachholen. Seit der Entführung waren ihr immer nur wenige Stunden vergönnt gewesen und die in meist so unbequemer Lage, dass an richtigen Schlaf nicht zu denken gewesen war.

Sobald der Morgen anbrach, es war inzwischen Dienstag, war der Sheriff schon auf den Beinen und telegrafierte nach San Francisco, dass Susan Franklin in Sicherheit sei.

Die Meldung erreichte gegen acht Uhr das Polizeigebäude in San Francisco und unverzüglich wurde ein Polizist zu den Franklins ausgeschickt, um die frohe Botschaft zu überbringen.

Mrs. Franklin, die seit drei Nächten nicht mehr geschlafen hatte, fiel in Ohnmacht und musste schleunigst umsorgt werden.

Mr. Franklin machte sich anschließend auf den Weg nach San Ramon, wo Sue aufgetaucht war, um sie zu holen. Über den Verbleib von Mrs. Hart herrschte nach wie vor Unklarheit, aber wenigstens Sue war gerettet.

Inzwischen hatte der Sheriff von San Ramon ein paar Männer versammelt, die versuchen wollten, Mrs. Hart zu finden, aber dazu brauchten sie noch einmal Miss Franklins genaue Aussage und Beschreibung.

Also klopfte der Sheriff an der Tür der Pennyfeathers und fragte, ob Miss Franklin schon auf sei.

„Sie schläft wie ein Stein! Kann man sie nicht noch ein wenig in Ruhe lassen?", schnaubte Mrs. Pennyfeather unwirsch.

„Ich fürchte, wir dürfen keine Zeit mehr verlieren."

„Dann kommen Sie, Sheriff."

Widerwillig führte die resolute Dame die Männer in Sues Zimmer und weckte das Mädchen sanft. Trotzdem fuhr Sue erschrocken hoch und wusste zuerst gar nicht, wo sie sich befand.

„Miss Franklin, verzeihen Sie, dass ich Sie aus Ihrem wohlverdienten Schlaf reiße, aber wir brauchen von Ihnen unbedingt noch ein paar Informationen. Können Sie uns zu dem Ort führen, von dem Sie geflohen sind? Wissen Sie noch, wo das war?", wollte der Sheriff ohne Umschweife wissen und ging vor ihrem Bett in die Hocke.

„Ja, ich denke schon, nein ich weiß nicht, es war so dunkel, ich bin im Kreis gelaufen, glaube ich ..."

Sue erkannte mit Entsetzen, dass sie den Weg zurück nicht mehr finden würde. „Es war in einem Wald, auf dem Berg ..."

„Auf dem Mount Diablo?", fragte der Sheriff erschrocken.

„Ich weiß nicht, es ging hoch hinauf, ich bin gestern den ganzen Tag bergab und immer wieder über Hügel gelaufen, bis ich zu der Ebene kam."

„Dort oben werden wir sie nicht finden", meinte der Sheriff niedergeschlagen. „Und die Männer werden weitergezogen sein, nachdem Sie geflohen sind."

„Nein, sie können nicht weiter, sie müssen auf den Mann aus dem Osten warten, Jeff Taylor ist sein Name. Einer soll ihn in Walnut Creek abholen. Er ist es, der Jacky töten will. Wenn Ken sie nicht schon längst getötet hat."

„Ja, das sagten Sie gestern schon. Es kommt also jemand in Walnut Creek an, der zu dem Lager gebracht werden soll? Wir müssen unsere Leute dort informieren, vielleicht kann man ihn abfangen."

Der Sheriff erhob sich.

„Ich soll Mr. Hart und Mr. Jones Bescheid sagen, das wollte Jacky von mir. Ich muss Mr. Hart eine Botschaft bringen", fiel Sue noch siedendheiß ein.

„Dem Ehemann von Mrs. Hart? Man wird ihn in San Francisco erreichen, machen Sie sich keine Sorgen. Und nun wäre ich Ihnen sehr verbunden, wenn Sie mir ungefähr den Weg beschreiben könnten, den sie gestern gegangen sind."

Sue tat ihr Bestes, trat humpelnd mit dem Sheriff vor das Haus und zeigte die Strecke, die sie am Vortag gelaufen war. Sie deutete auf die ein paar Meilen entfernten Berge und versuchte zu erklären, wie man den Lagerplatz finden könnte.

Der Sheriff nickte zweifelnd und begab sich zurück zu seinem Büro, um seine Männer zu informieren. Dann schickte er noch ein Telegramm nach Walnut Creek, um die dortigen Kollegen wegen Jeff Taylor zu alarmieren.

Das Telegramm kam zu spät, Jeff Taylor war bereits angekommen und unterwegs zum Treffpunkt. Weder er und seine Männer, noch Ben und Jesse, die Taylor verfolgten, wussten daher, dass Sue in Sicherheit war.

Es war kurz vor zehn Uhr, als die Männer in San Ramon endlich losreiten konnten, aber die Chance Mrs. Hart zu finden, war mehr als gering.

Inzwischen versuchte Sue verzweifelt, Mrs. Pennyfeather zu überzeugen, dass sie mit den Männern mitgehen wollte, der Sheriff hatte es natürlich strikt verboten.

Sue weinte den halben Tag vor sich hin, doch vor Erschöpfung schlief sie immer wieder ein und träumte wirr von Jacky und Ken. Sie hatte das entsetzliche Gefühl, Jacky im Stich gelassen zu haben.

Am Abend stand plötzlich ihr Vater im Raum und sie flog geradezu in seine Arme.

„Vater!", rief sie. „Wo kommst du her?"

„Susan, wie freue ich mich, dich zu sehen! Ich bin so glücklich, dass es dir gutgeht, komm mit nach Hause. Deine Mutter ist krank vor Sorge gewesen."

„Ich kann nicht nach Hause. Ich muss Jacky helfen."

„Unsinn! Wir fahren sofort. Ich habe eine Kutsche, wir werden in wenigen Stunden in Oakland sein."

„Vater, hat man Mr. Jones und Mr. Hart informiert? Wissen sie, wer hinter dem Ganzen steckt?"

„Mr. Hart und Mr. Jones sind schon seit Tagen auf der Suche. Ich habe sie seit Samstag nicht mehr gesehen."

„Aber woher wussten sie, wo sie suchen müssen?"

„Dein Tagebuch! Die Polizei hat es gefunden und Mr. Hart gegeben. Es war wohl sehr aufschlussreich."

Sue wurde feuerrot im Gesicht. „Ihr habt mein Tagebuch genommen? Hat ... hat Mr. Jones es auch gelesen?"

„Susan, ich weiß nicht, was in dich gefahren ist, so ein Tagebuch zu führen. Wir werden darüber sprechen müssen. Aber das ist nun egal, die Hauptsache ist, dass wir dich wiederhaben."

„Bitte, Vater! Hat Mr. Jones ...?"

„Ja, er hat es gelesen. Daraufhin haben sich Mr. Hart und Mr. Jones sofort auf den Weg gemacht, anscheinend wussten sie gleich, wer euch entführt hat. Susan, diese Leute sind kein Umgang für dich. Du siehst, wohin es dich brachte. Ich verbiete dir, Mr. Jones jemals wieder auch nur anzusehen."

Susan verbarg den Kopf in ihren Händen. Sie schämte sich zutiefst.

Ihr Vater überreichte der strahlenden Mrs. Pennyfeather eine stattliche Belohnung, die für das Auffinden seiner Tochter ausgeschrieben worden war. Dann brachte er Susan, die von Mrs. Pennyfeather ein Kleid bekommen hatte, in die wartende Kutsche und fuhr mit ihr zurück nach Oakland.

Sue hatte sich auf ihrem Sitz zusammengekauert und weinte still vor sich hin. Sie hatte das Gefühl, jämmerlich versagt zu haben.

Nicht einmal die Botschaft konnte sie an Mr. Hart überbringen, denn er war ebenfalls verschwunden.

Mit großer Sorge dachte sie an Jacky und wünschte sich, immer noch bei ihr zu sein. Es war nicht richtig, dass sie selbst nun in Sicherheit war, während Jacky vielleicht allein sterben würde.

Wie mutig Jacky gewesen war!

Sue beneidete sie glühend. Und wie hatte sie gesagt? Sue würde von nun an zu ihnen gehören.

Wie sich das angehört hatte! Ein Traum wäre in Erfüllung gegangen.

Doch in Wahrheit war sie nun auf dem Weg zurück zu ihrer Mutter und wenn es nach ihrem Vater ging, würde sie Mr. Jones nie wieder sehen.

Spät in der Nacht erreichten sie den Hafen und fanden ein Boot, das sie nach San Francisco übersetzte.

Sue stand an der Reling und starrte ins Wasser. Ihr Leben schien vorbei. Alles, was ihr wichtig gewesen war, würde ihr nun verboten werden.

Wieder dachte sie an Jacky.

Jacky würde sich das niemals gefallen lassen.

Wenn sie nur auch so sein könnte!

Und dann erinnerte sie sich daran, dass Jacky ihr gesagt hatte, sie sei mutig und sie könne alles sein, was sie wolle.

Sue straffte ihre Schultern.

Sie beschloss in dem Moment, mutig zu sein und das zu tun, was sie wirklich tun wollte.

Mrs. Franklin würde ihre Tochter nicht wiedererkennen!

# Die einzige Hoffnung

### Jacky
### Zwei Tage zuvor, Sonntag, 7. Juni

Sue war nicht mehr aufzufinden gewesen, Ken hatte das einsehen müssen. Wütend ging er auf Jacky los, die immer noch gefesselt auf dem Boden lag, und trat ihr mit dem Fuß in den Rücken. Sie stöhnte auf vor Schmerz.

Dann beugte er sich zu ihr und packte sie an den Schultern.

„Hör zu", zischte er. „Die Kleine hat keine Chance. Hier ist nur Wildnis, sie wird irgendwo verrecken!"

„Und was, wenn nicht?", gab Jacky höhnisch mit zusammengebissenen Zähnen zurück. „Man wird jedenfalls wissen, wen man suchen muss. Es ist vorbei, Ken. Du kannst mich umbringen, aber sei sicher, von dem Moment an ist dein Leben keinen Cent mehr wert. Mein Mann wird dich finden, so wie wir die Taylors gefunden haben, und dann kannst du mir in die Hölle folgen. Und der letzte Taylor meinetwegen dazu!"

„Du redest zu viel. Du redest viel zu viel!"

Theo wurde unruhig.

„Aber Ken, sie hat recht. Wenn die Kleine es schafft, wird sie alles sagen können."

Ken fuhr ihn an. „Na und? Bis dahin sind wir weg. Wir liefern die da an Taylor, kassieren und verschwinden. Was dann passiert, ist nicht unsere Sache."

Theo wechselte einen Blick mit Jim. Jacky beobachtete sie und glaubte, Erleichterung herauszulesen. Sie würden nicht dabei sein, wenn man Jacky umbrachte, und das war ihnen anscheinend lieber.

Mitleid ...

Die Macht des Namens ...

Ihre einzige Hoffnung ...

Jacky sah eine winzige Chance, egal wie klein, sie musste sie gut nutzen.

Doch zunächst ließ Ken seinen Zorn an Jim aus.

„Du Dummkopf hast sie losgebunden, das wäre alles nicht passiert, wenn du nicht den Kavalier gespielt hättest."

„Sie hatten Schmerzen, wir hätten einfach besser aufpassen müssen", verteidigte sich Jim.

„Du hättest besser aufpassen müssen, du hast die Fesseln entfernt."

„Hör auf, Ken", mischte sich Theo ein. „Es ist passiert, wir sind alle schuld daran. Und ich glaube auch nicht, dass die Kleine es schaffen kann."

„Sie wird es schaffen", beharrte Jacky.

Ihr Kopf dröhnte immer noch, die Stricke schnitten schmerzhaft ein, sie wusste nicht, wie lange sie das weiter aushalten konnte. Aber ihr eiserner Wille war ungebrochen, sie würde Ken bestimmt nicht den Gefallen tun und schwach werden.

„Halt endlich das Maul", brüllte Ken sie an.

Sie versuchte ein triumphierendes Grinsen. „Schrei nur weiter so laut herum, umso eher werden sie uns finden. Ihr habt verloren, Ken, gebt auf, lasst mich laufen, dann kommt ihr noch raus aus der Sache."

„Mir reicht es jetzt mit dir."

Ken knebelte sie unsanft. Jacky hatte Mühe, Luft zu bekommen, Angst überfiel sie und sie zwang sich, ruhig durch die Nase zu atmen.

Jim beobachtete sie. „Ken, sie hat sich übergeben heute, wenn sie das wieder tut, wird sie ersticken", meinte er besorgt.

„Und wenn schon ...", brummte Ken. „Ich will jetzt etwas zu essen. Was haben wir da?"

Sie wärmten sich Bohnen am Feuer, Jacky bekam nichts, wurde aber ans Feuer getragen, damit sie besser im Blick blieb. Sie wollte auch gar nichts essen, ihr war immer noch leicht übel.

„Du bist fett genug", sagte Ken höhnisch grinsend zu ihr. „Du brauchst nichts."

Theo nahm das Thema nach einer Weile noch einmal auf. „Angenommen, die Kleine schafft es doch. Vielleicht sollten wir wirklich von hier verschwinden."

„Und wie will Taylor uns dann finden?", fragte Ken genervt.

„Wir könnten eine Botschaft hinterlassen", schlug Jim vor.

„Du Blödmann! Wenn die anderen vor Taylor hier sind, werden sie die Botschaft auch sehen."

„Ach ja", gab Jim zu. „Aber es könnte ja einer von uns hierbleiben, sich verstecken, und schauen, wer kommt."

Ken überlegte. „Das ist gar keine so schlechte Idee. Wir könnten ein Stück weiterziehen, und einer von uns kommt hierher zurück und wartet. Das machen wir auch. Gleich morgen früh."

‚Wieder einer weniger', dachte Jacky und frohlockte im Stillen. Sie hoffte, dass man sie über Nacht wenigstens von dem Knebel befreien würde. Ihre Augen suchten die von Jim. Sie sah ihn flehend an, vielleicht würde er ihr wieder helfen. Jim begegnete ihrem Blick und senkte den Kopf. Dann stand er auf und ging zu ihr.

„Was soll das?", fragte Ken sofort.

„Wir sollten ihr wenigstens Gelegenheit geben, sich zu waschen."

Er achtete nicht weiter auf Kens Protest, löste ihre Fußfesseln, half ihr hoch und führte sie zum Bach. Er musste sie fast tragen, denn sie konnte kaum auf eigenen Beinen gehen. Am Bach befreite er auch ihre Hände und sie entfernte sofort den Knebel und tauchte ihre Arme erleichtert in das kalte Wasser.

Es war dunkel dort, nur der Schein des Lagerfeuers gab ein wenig Licht. Jacky zog ihren Morgenmantel aus, hob das Hemd an, setzte sich einfach wieder mitten in den Bach und ließ das kühle Wasser über ihre geschwollenen Beine laufen. Es tat so gut!

Gierig trank sie, wusch sich und ließ sich schließlich von Jim aufrichten. Er half ihr in den Mantel, zögerte kurz, band aber dann doch ihre Hände wieder auf den Rücken, wenn auch lange nicht so fest, wie Ken es getan hatte.

„Wenn du versprichst, jetzt still zu sein, verzichte ich auf den Knebel", raunte er ihr zu. „Hör auf, Ken so zu reizen, du machst alles nur noch schlimmer."

„Noch schlimmer als den Tod, den Jeff Taylor mit mir vorhat?", fragte Jacky verächtlich, aber mit gesenkter Stimme, damit Ken sie nicht hörte. „Dagegen ist das bei euch hier angeblich doch die reinste Erholung."

„Ich kann Ken nicht immer zurückhalten ..."

Sie sah ihn an. Mitleid ... die Macht des Namens.

„Okay, Jim. Ich sage nichts mehr. Heute zumindest. Danke, Jim, dass du mir hilfst."

Jacky ließ sich zurück zum Feuer führen, legte sich unter Schwierigkeiten hin und Jim band auch ihre Füße wieder zusammen. Außerdem wickelte er sie in eine Decke.

Diese Nacht würde sie vielleicht schlafen können, das war bitternotwendig, wenn sie einigermaßen bei Kräften bleiben wollte.

Tatsächlich wurde sie von der Müdigkeit überwältigt und erst am Morgen von den Männern geweckt. Jim band sie los, damit sie zum Bach gehen konnte, es bestand keine Gefahr, dass sie fliehen könnte, so schwerfällig, wie sie sich bewegte. Dankbar genoss sie die privaten Momente am Wasser und suchte Halt und Kraft an einem Baum, während die Männer über Landkarten brüteten und einen neuen Lagerplatz beschlossen, weiter Richtung Süden in der Wildnis, wo nichts und niemand war und wo die Wüste begann.

Sie ritten alle zusammen los, und Jacky fühlte sich höchst unwohl. Immer wieder wurde ihr Bauch hart, manchmal schmerzte es sogar, bekam sie jetzt wirklich Wehen? Sie beschloss, keinen Ton zu sagen, sie wollte weit weg von dem Lagerplatz sein, an dem Jeff Taylor bald auftauchen würde, sie wollte Zeit gewinnen.

Dass Sue es tatsächlich geschafft hatte, hoffte sie sehr, nur wie viele Chancen bestanden, dass sie den Lagerplatz wiederfinden würde? Sie war am Nachmittag geflohen und hatte sicher irgendwo in einem Versteck gewartet, bis es Nacht wurde. Wenn sie im Dunkeln herumgeirrt war, war es fast unmöglich.

Aber wenigstens war sie den Männern entkommen und was immer mit ihr passiert war, war bestimmt besser als das, was bei den Männern auf sie zugekommen wäre. Und wenn sie es tatsächlich schaffte, konnte sie Ben und Jesse Bescheid sagen, das war das Wichtigste.

Ben sollte wenigstens wissen, was ihr zugestoßen war, und er sollte noch einmal hören, dass sie ihn liebte.

Wieder zog sich Jackys Bauch zusammen, es schmerzte und sie war sehr beunruhigt.

Sie senkte den Kopf, versuchte, ruhig zu atmen und zu zählen, um zu sehen, ob die Abstände regelmäßig waren oder sich sogar verkürzten. Doch es kam nichts Eindeutiges dabei heraus, manchmal wurde der Bauch zweimal kurz hintereinander hart, dann dauerte es länger, dann wieder kürzer, sodass Jacky allmählich überzeugt war, es nicht mit Geburtswehen zu tun zu haben. Alles, was man ihr über Wehen gesagt hatte, war, dass sie schmerzhaft waren und in regelmäßigen Abständen kamen. So sollte sie erkennen, wann die Geburt tatsächlich losgehen würde, um nicht wie die meisten anderen Frauen beim ersten Kind zu früh die Hebamme zu holen, denn es gab auch sogenannte falsche Wehen.

Jacky beschloss, dass es sich um solche handeln musste, und wurde etwas ruhiger. Mittendrin fühlte sie, dass sie freier atmen konnte, anscheinend war ihr Bauch tiefer gerutscht. Das hatte die Hebamme also mit „Senken des Bauches etwa vier Wochen vorher" gemeint.

Sie sehnte sich so nach Ben, er hatte ihr versprochen, bei der Geburt dabei zu sein, auch wenn das nicht üblich war, aber er wollte sie in den schweren Stunden nicht allein lassen. Nun würde es anders kommen und vielleicht würden sie und das Kind sterben, und Ben würde nicht einmal wissen, ob es ein Junge oder ein Mädchen gewesen wäre.

Es kostete Jacky sehr viel Kraft, nicht einfach loszuweinen, sondern nach wie vor ihre Haltung zu bewahren, auch wenn alles hoffnungslos erschien.

„Du bist ja so still heute", sagte Ken schließlich zu ihr. „Merkst du doch allmählich, dass es ernst für dich wird?"

Sie riss sich zusammen. Nicht kleinbeigeben!

„Eigentlich male ich mir gerade aus, wie es sein wird, wenn du am Galgen baumelst. Ich kann es so richtig vor mir sehen. Ihr habt keine Chance, Ken, steigt aus, ehe es zu spät ist."

Ken lachte brüllend.

„Also so was wie du ist mir auch noch nicht begegnet", meinte er, als er sich beruhigt hatte. „Hast du keine Angst? Nicht einmal vor dem Tod?"

„Seit der Sheriff in Cheyenne mir mehrmals am Tag sagte, ich würde sowieso bald hängen, nein, eigentlich nicht. Nun, er hatte unrecht. Genau wie du. Du wirst es sehen, Ken, am Ende werde wieder ich triumphieren. Es war einer der besten Tage in meinem Leben, als ich die Taylors erschoss. Schade nur, dass John so schnell tot war. Ich habe seine Lunge getroffen, ein bisschen wird er hoffentlich noch geröchelt haben."

Jim mischte sich ein. „Stimmt es eigentlich wirklich, dass die Taylors deine Familie umbrachten?"

„Ja! Meine Eltern, meine Geschwister und viele andere. Ich habe den Taylors gegeben, was sie verdienten. Jeder von euch hätte das genauso gemacht."

Jim sah Ken an.

„Ich hätte es gemacht", sagte er ruhig.

Ken reagierte gereizt. „Egal warum, Jeff Taylor will sie haben, und wir liefern sie ihm aus. Wir bekommen eine schöne Summe dafür. Alles andere geht uns nichts an."

„Tja, so ein reines Gewissen ist eine wunderbare Sache", spottete Jacky. „Stand ja schon in der Bibel, derjenige, der den Herrn auslieferte, wusch seine Hände auch in Unschuld."

„Jetzt komm uns nicht mit der Bibel", stöhnte Ken.

„Warum nicht? Ein wenig Bildung kann euch nicht schaden. Könnt ihr denn überhaupt lesen und schreiben?"

„Und was, wenn wir es nicht können?"

„Ich kann es euch beibringen, es würde euch guttun! Damit ihr auf euren Steckbriefen nicht nur die Bilder anschauen müsst, sondern auch lesen könnt, warum man euch sucht und welche Strafe euch erwartet. Das sollte euch klar sein, mein Mann wird euch jagen, er hat Geld und er ist gut darin."

Jackys Stimme war fest und bestimmt. Nichts war daran zu rütteln, das verunsicherte Ken, man konnte es in seinem Gesicht lesen. Dennoch lachte er verschlagen.

„Er wird nicht wissen, wen er suchen muss!"

„Ich denke, das haben wir geklärt, nicht? Sue dürfte sich inzwischen in Sicherheit gebracht haben. Ihr wart so dumm, sie ist gar nicht gleich davongelaufen, sie hatte sich die ganze Zeit über versteckt, erst, als ihr die Suche aufgegeben habt, ist sie weg, da war sie sicher vor euch."

„Was redest du für dummes Zeug ..."

„Das ist kein dummes Zeug, ich hatte sie die ganze Zeit im Blick", log Jacky ungeniert. „Wir waren einfach schlauer als ihr und werden es immer sein. Gebt auf!"

Ken sah sie wütend an. „Du wirst auf jeden Fall nicht abhauen!"

„Bist du da so sicher?"

„So, wie du aussiehst, so fett, unförmig und ohne Schuhe!"

„Vielleicht reite ich einfach davon?"

„Versuchs doch, wirst sehen, was dann passiert!"

„Ist das ein Angebot, Ken? Dann werde ich das gerne annehmen."

„Es wird dir nicht gelingen, Mrs. Hart, du hast einmal den Kopf aus der Schlinge gezogen, ein zweites Mal geht das nicht."

„Sue ist vor deinen Augen einfach verschwunden. Du würdest nicht einmal einen Büffel bemerken, wenn er unter deiner Nase abhaut", höhnte Jacky.

„Büffel ist gut ... von deiner Figur her könnte das hinkommen."

„Ja, so etwas hast du eben noch nicht zustande gebracht, nicht? Das müssen nämlich richtige Männer sein, die eine Frau schwängern können!"

„Du verdammte Hure ..."

„Das ist alles, was du kannst, Ken, fluchen, mich beschimpfen und toben. Aber mach ruhig. Du pflasterst damit deinen Weg zur Hölle, wie auf Schienen wirst du hinuntergleiten."

„Ich hab genug von dir."

„Ich von dir schon lange, glaube mir. Nur leider hast du die Wahl, ich nicht. Lass mich laufen und du hast deine Ruhe", schlug Jacky vor.

„Die habe ich spätestens morgen sowieso."

Ken trieb sein Pferd an und ließ sie wieder allein. Sie war froh, denn lange hätte ihre Beherrschung nicht mehr ausgereicht. Das Reiten war so unangenehm!

Schließlich schwang sie mit Mühe ein Bein über den Hals des Pferdes und versuchte sich in einer Art Damensitz. So lange sie im Schritttempo unterwegs waren, konnte sie das Gleichgewicht halten, indem sie sich am Sattelknopf festklammerte, und es war wesentlich angenehmer. Und dann war plötzlich Jim an ihrer Seite und stützte sie am Rücken, so konnte sie sich anlehnen und etwas entspannen.

„Danke, Jim", flüsterte sie ihm zu.

Er erwiderte nichts, aber er hatte es bestimmt gehört. Die Gelegenheit war günstig. Sie musste ihn auf ihre Seite ziehen.

„Jim", raunte sie mit betörender Stimme, „du sagtest, du hättest es auch getan, wenn man deine Eltern und deine Geschwister vor deinen Augen ermordet hätte, du hättest sie auch gerächt. Ich habe nichts gemacht, was du nicht auch getan hättest. Ich sah Will Taylor, wie er auf wehrlose Menschen schoss, ich habe ihn die ganze Zeit über beobachtet. Er kannte keine Gnade."

„Sei still", zischte Jim zurück. „Sei einfach still."

„Warum? Weil ich die Wahrheit sage?"

„Es wird dir nichts nützen."

„Du musst mir helfen, Jim. Du kannst nicht wollen, dass mein unschuldiges Kind stirbt."

„Wir dachten, du hättest das Kind schon, wir wussten nicht, dass du noch schwanger bist!"

„Ich bin aber schwanger, das Kind kommt bald, es will leben, es will eine Mutter und einen Vater haben. Jim, wenn sie mich töten und das Kind überlebt, wirst du es retten? Wirst du mein Kind retten?" Sie nahm seine Hand und legte sie auf ihren Bauch. „Fühle es, Jim, es lebt, es will leben."

Er entriss ihr die Hand. „Hör auf damit! Ich kann dir nicht helfen!"

„Rette mein Kind, mehr verlange ich nicht! Rette es! Bitte! Bringe es zu meinem Mann, er wird dich verschonen", flehte sie und merkte, wie ihr die Tränen kamen. Ben, ach Ben ...

„Ich habe keine Wahl", widersprach Jim.

„Doch, du hast eine!"

„Wenn du nicht sofort still bist, werde ich dich wieder allein lassen."

„Nein, bitte nicht. Es ist gut, dass du da bist, bleib hier bei mir. Und bitte, lass mich nicht mit Ken und Theo allein. Bitte. Ich werde nichts mehr sagen."

„Ich werde bleiben. Wenn du nun still bist!"

Jacky hielt ihr Wort und schwieg und wurde von Jim weiter gestützt.

Er sprach nicht mehr mit ihr, doch sie wusste, die Saat war gelegt. Wenn ihr jemand helfen würde, so war das Jim. Er hatte Sue nicht verraten, all ihre Hoffnung beruhte auf ihm.

Schließlich fanden sie einen Lagerplatz, der geschützt zwischen Felsen war, und auch ein kleines Rinnsal mit klarem Wasser befand sich gleich in der Nähe.

Jacky wurde vom Pferd gehoben, durfte sich kurz hinter Felsen zurückziehen, um danach wieder gefesselt zu werden. Doch sie sah Ken herausfordernd an, als sie ihm die Hände hinhielt.

„Soll ich nicht lieber etwas kochen für uns?"

Ken zögerte und warf einen prüfenden Blick auf sie.

„Du wirst das tun?"

„Ja, ich habe Hunger und ich will etwas haben, das einigermaßen schmeckt."

„Okay, aber ich werde dich beobachten."

„Dann mach aber diesmal die Augen besser auf als bei Sue." Jacky konnte es einfach nicht lassen und Ken gab ihr eine Ohrfeige, sodass sie Sterne sah.

Doch sie blieb scheinbar ungerührt und verlangte das Kochgeschirr und die Vorräte. Während sie Bohnen brutzelte und versuchte, wenigstens ein bisschen Geschmack hineinzubekommen, besprachen die Männer, wer zurückreiten sollte, um Jeff Taylor zum neuen Lagerplatz zu führen. Jacky hoffte inständig, dass es Ken sein würde, aber diesen Gefallen tat er ihr natürlich nicht.

Als sie das Essen brachte, diskutierten sie immer noch.

„Jim, du wirst es sein, du hast sie schließlich losgebunden", befahl Ken gerade.

Jim warf einen Blick auf Jacky und sah ihr entsetztes Gesicht.

„Ich denke, ich bleibe hier", widersprach er ruhig. „Theo soll reiten, er kann sagen, dass ich es gewesen bin. Ich passe hier lieber auf, dass du nicht zu weit gehst, Ken. Schließlich möchte ich die hohe Belohnung kassieren und sie lebend übergeben."

Ken grinste ihn an. „Zumindest da sind wir uns einig. Trotzdem wirst du reiten."

„Ja, besser geht Jim, Theo findet doch nie allein zurück", warf Jacky provozierend und verzweifelt ein.

Jim senkte den Kopf und verdrehte die Augen. Warum konnte Mrs. Hart nicht einfach mal still sein?

Theo war aufgesprungen.

„Pass auf, was du sagst!", fuhr er sie an.

„Ich sage, was ich denke. Du bist zu dumm, zurückzufinden und hast bestimmt Angst allein. Am liebsten wäre mir allerdings, Ken würde gehen, ich wäre mehr als froh, wenn ich ihn mal nicht einen Tag nicht sehen muss."

Ken lachte böse. „Das glaube ich dir, und auf eins kannst du wetten, für mich wäre es auch eine Erholung. Mir ist noch nie jemand so auf die Nerven gegangen wie du."

„Dann reite doch du los, oder traust du es Jim und Theo nicht zu, auf mich achtzugeben? Hast du Angst, dass wir hier dann feiern ohne dich?"

Jacky sah voller Genugtuung, dass Theo einen unsicheren Blick auf Ken warf.

Hatte Ken tatsächlich Zweifel an ihm und Jim?

Ken schüttelte unwillig den Kopf.

„Schluss jetzt, ich weiß, was du vorhast, du willst uns gegeneinander aufbringen, das wird dir nicht gelingen! Jim wird gehen, und keine Angst, wir werden alle noch mit dir feiern, ob dir das gefallen wird, bezweifle ich aber. Gib jetzt das Essen her."

Endlich wirkten jedoch Jackys abfällige Bemerkungen. Theo richtete sich zu seiner vollen Größe auf.

„Ich werde reiten, Ken, sie soll nicht noch einmal sagen, dass ich das nicht schaffe."

Jim blickte überrascht auf. Nun erkannte er Jackys Taktik und unwillkürlich bewunderte er sie dafür. Sie wollte nicht mit Ken und Theo allein bleiben, sondern sorgte dafür, dass er, Jim, weiter auf sie achten konnte. Daher nickte er Theo zu.

„Lass dich nicht so ärgern, Theo, natürlich schaffst du das. Also wenn du wirklich willst, reite du. Ich hätte zwar auch gern kurz Ruhe vor ihr, aber ist ja nur noch für kurze Zeit, dass wir ihre Gegenwart ertragen müssen."

„Na gut", stimmte Ken schließlich ebenfalls zu und die Sache war abgemacht.

Sie nahmen die einfache Mahlzeit zu sich, dann brach Theo auf.

‚Nur mehr zwei ...', dachte Jacky. Wenn etwas geschehen sollte, dann musste es jetzt sein, wer wusste schon, mit wie vielen Männern Jeff Taylor anrücken würde. Und es musste bald passieren, denn die Zeit wurde knapp.

Sie hatte keine Ahnung, wo sie sich befand, ob irgendwo menschliche Behausungen waren, ob es vielleicht sogar indigene Stämme in der Nähe gab, wo sie Schutz suchen konnte, aber sie musste weg und das schnell.

Gedankenverloren setzte sich Jacky ans Wasser, spülte die Pfanne in dem Rinnsal ab und trank so viel, wie sie konnte. Da wurde ihr Bauch wieder hart und diesmal schmerzte es in den Rücken.

„Nein, nicht jetzt", flüsterte sie ihrem Kind zu. „Du musst noch warten, nicht jetzt, bitte nicht jetzt!"

Sie atmete tief durch, als der Schmerz aufhörte. Das hatte sich ganz anders angefühlt, als die Wehen vom Vortag. Sie blieb sitzen, wartete ab, hielt leise Zwiegespräche mit ihrem Kind.

Ken rief sie schließlich zurück zum Feuer. Als sie nicht sofort gehorchte, weil sie sich wegen einer erneuten Wehe nicht bewegen konnte, wurde er zornig, stand auf, packte sie an den Haaren und schleifte sie einfach mit.

Sie schrie auf, versuchte, auf die Beine zu kommen, und klammerte sich an Ken fest, denn er riss ihr fast die Kopfhaut herunter. Am Feuer stieß er sie zu Boden, sie konnte sich gerade noch abfangen und krümmte sich zusammen,

Jim beugte sich zu ihr. Sein Gesicht war besorgt.

„Fessle sie", befahl Ken, und Jim holte widerstrebend einen Strick.

Sie sah ihn verzweifelt an, in ihren Augen standen Tränen, vor Schmerz und vor Angst, denn wenn er sie nun fesselte, war es vorbei.

Jim zögerte nur kurz, dann band er ihre Hände nach vorne zusammen, machte aber keinen Knoten, gab ihr die Enden einfach zwischen die Finger.

Sie blickte ihn nicht mehr an, starrte nur ungläubig auf ihre Hände. Er war auf ihrer Seite, sie konnte sich nun leicht befreien. Sie musste jetzt nur weiter kühl planen.

Er befahl ihr barsch, sich hinzulegen, und machte das Gleiche mit den Füßen, die Stricke waren nur locker um ihre Gelenke geschlungen. Ken bemerkte nichts, denn Jim spielte seine Rolle gut, und Jacky tat das Ihre, in dem sie ein paar Mal wie vor Schmerz aufstöhnte.

Bevor Jim sie verließ, schob er etwas unter ihre Beine. Sie glaubte, zu wissen, was es war, konnte es nicht fassen, er würde ihr wirklich und wahrhaftig helfen ...

Es gab Hoffnung, Manyeyes hatte recht behalten. Die Macht des Namens, sie hatte Jim überzeugt.

Jim ging zu Ken zurück und setzte sich so, dass er Jacky im Auge behielt, dann verwickelte er Ken in ein Gespräch und lenkte ihn von ihr ab. Jacky befreite vorsichtig ihre Hände und tastete unter ihre Beine, wo sie sofort den Revolver fand, den Jim dort hingelegt hatte. Sie setzte sich auf und riss den Strick von den Füßen. Doch Ken hatte etwas bemerkt. Er fuhr herum und sprang auf.

Jacky nahm verzweifelt den Revolver und spannte den Hahn.

„Was soll das?", rief Ken. „Woher hast du die Waffe?" Er warf einen fassungslosen Blick auf Jim. „Du hast sie ihr gegeben."

Sofort zog er seine eigene Waffe, doch da schoss Jacky. Sie kannte kein Mitleid, es ging um sie und um ihr Kind. Ken musste sterben, damit sie leben konnten.

Sie traf ihn in die Seite, er brüllte auf vor Schmerz, sein Revolver entglitt ihm. Jacky richtete sich ganz auf und schoss ihm in den Kopf, es riss ihn nach hinten, Ken lag tot am Boden.

Sie sank weinend zu Boden, die ausgestandene Angst, die Hoffnungslosigkeit, alles machte sich Luft in ihr.

Jim lief zu ihr und half ihr hoch.

„Komm, nimm dich zusammen, was soll die Heulerei jetzt, schnell, wir müssen weg. Sie werden bald auftauchen, wir brauchen einen Vorsprung."

„Du kommst mit mir?"

„Ja, ich bringe dich hier weg. Kannst du gehen?"

Jacky nickte und verschwieg, dass sie von einer neuen Wehe überrollt wurde. Sie biss die Zähne zusammen. Das musste warten, sie hatten jetzt keine Zeit.

„Einen Moment noch", forderte sie. „Ich brauche Schuhe."

Sie beugte sich zu dem toten Ken und riss seine Stiefel herunter. Sie waren ihr viel zu groß, doch sie boten wenigstens einen Schutz vor dem steinigen Boden. Jim gab ihr ein paar ziemlich zerrissene Socken, damit war es besser. Außerdem nahm Jacky noch Kens Gewehr, seinen Revolver und alle Munition an sich und gab Jim seine Waffe zurück.

Dann stiegen sie auf die Pferde und ritten los, Richtung Nordosten. Dort würden sie irgendwann auf bewohntes Gebiet treffen. Jim hatte die Karte und den Kompass und trieb sein Pferd an.

Eine Weile konnte Jacky mithalten, dann kam wieder eine Wehe.

„Nicht so schnell, Jim", stöhnte sie. „Es geht nicht."

Er zügelte sein Pferd und blieb an ihrer Seite.

„Was geht nicht? Wir müssen uns beeilen, sie werden uns verfolgen und einholen."

„Ich kann nicht mehr reiten, ich glaube, das Kind kommt."

Er blickte sie erschrocken an. „Was sagst du da? Bist du sicher? Ist das auch die Wahrheit diesmal?"

„Glaubst du, ich würde jetzt lügen?", fauchte sie.

„Du hast also wirklich Wehen?"

„Ja!"

Jim überlegte. „Aber noch nicht so schlimm, nicht wahr? Pass auf, wir machen Tempo in deinen Wehenpausen. Du hältst an, wenn es heftig wird, dann reiten wir wieder weiter, wirst du das schaffen? Ich bleibe bei dir."

„Ich muss es schaffen, Jim, los, jetzt geht es wieder."

Sie preschten davon, doch bald darauf fuhr der Schmerz erneut in Jackys Rücken und sie hielt ihr Pferd an.

Jim blieb an ihrer Seite.

„Atme ganz tief", empfahl er. „Du darfst dich jetzt nicht aufregen, du musst ruhig bleiben, wir sind weit von jeder Ansiedlung entfernt. Ich kann dir bei der Geburt sicher nicht helfen. Vielleicht solltest du dich verstecken und ich hole Hilfe?"

Jacky sah ihn entsetzt an. „Nein, lass mich nicht allein, bitte, bleib bei mir, ich kann das nicht allein."

„Na gut, los, komm weiter."

Eine Weile ging es noch, dann war es vorbei. Jacky konnte sich kaum auf dem Pferd halten.

„Vielleicht, wenn ich ein wenig ausruhe ..."

Notgedrungen suchte Jim ein Versteck zwischen dichten Büschen und Felsen. Er half Jacky vom Pferd und bereitete ihr ein Lager.

„Wir können nur hoffen, dass Taylor noch einen Tag braucht."

„Und wenn schon, wir sind bewaffnet, sollen sie kommen", brachte Jacky aus zusammengebissenen Zähnen hervor.

Es wurde bald Nacht, und Jacky stellte zu ihrer und zu Jims großer Erleichterung fest, dass die Wehen schwächer wurden und schließlich ganz aufhörten.

Sie rechnete nach, es musste inzwischen Montag sein, ihr schien, als sei seit ihrer Entführung eine Ewigkeit vergangen, aber es waren erst drei Tage.

Sie sank in einen unruhigen Schlaf, während Jim Wache hielt.

Dein Herz soll im Einklang
mit den Herzen der Erde schlagen.
Du sollst fühlen,
dass du ein Teil des Ganzen bist,
das dich umgibt

# Auf der Jagd

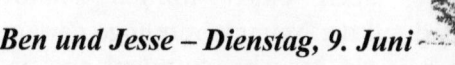

### *Ben und Jesse – Dienstag, 9. Juni*

Ben und Jesse hatten nicht mehr mitbekommen, dass das Telegramm aus San Ramon eingetroffen war und der Bahnhof von Walnut Creek sich mit Polizisten füllte, die auf der Suche nach Jeff Taylor waren.

Alle noch anwesenden Reisenden wurden befragt, aber niemand hatte etwas Verdächtiges gesehen. Nach einigem Nachforschen kam man zum Schluss, dass Taylor im Zug gewesen und wieder weggeritten war, denn von Mr. Hart und Mr. Jones fehlte ebenfalls inzwischen jede Spur. Sie hatten das Hotel verlassen und ihre Pferde geholt und so gab man vorerst die Suche auf.

Währenddessen folgten Ben und Jesse den Männern in gebührendem Abstand. Sie sprachen kaum miteinander, waren sehr vorsichtig und hielten sich in Deckung, so gut es ging. Sorgsam achteten sie darauf, dass die vier Männer vor ihnen, die eine große Staubwolke hinterließen, nichts bemerkten.

Bald ritten sie in die Berge und wurden durch niedrige Bäume verdeckt. Es ging hoch hinauf, durch Wälder und hohe Büsche, aber die Spur der Männer war weiterhin leicht zu verfolgen, sodass Ben und Jesse die Entfernung beibehielten, um nicht gesehen zu werden.

Dann, nach mehreren Stunden, vernahmen sie zornige Stimmen, die immer lauter wurden. Anscheinend wurde gestritten.

Ben und Jesse sahen sich erstaunt an. Sie stiegen von den Pferden, banden sie an einen Baum und schlichen langsam näher, um herauszufinden, was geschehen war.

„Wie konnte das passieren?", hörten sie jemand zornig schreien. „Warum habt ihr nicht besser aufgepasst?"

Die Antwort war nicht zu verstehen.

„Was soll das heißen, ihr habt sie nicht gefunden?"

Ben und Jesse wechselten einen ahnungsvollen Blick und versuchten, noch näher heranzukommen. Jetzt konnten sie auch einen fünften Mann sehen, der anscheinend auf die Neuankömmlinge gewartet hatte.

„Wir haben sie gesucht, stundenlang, sie war spurlos verschwunden. Wir glauben aber nicht, dass sie es geschafft hat, sie ist so ein junges Mädchen, sie hat sich bestimmt in der Wildnis verirrt."

„Aber wenn sie es geschafft hat, wie viel weiß sie?"

Der Mann zögerte mit der Antwort.

„Ziemlich viel", brachte er endlich hervor.

Der Kerl, der aussah wie Will Taylor, brüllte vor Zorn auf. „Ihr seid doch die größten Dummköpfe überhaupt, warum habt ihr die Kleine nicht gleich erledigt? Sie kennt wohl auch meinen Namen?"

„Ja, aber sie hat es bestimmt nicht geschafft. Und wir brauchten sie. Die Frau, die du willst, Jeff, Mrs. Hart, sie hatte Wehen, die Kleine hat ihr geholfen. Sie kennt sich damit aus, sie ist die Hebamme."

„Wehen ... hat dann Mrs. Hart das Kind noch?"

„Ja, bis heute hatte sie es noch. Ich bringe euch hin, es ist nicht weit. Wir mussten hier weg, wir wussten ja nicht sicher, ob die Kleine nicht doch durchgekommen ist."

Der Mann, der mit „Jeff" angeredet wurde, beruhigte sich ein wenig.

„Schaffen wir das noch vor der Dunkelheit?"

„Ja, ich denke schon."

Sie machten sich auf und ritten durch den Wald.

Ben sank auf den Boden und versuchte, alle neuen Informationen unter einen Hut zu bekommen.

„Miss Franklin ist geflohen und Jack hat Wehen. Sie hat sie im Stich gelassen."

Jesse ließ sich neben ihm nieder.

„Ben, jetzt nimm dich zusammen und denk nach. Miss Franklin soll sich mit Wehen auskennen und eine Hebamme sein? Geht's noch? Ich bin sicher, Jack hat etwas vorgespielt, um Miss Franklin zu retten. Die Männer wollten sie töten, daher hat Jack sich das ausgedacht. Sie wollte Miss Franklin aus der Gefahrenzone bringen, sie sollte fliehen, um Hilfe zu holen. Hoffen wir, dass sie das geschafft hat."

Ben sah Jesse überrascht an.

„Ich glaube, du hast recht. Und ich sehe da auch einen Plan, es waren vier Männer, einer musste nach Walnut Creek, also nur noch drei. Als Miss Franklin geflohen ist, mussten sie hier weg und wieder ein Mann weniger, der auf Jack aufpasst. Sie hat es nun mit zweien zu tun."

„Richtig! Ben, wir werden eine Überraschung erleben, ich glaube nicht, dass Jack noch bei den Männern ist. Du wirst sehen, sie hat ihnen die Hölle heiß gemacht, sie spielte ihnen Wehen vor und sorgte dafür, dass Miss Franklin fliehen konnte. Ich wette, die zwei Kerle, die übrigblieben, haben keine Chance gegen sie. Die Frage ist, folgen wir den Männern und schauen, ob sie überhaupt noch dort ist, oder machen wir uns gleich auf die Suche nach ihr?"

„Wir müssen den Männern folgen, Jesse, wir müssen wissen, was passiert ist."

„Einverstanden, dann komm! Hoffen wir, dass Jack es tatsächlich geschafft hat, sieben Männer, das wird hart."

„Lass mich erst noch den Lagerplatz hier ansehen, vielleicht finden wir etwas von ihr ..."

Sie untersuchten die kleine Lichtung, entdeckten aber nichts, was auf Jackys einstige Anwesenheit hindeutete. Schließlich holten sie ihre Pferde und folgten der Spur der Männer, die erneut sehr deutlich war. Sie konnten den großen Abstand behalten, und es bestand keine Gefahr, dass man sie entdeckte.

Sie ritten etwa eine Stunde langsam durch den Wald, der immer lichter wurde. Das Gelände wurde steiniger und sandiger, es gab weniger Deckung. Daher erhöhten sie die Vorsicht und als sie wieder Stimmen und laute Schreie hörten, stiegen sie von den Pferden. So leise wie möglich schlichen sie zu Fuß weiter und verbargen sich hinter Felsen, sobald sie den Platz erreicht hatten, auf dem die Männer einen Kreis um etwas bildeten, das Ben und Jesse zunächst nicht erkennen konnten.

Der Mann, der am Lagerplatz auf Jeff gewartet hatte, kniete am Boden und rief immer wieder: „Ken! Was ist passiert? Wo ist Jim?"

Der Mann mit dem seltsamen Hut, der in Walnut Creek gewesen war, zog ihn schließlich weg.

„Er ist tot, Theo."

Ben und Jesse sahen einen Toten am Boden liegen und nickten sich mit triumphierendem Lächeln zu.

Ihre Jack hatte es also doch irgendwie geschafft, einen von ihnen zu töten. Sie waren überzeugt, dass der tote Mann Jackys Werk gewesen war.

Nur, wo war der andere? Hatte er Jacky mitgenommen? Oder gar getötet? Aber dann wäre sie hier gewesen …

„Er hat keine Schuhe mehr an und keine Waffe!", stellte einer der Männer verwundert fest.

Theo blickte auf. Er war völlig außer sich.

„Das war sie! Sie ist eine Hexe, sie hatte keine Schuhe mehr, sie hat Ken getötet, seine Schuhe genommen und sie hat Jim verhext."

Trotz allem musste Jesse grinsen. Jack, die Hexe, für ihn passte das Bild. So ähnlich hatte er sich das vorgestellt.

„Sie ist also weg und einer eurer Männer dazu", stellte Jeff langsam fest. „Was jetzt wohl heißt, dass einer eurer Männer ihr geholfen hat."

„Jim war ganz vernarrt in sie, er wollte bleiben und auf sie aufpassen, hat er gesagt, jetzt verstehe ich, er wollte mich aus dem Weg haben."

„Wo sind sie hin?", fragte Jeff.

Sie sahen sich um. Ein Pferd war noch angebunden, ansonsten war nichts zu sehen.

„Sie sind mit den Pferden weg, die Frage ist, wann? Können wir sie noch einholen?", fragte einer der Männer, der mit Jeff gekommen waren.

Jeff betrachtete den Toten. „Sieht so aus, als sei er schon länger tot. Seit gestern würde ich sagen. Sie haben einen Tag Vorsprung, sie können wer weiß wo sein."

Theo mischte sich ein. „Sie kann nicht schnell reiten mit dem Kind im Bauch."

„Das mit den Wehen hat sie euch bestimmt vorgelogen, und ihr habt ihr geglaubt!"

„Nein, es geht wirklich nicht, sie kriegt das Kind jeden Moment. Wir werden sie leicht einholen."

„Also gut, versuchen wir es. Ich muss sagen, diese Mrs. Hart geht mir gewaltig auf die Nerven. Ihr wart zu viert, warum habt ihr sie nicht einfach gefesselt und mitgeschleift?"

Theo senkte den Kopf. „Sie konnte sich doch kaum bewegen, dass sie fortlaufen konnte, ohne Schuhe, mit diesem fetten Bauch, das war so gut wie unmöglich!"

„Trotzdem ist sie jetzt weg. Und ihr habt das zu verantworten."

Jeff zog seinen Revolver, entsicherte ihn und schoss.

Theo fasste sich an die Brust und brach zusammen, seine Augen waren vor Entsetzen weit aufgerissen, aus Mund und Nase floss Blut.

Der Mann mit dem Hut schrie auf. „Theo!"

Jeff richtete die Waffe auch auf ihn.

„Dummheit wird bestraft. Wirst du ebenfalls dumm sein, Zach?"

Zach schüttelte langsam den Kopf.

„Na also!" Jeff steckte den Revolver wieder ein und holte sein Pferd. „Sehen wir, dass wir vorankommen, es wird gleich dunkel werden, suchen wir sie."

Sie stiegen auf und ritten davon, den Spuren folgend, die Jacky und Jim hinterlassen hatten.

Ben wartete noch ein paar Minuten, dann rannte er zu den am Boden liegenden Männern.

Theo war tot, das sah Ben sofort.

Jesse war blass um die Nase. „Er hat ihn einfach erschossen, ohne Warnung! Was ist das für ein Kerl?"

„Ich bin heilfroh, dass Jack diesen Jeff nicht zu Gesicht kriegte. Sehen wir uns einmal den hier an." Ben drehte den anderen Toten mit dem Fuß um. „Jemand hat ihm in den Kopf geschossen. Und hier an der Seite ist auch Blut."

„Das war bestimmt Jack, sie zögert nicht, das haben wir ja schon erlebt."

„Lassen wir sie so liegen?"

„Willst du sie etwa begraben? Ich schätze, Jack hatte ihre Gründe, diesen Kerl zu erschießen. Auch wenn sie es vielleicht doch nicht war, er ist tot und sie ist mit dem vierten Mann verschwunden. Drei weniger, Ben!"

„Ja, gut, wenn sie sich selbst dezimieren! Wir können nur hoffen, dass dieser Zach eine Dummheit begeht, dann glaubt er auch dran."

„Er wird sich hüten, nachdem er das hier gesehen hat", vermutete Jesse. „Ich schlage vor, wir bleiben heute Nacht hier. Wir können morgen gleich in der Früh die Spur verfolgen. Heute werden sie Jack nicht mehr einholen, und die Gefahr ist groß, dass wir in der Dunkelheit etwas übersehen. Sie hat einen Tag Vorsprung, ich denke, sie hat sich in Sicherheit bringen können."

„Klingt vernünftig, heute kommen sie nicht mehr weit und dort hinten gibt es Wasser. Ich hab fürchterlichen Hunger, schau, hier ist noch ein wenig Dörrfleisch in meiner Tasche, das teilen wir uns. Hab ich im Laden eingepackt, weil ich schon ahnte, dass wir es brauchen könnten."

„Sehr gut gemacht, Ben, also essen und trinken wir und warten die Nacht ab. Morgen suchen wir weiter! Das müsste Mittwoch sein, nicht?"

„Ja, Jack ist schon seit Freitag in den Händen der Männer. Das ist so lange. Fast eine Woche."

„Sie hat es bis hierher geschafft, Ben, sie schafft es auch weiterhin."

„Hoffentlich behältst du recht, Jesse."

„Du wirst sehen, sie wird uns triumphierend irgendwo erwarten."

Ben konnte Jesses Optimismus nicht ganz teilen. Er legte sich nieder, als die Dunkelheit sich um sie senkte und schickte alle guten Gedanken zu seiner Frau. Die Bäume über ihm verrieten ihm, dass sie gerade all seine Kraft benötigte.

„Halt durch, Jack", flüsterte er. „Bald bin ich bei dir, dann ist alles wieder gut!"

Schließlich fiel er in einen unruhigen Schlaf.

Die Nacht ist nicht
der Feind des Tages.

# Die Geburt

### Jacky und Jim - Dienstag 9. Juni

Am Morgen des 9. Juni wachten Jacky und Jim früh auf und machten sich sofort auf den Weg. Kaum saß Jacky auf dem Pferd, ging es wieder los, die Wehen kamen in immer kürzeren Abständen und wurden schmerzhafter.

Trotz allem und die meiste Zeit im Schritttempo schafften die beiden eine schöne Strecke und verließen die Berge.

„Auf der Ebene sieht man uns von Weitem", meinte Jim besorgt. „Wenn wir schnell reiten könnten, wäre es kein Problem, aber so langsam, wie wir sind, sollten wir in den Hügeln in Deckung bleiben."

„Hier wohnt doch niemand, wir müssen in die Ebene, wo es Menschen gibt."

„Wir nutzen weiter den Schutz der Bäume und reiten nach Norden, vielleicht sehen wir eine Ansiedlung, darauf halten wir dann zu!"

Jacky war einverstanden. Sie war hin und hergerissen zwischen Angst, Schmerzen und Erschöpfung, es war gut, sich Jims Führung anvertrauen zu können. Dass sie Ken getötet hatte, belastete sie nicht. Sie fragte sich, warum Jim nicht selbst geschossen, sondern das ihr überlassen hatte, aber dafür war später noch Zeit, das herauszufinden.

Sie mussten zunächst ihren Weg nach Norden fortsetzen, nur langsam kamen sie im dichten Waldrand voran und spähten immer wieder angestrengt über die Ebene, um irgendeine Ansiedlung zu entdecken, doch da war nichts.

Jim machte sich große Sorgen, da sie eine deutliche Spur hinterließen, aber es ging nicht anders.

Und wieder wurde es allmählich Abend.

„Jim, ich kann nicht mehr reiten", stöhnte Jacky. „Hilf mir herunter, ich werde laufen."

„Laufen? Bist du verrückt?"

„Bitte, ich kann nicht mehr sitzen."

Jim stieg ab und half Jacky mit Mühe vom Pferd.

„Okay, es wird dunkel, wir wagen uns nun über die Ebene, wir gehen einfach immer weiter, irgendwann müssen wir auf Menschen treffen", befahl er.

Langsam wanderten sie Meile um Meile nebeneinanderher. Jim musste Jacky immer wieder stützen, wenn sie von einer Wehe überwältigt wurde. Sie biss die Zähne zusammen, atmete dann tief ein und aus, doch allmählich wurde es so schmerzhaft, dass sie am liebsten geschrien hätte.

Endlich sahen sie in der Ferne ein Licht.

„Ich reite los und hole Hilfe", schlug Jim vor.

Jacky klammerte sich an ihn. „Nein, lass mich nicht allein, bitte!"

„Ich werde dir keine Hilfe sein."

„Lass mich nicht allein! Ihr habt mich in diese Lage gebracht. Ich kann gehen, ich kann schneller gehen!"

Doch wieder musste sie stehenbleiben, klammerte sich an Jim und stöhnte laut auf.

„Erzähl mir etwas", bat sie.

„Was denn?"

„Irgendetwas, lenk mich ab, woher kommst du? Wieso hast du dich Ken angeschlossen? Wie kamst du zu den Taylors? Wo bist du aufgewachsen? Irgendetwas, bitte!"

„Also gut!" Und während sie weiterzogen, erzählte Jim seine Geschichte.

„Ich bin im Osten aufgewachsen, eigentlich heiße ich James Turner. Mit 16 habe ich bei der Eisenbahn angeheuert und bin in den Westen gegangen. Ich war in Promontory dabei, als der letzte Nagel für die transkontinentale Eisenbahn eingeschlagen wurde. Das Geld, das ich kriegte, war wirklich viel, aber leider reichte es nicht lange. Irgendwann landete ich in Cheyenne und habe Arbeit auf einer Ranch gesucht. William McMurphy stellte mich ein und ich arbeitete zusammen mit Ken, Theo und

Zach auf den Weiden und trieb Vieh. Es war eine anstrengende Arbeit, aber gut bezahlt und uns gefiel es.

Dank dir starben die McMurphys und wir standen wieder ohne Job da. Wir waren sehr wütend auf dich. Ich habe dich nicht gesehen, ich war nicht im Gericht, aber Ken war dort, du hattest recht, er war mit dabeigewesen, als sie den Colonel betrunken machten, sodass er nicht aussagen konnte. Einer der McMurphys hatte das angeordnet. Und Will hat ein riesiges Kopfgeld auf dich ausgesetzt.

Und dann hieß es plötzlich, die McMurphys seien nicht das gewesen, was wir glaubten. Ken wusste mehr darüber, als er uns sagen wollte, ich denke inzwischen auch, dass er mit den McMurphys herumgezogen war, als sie noch gesetzlos waren. Er wurde ja immer gleich geholt, wenn es besondere Aufträge gab. Sobald ein anderer Rancher oder die Siedler zu frech wurden und einfach Weideland nahmen, war Ken dabei, wenn sie kurzen Prozess mit den Leuten machten.

Jedenfalls überlegten wir nach dem Tod der McMurphys, was wir tun sollten, dann kam Jeff Taylor plötzlich an und wollte die Ranch weiterführen. Es gab keinen Zweifel daran, wer er war, er sieht Will Taylor zum Verwechseln ähnlich. Er ist sehr rücksichtslos und brutal, bei ihm gibt es keinen Widerspruch, er schießt zuerst, bevor er Fragen stellt. Wir beschlossen, für ihn zu arbeiten, aber das war gefährlich, man durfte keine Fehler machen. Daher entschlossen wir uns, das Kopfgeld für dich zu kassieren, mit dem Geld hätten wir ein anderes Leben beginnen können. Wir wussten, dass ihr nach Kalifornien gegangen seid, aber es war schwer, euch zu finden. Wir fuhren also bis Sacramento und haben nachgeforscht.

Zufällig war da so ein Zeitungsartikel über euren Laden, jemand hatte eine Zeitung aus San Francisco mitgebracht und liegengelassen. Zach kann lesen, er hat uns den Artikel gezeigt. Von da an war es einfach. Wir hatten euch gefunden, aber wir dachten, du hättest dieses Kind, von dem in Cheyenne so viel die Rede war, schon geboren. Du warst nicht im Laden, als wir hinkamen, keiner von uns hatte dich zu Gesicht bekommen. Das war ein Schlag, als wir sahen, dass du noch schwanger bist. Und dann war da dieses andere Mädchen ... von da an ging alles schief!"

„Der Zeitungsartikel! Natürlich!", stöhnte Jacky. „Warum hast du mir am Ende geholfen, Jim?"

„Fragst du dich das wirklich? Ich hätte nicht zusehen können, wenn sie dich umbringen, das wurde mir klar. Es war schon schwer für mich, wenn Ken auf dich losging. Wie man eine wehrlose Frau schlagen kann, das habe ich sowieso nie verstanden. Aber du hast dich nicht unterkriegen lassen. Ich habe noch nie so eine tapfere und mutige Frau wie dich kennengelernt, dein Mann hat großes Glück. Und dann ist da noch das Kind, es kann ja wirklich nichts dafür.

Als ich beschloss, dich zu suchen und das Kopfgeld zu kassieren, konnte ich mir einfach nicht vorstellen, wie das sein würde. Ich sah nur das Geld und wollte mich dafür rächen, dass du meine Arbeitgeber erschossen hast, es tut mir leid, ich weiß selbst nicht, warum ich nicht mehr darüber nachdachte, was das bedeutete."

„Und warum hast du Ken nicht selbst erschossen?"

„Er war doch mein Freund. Ich hätte es nicht gekonnt, ich hätte gezögert, und dann hätte er zuerst geschossen. Er hätte keine Skrupel gehabt. Ich legte es also in deine Hand. Du hattest das schon einmal gemacht, ich wusste, du kannst das."

„Ich verstehe. Du hast auch gesehen, dass Sue fort war, du hast es vor den anderen bemerkt und nichts gesagt. Hättest du gleich was verraten, hättet ihr sie vielleicht noch gefunden, sie war nicht weit weg."

„Ich wusste nicht, was ich tun sollte, es war meine Schuld gewesen. Sie haben es sowieso kurz darauf selbst gemerkt."

„Ich bin dir so dankbar, Jim. Ohne dich wäre ich vielleicht schon tot."

„Wahrscheinlich noch nicht. Sie hatten schreckliche Dinge mit dir vor. Du kennst Jeff Taylor nicht, seine Brüder waren anscheinend Waisenknaben neben ihm. Er ist so grausam."

Sehr, sehr langsam näherten sie sich allmählich dem Licht und stellten bald fest, dass es sich um eine Ranch handeln musste, denn da waren Zäune, hinter denen Rinder grasten.

Plötzlich fühlte Jacky, als würde etwas in ihr zerreißen, gleichzeitig wurde es nass zwischen ihren Beinen. Und wieder kam eine heftige Wehe. Der Schmerz war unerträglich, sie klammerte sich an Jim und schrie unterdrückt.

„Ich glaube, es ist gleich so weit", keuchte sie, als es endlich nachließ.

Immerhin war ihr Bauch nicht mehr ganz so angespannt und sie konnte sich besser bewegen.

Schritt für Schritt schleppten sie sich mühsam vorwärts. Unterbrochen von vielen Pausen.

Als sie fast in Rufweite des Wohngebäudes waren, befahl Jim: „Du setzt dich jetzt hierher, ich bin gleich zurück!"

Er wartete ihren Protest nicht ab, schwang sich auf sein Pferd und ritt los wie der Teufel persönlich.

Jacky sah ihm zu, wie er beim Haus vom Pferd sprang, die Tür aufriss und hineinstürzte. Sie saß am Boden, hatte das Gefühl, wie in einem Schraubstock gefangen zu sein, es drückte nach unten, sie wollte pressen, fühlte, wie das Kind sich seinen Weg bahnte ... Voller Angst und Schmerzen fand sie sich in einem nie enden wollenden Albtraum. Sie wollte kein Kind gebären, nicht jetzt, es sollte einfach alles vorbei sein und sie wünschte sich weit weg. Keine Wehen, kein Kind, sie hielt es nicht mehr aus.

Und dann waren da plötzlich die Lichter von Laternen um sie und eine Frau, die sich zwischen ihre Beine kniete.

Jim war zurückgekehrt und nahm Jacky fest in seine Arme.

Noch jemand war da, ein bärtiger, stämmiger Mann, Jacky bekam kaum etwas mit. Die Schmerzen waren übermächtig. Sie wollte schreien, hatte keine Kraft mehr, konnte nur mehr stöhnen.

„Das Köpfchen ist schon zu sehen", stellte die Frau ruhig fest. „Das geht nun ganz schnell. Mit der nächsten Wehe pressen Sie das Kind heraus. Und du, Pete, drückst auf ihren Bauch!", befahl sie. „Sie haben es gleich geschafft, Ma'am. Nur noch einmal!"

Jacky war zu Tode erschöpft und zutiefst verängstigt, aber diese Worte machten ihr Mut. Nur noch einmal ...

Als eine neue Wehe begann, presste sie mit aller Macht, jemand drückte auf ihren Bauch, der Schmerz wurde kurzzeitig unerträglich, und dann war da nur noch Erleichterung.

„Hast du ein Messer da, Pete? Schneide hier durch!"

Jacky hörte nur undeutlich, was um sie herum geschah. Wo war ihr Kind? Und schon drang ein klägliches Schreien an ihr Ohr, sie streckte die Arme aus und man legte das Kind hinein.

Sie hielt es fest, wickelte es in ihren Morgenmantel und schaute in sein kleines Gesichtchen, das weinerlich verzogen war. Die Welt um sie herum verschwand.

Ihr Kind! Bens Kind! Ihr Herz jubelte plötzlich.

Das Kind war am Leben und offensichtlich gesund.

Jacky interessierte sich für nichts anderes mehr, sie nahm kaum wahr, was sonst noch alles mit ihr passierte.

„Tragen wir sie ins Haus, Cathy soll Wasser heiß machen, das Kind muss gebadet werden und die Frau gewaschen", ordnete die Frau schließlich an.

Jacky fühlte, wie sie von kräftigen Armen hochgehoben und vorsichtig transportiert wurde.

Man legte sie im Haus auf ein Sofa, das man eilig mit einer alten Decke geschützt hatte, denn Jacky war alles andere als sauber.

Die Frau badete wenig später das Baby, gab es Jacky zurück und zeigte ihr, wie sie es stillen konnte.

Wieder vergaß Jacky alles um sich herum und sah nur noch ihrem Kind zu. Verliebt strich sie über sein Köpfchen, konnte es etwas Schöneres auf der Welt geben?

„Was ist es denn eigentlich? Junge oder Mädchen?", hörte sie Jim irgendwann fragen.

„Sie haben einen Sohn", antwortete die Frau.

„Es ist nicht mein Kind", widersprach Jim verlegen.

Jacky blickte Jim an.

„Ich bin entführt worden, konnte mich befreien und Jim hat mich gefunden und gerettet", erklärte sie kurz.

Diese Nachricht schien die Bewohner des Hauses nicht sonderlich zu beunruhigen.

Die Frau beugte sich zu Jacky. „Kommen Sie mit mir, Sie sollten sich waschen und ich werde Ihnen etwas zum Anziehen geben."

Jim nahm ihr das inzwischen schlafende Kind ab und Jacky erhob sich mühsam. Die Frau versorgte sie in einem kleinen Zimmer, in dem eine Wanne mit dampfendem Wasser stand. Jacky ließ sich waschen, sie musste sich abstützen, denn ihr war schwindlig, sie fürchtete, einfach umzufallen. Ihre teils zerrissene, verdreckte Kleidung kam danach sofort in die Wanne.

„Aus dem Hemd können wir Windeln machen", schlug die Frau vor und gab Jacky ein altes, geflicktes Kleid.

„Vielen Dank", stammelte Jacky. „Mein Mann, er wird Ihnen alles bezahlen."

„Schon gut, kommen Sie jetzt!"

„Ich heiße Jacky Hart."

„Ich bin Christine Stenson. Und mein Mann heißt Pete."

Christine stützte Jacky und führte sie behutsam zurück in den großen Raum, in dem sich nun auch eine Menge Kinder jeden Alters eingefunden hatten, die das Baby neugierig musterten.

„Haben wir schon wieder ein Kind?", fragte ein kleiner Blondschopf.

„Nein, das ist das Kind dieser Frau, es wird nicht bei uns bleiben."

„Wie heißt es denn?"

Jacky ließ sich von Jim das Kind geben und betrachtete es. Dann lächelte sie Jim zu. „Er heißt James."

„James? Warum?", fragte Jim fassungslos.

„Er heißt so wie der Mann, der ihn gerettet hat."

Christine mischte sich ein. „Erst einmal müssen Sie sehen, dass es überlebt, es ist zu früh gekommen, nicht?"

„Ja, etwa drei Wochen."

„Es ist zu klein, aber wenn Sie ihn gut stillen, könnte er es schaffen, er scheint kräftig zu sein."

Jacky wiegte ihr Kind in den Armen. Für sie stand fest, dass nichts ihr den kleinen James entreißen konnte.

Inzwischen hatte die älteste Tochter ein einfaches Mahl bereitet, welches von Jacky und Jim hungrig verschlungen wurde. Dann brachte Christine Jacky und ihren Sohn zurück auf das Sofa und Jacky streckte ihre müden Glieder aus. Alles tat ihr weh, jeden Knochen spürte sie und die Geburtswunden schmerzten.

Jim machte es sich neben ihr auf dem Boden bequem, er bekam ein paar Kissen und Decken, und das war besser als alles, was er in den letzten Nächten zur Verfügung gehabt hatte.

Die Familie Stenson ging ebenfalls zu Bett, und das Licht wurde gelöscht.

Jacky starrte in die Dunkelheit, das Kind lag auf ihrer Brust, sie horchte auf seine schnellen Atemzüge, spürte die Wärme, die von ihm ausging, und dachte an Ben, der nun nicht erlebt hatte, wie sein Sohn geboren wurde.

Wenn Sue es geschafft hatte, würde er wenigstens wissen, wo und wen er zu suchen hatte und dass sie vielleicht noch am Leben war. Sie sehnte sich so nach ihm, dass es fast wehtat. Und wieder schien ihr, als würde er ihr Kraft und Trost senden.

Als sei er sogar in ihren schweren Stunden dabei gewesen.

# Die Jagd geht weiter

### Ben und Jesse – Mittwoch, 10. Juni

Ben befreite sich aus wirren Träumen, in denen Jacky nach ihm rief und weinte, und er ihr nicht helfen konnte. Es war schon dämmrig und er weckte Jesse. Sie tranken an dem kleinen Bächlein, füllten ihre Wasserbeutel und machten sich auf den Weg. Die Toten hatten sie noch in der Nacht mit Decken verhüllt, mehr konnten und wollten sie nicht für die beiden tun.

Zügig folgten sie den Spuren, die sich weiterhin deutlich abzeichneten. Jacky und der vierte Entführer – von Theo hatten sie den Namen ‚Jim' gehört - hatten sich nach Nordosten gewandt, wohl in der Hoffnung, auf Ansiedlungen zu treffen.

Bald hörten Ben und Jesse Stimmen, sie hatten die Männer um Jeff Taylor eingeholt, die offensichtlich gerade von ihrem Lagerplatz aufbrachen. Also hielten sie an und warteten wieder, bis sich die Männer weit genug entfernt hatten. Sie schlugen ein ziemlich flottes Tempo ein, was hieß, dass es kein Problem war, Jacky und Jims Spuren zu folgen. Ben und Jesse blieben auf gleichmäßigem Abstand. Manchmal konnten sie die Männer vor sich sehen, dann zügelten sie die Pferde, sie wollten keinesfalls entdeckt werden.

Plötzlich deutete Jesse auf eine Spur, die etwas von dem geraden Weg abzweigte.

„Sieh mal", flüsterte er. „Hier sind Pferde den Hügel hochgeritten! Die vor uns haben das offensichtlich nicht bemerkt. Schauen wir uns das an."

Sie folgten der Spur, bis sie zu einer kleinen versteckten Lichtung kamen, die von dichten Büschen und Felsen umgeben war. Aufmerksam sahen sie sich um.

Der Boden war übersät mit Fuß- und Pferdehuftritten, auch fand sich eine Konservendose, die erst vor Kurzem geleert worden war.

„Sie haben hier offensichtlich übernachtet und Bohnen gegessen", stellte Ben fest. „Dann sind sie aber nicht weit gekommen. Wenn wir davon ausgehen, dass sie vorgestern am Nachmittag aufgebrochen sind, waren sie unglaublich langsam. Bedenkt man, dass sie auf der Flucht sind, war das sehr gewagt, hier zu lagern."

Jesse hatte eine logische Antwort.

„Dieser Theo sagte, Jack konnte nicht mehr schnell reiten. Wenn sie nun tatsächlich Wehen hatte?"

Ben biss sich auf die Lippen.

„Es wäre viel zu früh ...", brachte er heiser hervor.

„Aber sie hat das Kind nicht bekommen hier, das würde man merken, oder? Da wären bestimmt Spuren, Blut oder so ..."

„Ja, sie sind weitergeritten, Jesse, wir müssen sehen, dass wir den Anschluss nicht verlieren, sie ist nicht außer Gefahr, überhaupt nicht. Dieser Jeff wird sie einholen. Los, hinterher, schnell!"

„Man darf uns nicht entdecken, Ben."

„Wir könnten die Männer erledigen und der Spur selbst folgen. Es sind nur noch vier, die schaffen wir, wenn wir sie überrumpeln!"

„Aber dann müssen wir uns beeilen."

Sie sprangen auf die Pferde und ritten los.

Die Spur führte noch immer deutlich durch den Wald, doch obwohl sie ihre Tiere antrieben, konnten sie die Männer nicht einholen, denn sie waren in scharfen Galopp übergegangen, sie hatten wohl die Geduld verloren.

Und dann hörte die Spur plötzlich auf.

Hier hatten Jacky und Jim den Wald verlassen und waren in die Ebene eingebogen, was Taylors Männer ziemlich bald festgestellt hatten. Wütend und entschlossen jagten sie trotz der inzwischen eingetretenen Mittagshitze in hohem Tempo über das flache Land.

Ben und Jesse sahen in der Ferne ihre Staubwolke und taten es ihnen gleich, es war jetzt egal, ob man sie entdeckte, sie mussten sich den vieren stellen und sie von Jacky fernhalten.

Doch die Männer vor ihnen sahen sich nicht einmal um, wie hätten sie auch darauf kommen können, dass sie verfolgt wurden? Sie hatten nur eines im Sinn, sie wollten Mrs. Hart und Jim zu fassen bekommen, etwas anderes interessierte sie nicht.

Schließlich erreichten sie eine Ranch. Ben und Jesse zügelten ihre Pferde und beobachteten die Männer, wie sie darauf zuritten. Hatten Jacky und Jim hier auf der Ranch vielleicht Hilfe gesucht? Waren sie noch da?

Sie wagten jetzt nicht, auf die Männer zu schießen, bevor sie nicht wussten, wo Jacky sich befand. Sie wollten auch die Bewohner der Ranch nicht in Gefahr bringen.

Also blieben sie in einiger Entfernung stehen und verbargen sich hinter neugierigen Rindern, die an das Gatter kamen, um die Besucher zu mustern.

### Jacky und Jim - Mittwoch, 10. Juni, früher Morgen

Jacky hatte in der Nacht mehrmals den kleinen James gestillt und gewickelt, sie war froh, dass er so viel trank, das hieß, dass er gesund war und kräftig werden würde. Kurz vor Sonnenaufgang weckte sie Jim neben sich.

„Jim, ich glaube, sie werden uns verfolgen und bald einholen!"

„Ja, du hast recht, hier können wir nicht bleiben, aber kannst du denn reiten?"

Jacky schüttelte den Kopf. „Ich fürchte nicht."

„Und wenn du bleibst und dich versteckst und ich haue ab und verständige irgendwie deinen Mann?"

Jacky überlegte.

„Ich möchte die Leute hier nicht in Gefahr bringen. Wenn dieser Jeff so ist, wie du sagst, wird er alle erschießen, wir wissen ja nicht, mit wie vielen er anrückt." Sie biss sich auf die Lippen, dachte weiter nach, dann fuhr sie fort: „Wir müssen ihn erwarten und stellen."

„Bist du verrückt?"

„Siehst du all die Kinder hier? Wenn dieser Jeff mit mehreren Leuten kommt, wird er nicht lange fragen, wo wir sind."

„Das könnte stimmen. Was ist dein Plan?"

„Ich habe noch keinen, ich weiß nur, dass keiner sterben darf meinetwegen."

„Wir sollten der Familie Bescheid sagen, was auf sie zukommen könnte ..."

In diesem Moment betrat Christine Stenson das Zimmer und begann gleich, geschäftig am Ofen zu werkeln. Nach und nach füllte sich der Raum mit Kindern und Geschrei, und auch Pete erschien.

Jacky nickte Jim zu. „Nimm Pete und rede mit ihm, du musst das tun!"

„Okay!"

Jim ging zu Pete Stenson und bat ihn, mit vor die Tür zu treten. Dort erzählte er ihm, dass in Kürze jemand kommen könnte, der Jacky und ihn verfolgte, und der imstande war, jeden zu ermorden, der sich ihm in den Weg stellte.

Pete sah Jim drohend an. „Dann ist es wohl besser, ihr verschwindet sofort! Wir wollen euch nicht hier haben!"

„Verstehen Sie, Pete, es wird egal sein, ob wir hier sind oder nicht, dieser Mann kennt keine Gnade und kein Recht, Sie müssen vorbereitet sein!"

„Wir sind vorbereitet! Sollen sie kommen, wir werden sie empfangen, wie wir es für richtig halten!"

„Wir wissen nicht, wie viele es sein werden", wandte Jim verzweifelt ein.

„Überlassen Sie das meinen Söhnen und mir. Und ihr beide verschwindet!"

„Mrs. Hart kann nicht reiten! Wie soll sie von hier wegkommen? Können Sie sie nicht verstecken und ich hole Hilfe?"

„Wir brauchen keine Hilfe und wir verstecken niemanden! Ihr verschwindet und zwar so schnell wie möglich, ich sage das nicht noch einmal!"

Es gab keine Chance, ihn umzustimmen, er war ein befehlsgewohnter Mann, dem sich seine Familie stets widerspruchslos unterordnete.

Jim wandte sich wortlos um und ging zu Jacky zurück.

„Komm", forderte er sie mutlos auf. „Wir sollen gehen."

Erschrocken blickte sie ihn an.

Er erklärte: „Sie wollen das mit Taylor selbst erledigen, aber wir sollen verschwinden!"

Sie war entsetzt, fügte sich aber ins Unvermeidliche.

„Dann müssen wir das wohl tun! Du hast ihm gesagt, wer da kommt?"

„Ich habe es versucht, er will nicht zuhören. Und wie sollen wir nun hier weg?"

Jacky dachte kurz nach und wandte sich dann an Pete.

„Können wir eine Kutsche haben? Mein Mann wird sie bezahlen, wir lassen erst einmal unsere Pferde dafür hier, Sie haben sicher eine alte Kutsche und ein Pferd, das sie ziehen kann. Bitte, Pete, haben Sie Erbarmen, helfen Sie uns!"

Pete überlegte und nickte schließlich. Dann ging er mit seinem ältesten Sohn hinaus, um die Kutsche zu holen.

Christine fragte nicht lange nach, was passiert war. Für sie war es selbstverständlich, die Entscheidungen ihres Mannes kommentarlos hinzunehmen. Sie half Jacky bei der Morgentoilette, wickelte routiniert den kleinen James und gab Jacky die Windeln, die sie aus Jackys Hemd geschnitten hatte. Dann versorgte sie ihre Familie und reichte auch Jacky und Jim Beutel mit Wasser und ein wenig gedörrtes Fleisch, das sich halten würde.

Draußen deutete Pete nach Norden. „In 20 Meilen kommt ein Ort, in ein paar Stunden erreicht ihr ihn."

„Ein paar Stunden!" Jacky musterte zweifelnd die schäbige Kutsche und das altersschwache Pferd. „Das werden wir nicht mehr schaffen."

„Dann fahrt jetzt besser sofort los!"

„Seien Sie vorsichtig, Pete. Mit Jeff Taylor ist nicht zu spaßen! Und vielen Dank für alles", sagte Jim noch.

„Verschwindet hier!"

Pete wandte sich um und ging ins Haus zurück, Christine folgte ihm schweigend. Es war nicht zu erkennen, was sie dachte.

Jim setzte sich neben Jacky auf den Kutschbock der alten wackligen Kutsche und trieb das Pferd an. Langsam setzte sich die Kutsche in Bewegung. Die Sonne schien schon in diesen frühen Morgenstunden heiß herab, es gab nirgends Schatten. Jacky legte das Kind auf ihren Schoß und hielt eine Windel so, dass sein Köpfchen geschützt war. James schlief so ruhig und friedlich, für ihn gab es keine Gefahr, nur die Sicherheit, die seine Mutter ihm bot. Wie bald konnte sich das ändern, er war nur einen Tag alt und hatte wenig Aussichten, einen zweiten Tag zu erleben.

Jacky mochte gar nicht daran denken.

Sie waren kaum eine Meile gefahren, als sie sich an Jim wandte.

„So geht das nicht. Wir werden es nicht schaffen, wir müssen uns einen Hinterhalt suchen und sie erwarten. Wir können nur hoffen, dass Pete uns ein wenig Arbeit abnahm und mindestens einen erledigt hat!"

„Wo willst du einen Hinterhalt finden? Hier ist nichts!"

„Dann einen Schutz. Wir könnten diese Kutsche einfach umwerfen und als Deckung benützen."

„Wir fahren erst einmal weiter, wenn wir sie heranreiten sehen, können wir das immer noch tun. Setz dich nach hinten und halte Ausschau, ob sie kommen."

Jacky reichte Jim das Kind, kletterte auf die Ladepritsche und nahm den kleinen James wieder auf ihren Schoß. Zärtlich strich sie über sein Köpfchen und als er sich regte, stillte sie ihn.

Was immer passieren sollte, ihm durfte nichts geschehen! Aber sie hatte keine Idee, wie sie ihr Kind wirklich schützen sollte.

Es wurde Mittag und immer heißer. Vor der sengenden Sonne gab es kein Entkommen, in der Hitze flimmerten die Augen. Immer wieder tranken Jacky und Jim aus den Wasserbeuteln, doch es schien, als würde die Flüssigkeit ihre Körper sofort wieder verlassen.

Und dann sah Jacky voller Entsetzen aus der Ferne eine Staubwolke näherkommen.

### Ben und Jesse

Ben und Jesse waren von ihren Pferden gestiegen und durch die neugierigen Rinder verdeckt, beobachteten sie aus der Ferne, was auf der Ranch geschah.

Die vier Reiter waren an der Tür des Hauses angelangt und wurden dort von den Bewohnern mit Gewehren empfangen. Einer von ihnen, ein älterer Mann, deutete in eine Richtung. Die Männer wandten sich um und ritten rasch weiter.

„Der Kerl hat sie verraten", zischte Jesse. „Komm Ben, wir müssen ihn fragen, was passiert ist!"

Sie stiegen auf und ritten schnell zu der Ranch. Auch sie wurden von dem Rancher, der in der Tür stand, mit einem Gewehr bedroht. Seine beiden halbwüchsigen Söhne hielten ihre Waffen aus den Fenstern auf die Ankömmlinge gerichtet.

„Verschwindet!", rief ihnen der Mann schon von Weitem zu. „Wir wollen hier niemanden von euch haben und die Frau ist mit dem Mann in meiner Kutsche weggefahren."

„Sie ist meine Frau!", brüllte Ben. „Wie geht es ihr? Was ist mit ihr?"

„Sie hat ein Kind bekommen gestern."

„Das Kind, es ist da? Lebt es?"

Der Rancher spuckte ungeduldig auf den Boden.

„Ja, es lebt. Sie sagte, Sie würden für die Kutsche und das Kleid zahlen, wenn Sie ihr Mann sind!"

„Was für eine Kutsche, was für ein Kleid?"

Plötzlich öffnete sich die Tür und eine Frau trat heraus.

„Sie haben einen Sohn", verkündete sie ruhig. „Er ist zu früh gekommen, aber er könnte es schaffen."

„Wie geht es meiner Frau?"

„Sie hat alles gut überstanden, sie sah übel aus, ich habe sie gut versorgt."

„Wieso sah sie übel aus? Was ist mit ihr?"

„Sie wurde von jemandem geschlagen. Sie hatte tagelang Wehen und war zu Fuß unterwegs. Aber sie wird sich wieder erholen."

Der Mann mischte sich ein.

„Wenn sie noch Zeit dafür hat, sie sind erst vor kurzer Zeit los, ich habe ihnen eine Kutsche gegeben, sie können noch nicht weit gekommen sein, die Männer werden sie einholen, denke ich."

„Warum haben Sie sie nicht hier versteckt?", fragte Jesse fassungslos und wendete bereits sein Pferd, um weiterzureiten.

„Das geht uns nichts an. Wir wollen hier keine Schwierigkeiten haben!"

Ben nestelte an seinem Geldbeutel und warf ein paar Dollar auf den Boden. „Das sollte reichen!", rief er wütend und trieb sein Pferd an.

Sie mussten den Männern folgen. Jacky und das Kind, hatten sie eine Chance?

Ben war außer sich vor Sorge, sie waren so nahe daran gewesen, Jacky zu retten, und nun schien alles vergeblich, weil dieser Rancher sie weggeschickt hatte.

Sie fegten in wildem Galopp davon, den Männern hinterher, die sie wieder nur als Staubwolke ausmachen konnten. Der Vorsprung war groß geworden, sie hatten sich zu lange aufgehalten. Und in der Hitze würden die Pferde nicht mehr lange dieses Tempo durchhalten, aber es half nichts.

Auch wenn es ihnen zuwider war, die erschöpften Tiere so anzutreiben, es ging um Jacky, um das Kind, um ihrer beider Leben.

Und dann hörten sie nach ein paar Meilen Schüsse. Verzweifelt schlugen sie auf die Pferde ein, schneller, schneller ...

Sie kamen rasch näher. Die Männer vor ihnen schossen auf ein paar Holzbretter.

Ben nahm sein Gewehr auf, Jesse ebenso.

Die Toten nehmen ihre Namen mit,
wenn sie die Welt verlassen

# Bis zum Schluss!

### *Jacky und Jim*

„Sie kommen!", rief Jacky voller Angst. „Schnell Jim, spann das Pferd aus!"

Jim hielt an, befreite das erschöpfte Tier und gemeinsam stemmten sie sich gegen die Kutsche, um sie umzuwerfen und dahinter Deckung zu suchen. Sie machten ein paar Löcher in das morsche Holz, damit sie etwas sehen und schießen konnten.

Jacky untersuchte Kens Gewehr und prüfte, ob es geladen war. Sie ging davon aus, dass es gut funktionieren würde, schließlich hatte Ken es sehr gepflegt, das konnte man sehen. Sie legte Ersatzmunition und Kens Revolver zurecht und bettete den kleinen schlafenden James auf den Boden hinter ein Rad, wo er einigermaßen geschützt war.

Jim zog seine Jacke aus und gab sie ihr.

„Wickle ihn da ein, mehr können wir nicht tun."

„Danke, Jim! Danke für alles!"

„Sag nicht so etwas, ich bin mit schuld, dass du in dieser Situation bist. Es tut mir sehr leid! Ich kann dir gar nicht sagen, wie leid es mir tut. Wenn wir da rauskommen, ich würde es verstehen, wenn du mich dann auch erschießt."

„Rede nicht so einen Unsinn, Jim. Du hast mir geholfen, du setzt dein Leben aufs Spiel. Du hast alles abgegolten ... Sie kommen! Wir müssen gleich schießen, wir dürfen nicht zögern. Jim, es sind nur vier!"

„Kam Jeff denn nur mit einem Mann?", fragte Jim verwundert.

Sie konnten bei all dem Staub zunächst nichts erkennen, aber dann sahen sie doch, dass Theo fehlte.

„Wo ist Theo? Ich sehe Zach, aber ..." Jim wollte es nicht gleich begreifen.

Jacky blieb dagegen ungerührt.

„Er wird auch tot sein, was sonst. Einer hat ihn erledigt. Übernimm du Taylor oder die anderen beiden. Auf Zach wirst du nicht schießen können!"

„Habe ich Theo in den Tod geschickt, als ich ihn zu Taylor gehen ließ?", rief Jim entsetzt, doch dann waren die Männer in bequemer Schussweite und er zielte.

Er und Jacky schossen gleichzeitig.

Ein Mann fiel schreiend vom Pferd, die anderen drei rissen ihre Pferde herum und ritten in einem großen Bogen weiter auf sie zu.

Jacky zielte neu und feuerte Schuss um Schuss ab, sodass die Männer sich nicht so einfach nähern konnten.

„Schieß auf die Pferde!", schrie Jim.

Jacky zögerte, sie konnte wohl Verbrecher erschießen, aber Pferde?

„Denk an dein Kind!" Er schoss, aber daneben.

Dann splitterte das Holz. Eine Kugel zischte neben Jacky vorbei. Nun kannte sie kein Erbarmen mehr, sie tötete eins der Pferde mit zwei gezielten Schüssen und der Mann fiel hinunter. Schnell suchte er Deckung hinter seinem toten Tier, während die anderen Männer weiter im Bogen geduckt auf sie zu galoppierten und feuerten.

Jacky erkannte, dass Zach einer von ihnen war. Jim wohl ebenfalls, er zauderte, senkte kurz sein Gewehr, doch dann brüllte er auf und es riss ihn zur Seite.

Zach hatte auf Jim ohne zu zögern geschossen. Auf seinen ehemaligen Freund! Jacky sah es entsetzt, riss ihr Gewehr hoch, zielte, aber verfehlte.

Jim stöhnte leise, Blut floss aus seiner Nase und seinem Mund. Jacky konnte ihm nicht helfen, sie musste weiter auf ihrem Posten bleiben und schoss mehrmals auf die sich von rechts nähernden Männer, was das Zeug hielt, während der dritte Mann hinter seinem toten Pferd pausenlos auf die alte Kutsche feuerte.

Endlich streckte sie Zachs Pferd nieder, sodass auch er zu Boden fiel und sofort dahinter Deckung suchte. Daraufhin riss der Mann, der an Zachs Seite gewesen war, sein Pferd herum und sprang ebenfalls ab. Niemand näherte sich nun mehr der Kutsche.

Kurz war es still. Jacky suchte sich eine neue Position hinter einem Rad, in der sie weiterhin vor Schüssen einigermaßen sicher schien. Durch eine Lücke sah sie jedoch, dass der dritte Mann aufgestanden war, seine Deckung verließ und versuchte, sie zu Fuß von der anderen Seite zu erreichen.

Da hörte sie jemanden rufen, es musste Jeff Taylor sein.

„Geben Sie auf, Mrs. Hart! Es hat keinen Sinn! Werfen Sie die Waffe weg und stehen Sie auf."

Als Antwort schoss Jacky erneut. Neben ihr pfiff es und ein weiteres großes Loch entstand im Holz.

Sie warf sich verzweifelt zur Seite. Die Kutsche zerbrach allmählich in ihre Einzelteile und würde nicht mehr lange halten.

Der kleine James fing nun kläglich an zu schreien. War er getroffen worden? Sie sah erschrocken auf ihr Kind, aber ihm schien nichts zu fehlen, vielleicht war er durch die lauten Schüsse erschreckt worden.

Nein, sie würde nicht so schnell aufgeben!

Und bevor sie Taylor in die Hände fiel, würde sie ihr Kind und sich selbst töten. Niemals würde sie es zulassen, dass Taylor den kleinen James quälen konnte. Sie musste nur aufpassen, dass noch genug Kugeln übrig waren am Ende.

Mit Tränen in den Augen lud sie rasch das Gewehr nach und feuerte erneut auf die Männer, zweimal nach rechts, dann viermal nach links. Sie traf nicht. Und nun hatte sie keine Munition mehr für das Gewehr.

Von Jim kam keine Regung, er war wohl tot. Vorsichtig tastete sie nach seiner Waffe, untersuchte sie, doch auch dieses Magazin war leer.

War es vorbei?

Erneut ertönten Schüsse, jetzt aber seltsamerweise von weiter entfernt, und Taylor rief etwas, das sie nicht verstehen konnte.

Sie hörte plötzlich ein Pferd weggaloppieren und vernahm weiteres Gewehrfeuer und laute Schreie. Danach herrschte Stille, bis auf das Weinen ihres Kindes.

Was war geschehen?

Sie wagte es nicht, über die Kutsche zu spähen, setzte sich auf den Boden, nahm das Kind auf ihren Schoß und wiegte es liebevoll in ihren Armen. Vielleicht zum letzten Mal. Tränen flossen über ihr Gesicht.

War das nun das Ende?

Ein Pferd näherte sich rasch.

Jacky riss sich mühsam zusammen, nahm Kens Revolver, der immer noch geladen war, und hielt sich bereit.

Wer immer da kam, konnte sich auf etwas gefasst machen. Sie würde sich bis zum Schluss verteidigen, sie wusste, dass sie noch sechs Kugeln im Revolver hatte.

# Es ist nicht vorbei

Ben und Jesse erkannten schnell, dass die
Holzbretter die umgekippte Kutsche waren, hinter
der sich jemand verbarg und auf die Männer schoss. Einer
wurde getroffen und fiel hinunter. Sein Pferd scheute und
galoppierte den anderen hinterher, die in großem Bogen
die Kutsche umrunden wollten.

Als erneut Schüsse fielen, stürzte ein Pferd wiehernd zu
Boden und der Reiter sprang geschickt dahinter in
Deckung, während die verbliebenen zwei Männer weiter
auf die Kutsche zupreschten. Das arme Pferd regte sich
nicht mehr, es war tot.

Bei all dem Staub und ihrem rasenden Tempo war es
schwer, Einzelheiten aus der Ferne zu erkennen, doch ein
weiteres Pferd stürzte zu Boden und auch der letzte Reiter
hielt an. Kurz herrschte Ruhe, man vernahm Rufe, doch
gleich darauf wurde weiter gefeuert.

Wieder war es still.

Und dann hörte man ein Baby kläglich weinen.

Ben wurde blass.

Sein Sohn, war ihm etwas geschehen? Er zielte noch im
Galopp, endlich war er nahe genug, und schoss.

Die Männer drehten sich um und sahen Ben und Jesse
auf sich zurasen. Einer von ihnen fluchte laut, sprang auf
sein Pferd und ritt davon, so schnell er konnte. Der Mann
neben ihm richtete sich auf und versuchte noch, ihn
aufzuhalten, doch so bot er ein leichtes Ziel.

Ben verfeuerte seine Munition und traf endlich mit der
letzten Kugel. Der Mann sackte zusammen.

Jesse hatte sein Pferd angehalten, zielte sorgfältig und
erwischte den dritten Mann, der sich zu Fuß aufgemacht
hatte, um von der anderen Seite zur Kutsche zu gelangen.
Auch dieser stürzte mit lautem Schrei zu Boden.

Gleich darauf verfolgte Jesse den fliehenden Mann.

Ben jedoch ritt weiter zur Kutsche und brüllte aus Leibeskräften: „Jack! Ich bin es! Ben! Nicht schießen!"

Jacky hörte es und glaubte zu träumen. Es konnte nicht sein. Das war doch Ben!

Sie saß einfach nur regungslos da.

„Ben!", flüsterte sie.

Der Revolver entglitt ihrer schweißnassen Hand, sie hielt ihr weinendes Kind fest umklammert. Das Herz schlug ihr bis zum Hals, sie lebte also noch. Aber das war auch das einzige Lebenszeichen, alles andere war so unwirklich. Sie empfand keine Schmerzen mehr, war wie in einem dicken Kokon gefangen. Unfähig, sich zu bewegen, unfähig, den kleinen James zu beruhigen, unfähig etwas zu fühlen.

Bis auf das pochende Herz.

War es Ben? Oder nur ein Wunschtraum? Oder war sie doch schon tot?

Und dann war er bei ihr, umarmte sie, küsste sie und stammelte wirres Zeug.

„Ben! Schau, das ist dein Sohn", brachte Jacky endlich aus rauer Kehle hervor, und legte ihm das Kind in die Arme.

Ben starrte fassungslos das kleine immer noch schreiende Bündel an, weiterhin gelang es ihm nicht, klare Worte zu finden. Er wiegte es vorsichtig und nach kurzer Zeit beruhigte sich das Kind. Ben konnte seinen Blick nicht mehr von ihm wenden, es war unfassbar, er war Vater geworden. Er hatte einen Sohn!

Nun erschien auch Jesse. Er hatte die Verfolgung aufgegeben und war zurückgekehrt, denn er wollte wissen, was mit Jacky war.

Erleichtert sah er sie am Boden sitzen, sprang vom Pferd und umarmte sie.

„Was machst du nur für Sachen?", fragte er sie völlig außer Atem. „Warum müssen wir dich immer irgendwo retten und herausholen? Kannst du nicht einfach einmal ein ganz normales Leben führen?"

„Jesse!"

Sie blickte ihn an, berührte ihn am Arm, um sich zu überzeugen, dass das kein Traum war. „Seid ihr es wirklich?"

„Ja, wir sind es, du bist in Sicherheit!"

„Was ist mit Sue? Hat sie es geschafft?"

„Wir wissen es nicht", antwortete Ben, der sich endlich wieder gefasst hatte, und hob seine Augen, bis jetzt hatte er nur James betrachtet. „Wir verfolgen euch seit Tagen, aber zum Reden ist später Zeit, wir müssen sehen, dass wir hier wegkommen. Einer der Männer ist geflohen."

Jacky sah auf. „Einer ist weg? Hoffentlich war es nicht Taylor."

Jesse stöhnte. Alle Vermutungen hatten sich bestätigt. „Es stimmte also, es war einer der Taylors, die hinter dir her waren?"

„Ja, Jeff Taylor, ein Bruder von John und Will!"

Jesse fluchte leicht.

Er hätte doch die Verfolgung nicht abbrechen sollen. Nun war es zu spät. Aber dann rief er sich zur Vernunft, Ben und Jacky brauchten ihn hier notwendiger, für Taylor war später noch Zeit.

Ben hatte Jacky inzwischen hochgeholfen, er musste sie stützen, das Baby hatte er fest im anderen Arm. Er wollte es gar nicht mehr loslassen.

„Er sah aus wie Will Taylor, wir hatten uns das schon gedacht", berichtete er und deutete auf den toten Mann neben Jacky. „Wer ist das? Ist das dieser Jim?"

Jacky wand sich aus Bens Griff, wankte zu Jim und kniete sich neben ihn. Zärtlich strich sie ihm über den Kopf und schloss seine Augen. Nie würde sie diese blauen Augen vergessen! Sie hatten ihr Trost und Hoffnung gegeben. Jim war tot und sein Name war mit ihm gegangen, doch ihr Sohn lebte und dadurch auch die Erinnerung an einen am Ende guten Menschen.

„Ja, das ist Jim. Er half mir, er hat Sue entkommen lassen und mir einen Revolver gegeben, damit ich Ken erschießen konnte. Er war bei mir, als das Kind kam. Ich habe unserem Sohn seinen Namen gegeben, Ben, er hat unser Kind gerettet. Unser Kind verdankt Jim sein Leben."

„Unser Kind heißt also Jim?"

„Ich habe ihn James genannt, das ist nämlich Jims richtiger Name, alle nannten ihn nur Jim. James Hart, ich finde, das ist ein schöner Name!"

Ben trat zu Jacky, die immer noch über Jim gebeugt war und Tränen in den Augen hatte.

„Ja, James Hart, unser Sohn!" Er blickte stolz auf das Bündel in seinem Arm, das nun wieder friedlich eingeschlafen war.

Jesse schluckte nur mit Mühe eine böse Bemerkung hinunter. Seiner Meinung nach war dieser Jim mit schuld, dass Jacky und ihr Kind überhaupt in Lebensgefahr gekommen waren, und hatte diese Ehre nicht im Geringsten verdient. Aber er war die letzten Tage nicht dabei gewesen, Jacky würde schon ihre Gründe haben, daher blieb er ganz gegen seine Gewohnheit still und sagte nichts dazu.

„Schön und gut", meinte er nach einer Weile und sah sich um. „Wie kommen wir nun hier weg?"

Das Pferd, das die Kutsche gezogen hatte, war zum Glück unverletzt geblieben und hatte sich in einiger Entfernung in Sicherheit gebracht.

„Wir müssen diese Kutsche wieder aufrichten", schlug Jacky vor. „Ich kann nicht reiten, es geht einfach nicht!"

Jesse blickte sie genauer an.

Sie schien einiges an Gewicht verloren zu haben und wirkte schwach. In ihrem geschwollenen Gesicht zeigten sich grüne und blaue Flecken, die Lippen waren blutig und aufgesprungen und an ihren Handgelenken zeichneten sich noch deutlich die Striemen von Fesseln ab. Sie hatte offensichtlich eine Menge hinter sich, wieder bewunderte er im Stillen ihre Zähigkeit.

Er nickte Ben zu.

„Jack hat recht, komm, machen wir uns an die Arbeit, hoffen wir, dass die Räder halten."

Mit einiger Mühe schafften sie es, die Kutsche wieder aufzustellen. Die Räder standen zwar nun sehr schief, aber vielleicht hielten sie die paar Meilen noch durch. Dann versorgten sie endlich die Pferde, gaben ihnen ein wenig Wasser aus den Wasserbeuteln und rieben sie mit Jims Jacke trocken. Jacky war inzwischen zu den anderen toten Männern gegangen und kam zurück.

„Zach lebt noch und zwei Männer, die ich nicht kenne, sind tot. Theo fehlt. Ihr sagtet, Jeff sah Will Taylor ähnlich, dann ist es wohl tatsächlich Jeff, der entkommen ist, denn keiner hier sieht aus wie Will. Aber wir müssen Zach helfen, wir können ihn nicht einfach so liegen lassen."

„Bist du sicher? Lassen wir ihn doch hier, wie schwer ist er verletzt?", fragte Jesse.

„Ich weiß es nicht, er rührt sich nicht, ist bewusstlos. Ben, bitte, bringen wir Zach hier weg."

Ben nickte Jesse zu, und sie gingen zurück zu den Männern und trugen Zach zur Kutsche. Dann legten sie ihn auf die Ladefläche und Jacky nahm Jims Jacke und bettete vorsichtig seinen Kopf darauf. Mehr war sie nicht bereit zu tun. Er hatte Jim erschossen, das würde sie ihm nie verzeihen.

Zach regte sich nicht, war in tiefer Bewusstlosigkeit.

„Sie werden ihn sowieso hängen", meinte Ben. „Vielleicht ist es besser, er stirbt."

Jacky hob die Schultern. Genau das hatte der Sheriff in Cheyenne zu ihr auch gesagt, als sie angeschossen worden war, und dann war doch alles anders gekommen.

„Aber ausgerechnet Jeff Taylor ist entwischt!", stöhnte Jesse. „Dann ist das ja noch nicht zu Ende!"

Er hatte die Toten ebenfalls kurz untersucht, um zu sehen, wer sie waren. Ihre Besitztümer hatte er auf die Kutsche geladen, sie würden später alles genau überprüfen.

„Wir kriegen ihn, Jesse", versprach Ben. „Das müssen wir, er kann immer wieder zuschlagen. Doch jetzt schauen wir erst einmal, dass wir wieder in bewohnte Gebiete kommen, ich sehne mich nach Essen und einem Bett! Und der Kerl dahinten braucht einen Arzt."

„Oder einen Galgen", stimmte Jesse zu.

Ben setzte sich zu Jacky auf den Kutschbock und übernahm das Kutschieren.

Jacky hielt ihr Kind im Arm und lehnte sich an Ben. Sie hatte sich so nach ihm gesehnt, jetzt war alles wieder gut.

„Wie habt ihr mich eigentlich gefunden und gewusst, was passiert ist, wenn Sue euch doch gar nicht Bescheid gesagt hat?", fragte sie nach einer Weile.

Ben und Jesse wechselten einen belustigten Blick.

„Oh, sie hat uns Bescheid gesagt, wir wussten durch sie von Anfang an, was geschehen war, und wer wohl ungefähr dahintersteckte."

Und Ben erzählte ihr von Sues Tagebuch, das sie auf die Spur der Männer gebracht hatte, von dem Kutscher, der ihnen verraten hatte, dass Jeff Taylor in Walnut Creek erwartet werden würde, von der langen Wartezeit in Walnut Creek und ihrer Verfolgungsjagd.

„Hast du Miss Franklin weggeschickt, Jack, oder ist sie von selbst geflohen?", fragte er am Ende.

„Das war ich, sie musste weg, die Männer wollten ihr etwas antun und sie umbringen und das vielleicht noch, bevor Jeff Taylor ankam. Außerdem konnten sie mich immer mit ihr unter Druck setzen."

Und sie erzählte in groben Zügen, was die letzten Tage geschehen war.

„Wer hat dich eigentlich so geschlagen? Du siehst schlimm aus." Ben strich zärtlich über ihr geschundenes Gesicht, wenn er doch nur alles einfach wieder heil machen könnte.

„Das war Ken. Er war brutal. Ich habe Ken aber sehr geärgert, er war immer wütend auf mich."

„Genau wie ich dachte und erwartet habe von dir!", mischte sich Jesse ein.

Jacky lächelte stolz. „Ich habe nicht kleinbeigegeben. Egal, was war, ich machte ihn rasend vor Wut. Damit Sue weglaufen konnte, habe ich alle drei abgelenkt, ich musste ihr Zeit verschaffen. Ken schlug mich nieder, als er es merkte. Aber von da an hat Jim mir geholfen. Und dann hätte eigentlich Jim diesen Taylor holen sollen, aber ich habe ihn angefleht, bei mir zu bleiben, und er blieb und schickte Theo. Was ist mit Theo passiert?"

Jesse schluckte. Die schrecklichen Bilder waren noch zu lebendig in seinem Kopf.

„Taylor hat ihn ohne Warnung erschossen. Weil du entkommen warst. Und dieser Ken war tot, warst das du?"

„Ja. Jim musste mich fesseln, aber er tat es nicht. Er gab mir seinen Revolver und lenkte Ken ab. Ich befreite mich und als Ken es merkte und seine Waffe zog, habe ich geschossen. Erst habe ich ihn in die Seite getroffen, dann in den Kopf. Er hat es verdient, er war grausam. Armer Theo! Er war so jung und ich glaube, er war gar nicht so schlimm, er hatte nur Angst vor Ken. Er hatte keine Mutter, vielleicht sah er in Ken eine Art Vater."

„Das hat er dir erzählt, dass er keine Mutter hatte?"

„Ja, damit habe ich ihn fertiggemacht."

Ben drückte sie an sich. „Du bist einmalig, weißt du das? Jesse sagte mir immer wieder, dass ihm die Männer leidtun, weil du ihnen die Hölle heiß machen würdest, ich konnte das nicht glauben, aber er hatte wohl recht."

„Sie hatten es nicht einfach mit mir, ja!"

„Als wir wussten, dass du entkommen warst, dachten wir zuerst, du seist schon in Sicherheit, aber dann fanden wir euren ersten Lagerplatz und Theo hatte gesagt, du hättest Wehen gehabt, da wussten wir sofort, dass es knapp für euch werden würde."

Jacky schauderte. „Die richtigen Wehen fingen an, kurz bevor ich Ken erschoss. Ich konnte bei der Flucht nicht mehr weiter, wir mussten übernachten. Am nächsten Tag war es so schwer, voranzukommen. Immer wieder mussten wir anhalten, es tat so weh. Ich habe das Kind draußen auf dem Weg bekommen, Jim hatte Christine von der Ranch geholt und sie hat alles gemacht. Ich war die ganze Strecke zu Fuß gegangen, in Kens Stiefel, weil ich keine Schuhe hatte. Und das alles im Nachthemd, und ich hatte außerdem den alten Morgenmantel an. Christine gab mir das Kleid. Aber Kens Stiefel trage ich immer noch. Ich werde sie behalten."

„Es ist unglaublich, was du hinter dir hast."

„Es ist unglaublich, dass ihr hier seid, ganz ehrlich, ich hatte wenig Hoffnung, das alles zu überleben. Nur die Bäume haben mir Mut gemacht!"

„Die Bäume ..." Jesse verdrehte die Augen. „Kommt jetzt was Indianisches? Dass alles lebt und dergleichen?"

„Du weißt, dass alles lebt, Jesse, alles ist im Kreis des Lebens."

„Wenn du das sagst!"

Jacky richtete sich leicht auf.

„Es ist so! Die Bäume, sie reden mit dir, du musst ihnen nur zuhören. Sie können dir Mut und Kraft geben und sie trösten dich. Glaube es, oder glaube es nicht! Und jetzt ist alles wieder gut, wir können zurück nach San Francisco. Ich bete, dass Sue es geschafft hat. Sie ist so ein nettes Mädchen, und sie war so tapfer. Es war schlimm für mich, sie gehen zu lassen, aber was blieb uns anderes übrig."

„Sue Franklin, tapfer?", fragte Jesse ungläubig.

„Du unterschätzt sie, Jesse. Sie hat sich sogar einmal Ken entgegengestellt, als er auf mich losging. Ich glaube, sie hat nicht einmal bemerkt, dass er sie auch schlug. Und sie traute sich, wegzulaufen, irgendwo in der Wildnis, ganz allein."

„Dann wird sie es geschafft haben", meinte Ben. „Wir werden es bald erfahren!"

„Was machen wir mit diesem Taylor?", fragte Jesse.

„Was wir schon einmal machten: Kopfgeld! Was er kann, können wir schon lange", schlug Ben grimmig vor.

„Das Kopfgeld auf mich stammt noch von Will Taylor selbst", warf Jacky ein. „Er hat es vor seinem Tod ausgesetzt. Ken behauptete, wir hätten die Gerichtsverhandlung keine drei Tage überlebt. Es war wohl gut, dass wir damals so schnell und unbemerkt aus Cheyenne verschwunden sind. Und der Zeitungsartikel über den Laden hat uns dann am Ende verraten."

Ben sah sie nachdenklich an. „Du willst damit sagen, dass das Kopfgeld auf dich noch steht?"

Jacky erschrak sehr. Sie senkte den Kopf und schwieg eine Weile.

Als sie wieder sprach, klang ihre Stimme mutlos. „Ja, das wird dann wohl so sein. Es wird nie enden! Wir können nicht mehr nach San Francisco zurück, sie werden wiederkommen und einmal wird es ihnen gelingen, mich zu töten."

„Unsinn!", widersprach Jesse vehement. „Das werde ich regeln. Ich werde nach Cheyenne fahren und dort mit Richter Holden sprechen. Und dann rechne ich mit diesem Sheriff ab, das wollte ich sowieso schon lange tun. Weißt du denn auch, wer das Kopfgeld verwaltet?"

Jacky dachte angestrengt nach.

„Ich glaube, dieser Anwalt, wie hieß er noch? Callahan! Theo hat das behauptet."

Jesse ballte zornig die Hände. „Natürlich, dieser schleimige Mistkerl hat da seine Finger drin. Wie sollte es auch anders sein? Passt auf, ich habe vor kurzem ein paar Leute kennengelernt in meiner Bar im Hafen, die zu allem bereit sind. Ich denke, die werde ich engagieren und dann räumen wir in Cheyenne auf. Ich werden den Sheriff dazu zwingen, diesem Callahan das Handwerk zu legen. Endgültig! Und Taylor braucht gar nicht zu versuchen, zurückzukehren, ich werde ihn erwarten!"

„Jesse, das ist gefährlich!", wandte Ben ein.

„Wohl kaum gefährlicher, als zu warten, bis sie wieder zuschlagen."

Ben kaute auf seiner Lippe. „Ich werde dich begleiten!"

„Das vergiss ganz schnell, Ben. Du bleibst bei deiner Frau und deinem Kind. Sie brauchen dich! Lass mich das machen, ich hab gerne Abwechslung. Es gab in der letzten Zeit bis auf den Laden wenig für mich zu tun."

„Du solltest dir eine Frau suchen", schlug Jacky unvermittelt vor, sie dachte an ihr Versprechen, dass sie Sue im Stillen gegeben hatte.

„Eine Frau! Du meinst wohl Miss Franklin?" Jesse kannte Jacky zu gut.

„Warum nicht Sue? Sie betet dich an! Sie wird dir jeden Wunsch von den Augen ablesen. Und sie redet nicht viel. So eine Frau wünscht du dir doch?"

„Du hast dir doch hoffentlich nicht in den Kopf gesetzt, mich mit ihr zu verkuppeln? Du machst mir Angst!"

Jacky sah ihn unschuldig an. „Warum sollte ich mir das in den Kopf setzen? Das wird doch deine Entscheidung sein, welche Frau du dir aussuchst."

Jesse war sofort auf der Hut. Er wusste um Jackys Beharrlichkeit, es war schwer, wenn nicht unmöglich, sie von irgendetwas abzubringen.

„Ja, Jack, das ist meine Sache, halte du dich da besser raus, es genügt, wenn du über Ben bestimmst, mich lässt du in Ruhe", befahl er grimmig.

„Aber eines nach dem anderen", fügte er etwas ruhiger an. „Zuerst fahre ich sowieso zurück nach Cheyenne und das wird eine Weile dauern. Auf keinen Fall werden wir jetzt kleinbeigeben, diesen Taylors werde ich endgültig das Handwerk legen und die Sache mit dem Kopfgeld aus der Welt schaffen. Ich brauche nur Geld dafür, Jack, du hast den Überblick, gib mir mit, so viel du entbehren kannst!"

Jacky sah Ben traurig an. „Das mit dem Haus in der Jones Street muss warten. Ich werde Jesse alles geben, was ich schnell auftreiben kann. Ist das für dich in Ordnung?"

Ben umarmte seine Frau.

„Natürlich! Fangen wir eben noch einmal an!"

„Ganz von vorne müssen wir nicht beginnen. Aber das gesamte Ersparte werde ich Jesse geben. Wir werden keinen Rückhalt mehr haben."

„Mach es so, wie du es für richtig hältst!"

Es war für alle ein unerträglicher Gedanke, dass die Geschichte noch nicht vorbei war.

# Heimkehr

Nach einiger Zeit erreichten sie eine kleine Ansiedlung und fragten nach einem Arzt für Zach. Doch gab es keinen, Zach wurde in ein Haus gebracht und von ein paar Frauen versorgt. Bald kam die Nachricht, dass er gestorben war, ohne das Bewusstsein wiedererlangt zu haben. Vielleicht war das am besten so, dachte Jacky bei sich, immerhin hatten sie versucht, ihm zu helfen, mehr hatten sie nicht tun können. Die Bewohner des Ortes würden ihn begraben.

Der Sheriff lauschte erstaunt Bens Bericht und schickte sofort einen Mann los, der zum nächsten Telegrafenamt reiten würde und Bescheid geben, dass Mrs. Hart in Sicherheit sei.

Sie blieben über Nacht, und endlich konnten sie wieder eine richtige Mahlzeit essen und in einem bequemen Bett schlafen.

Am nächsten Tag fuhren sie mit ihrer wackligen Kutsche los, um nach einer kurzen Strecke in Brentwood schließlich die Eisenbahnlinie zu erreichen. Doch sie mussten einen Tag warten, bis ein Zug fahren würde.

Der dortige Sheriff hatte sie schon erwartet und berichtete, dass alle ausgesandten Suchtrupps bereits verständigt würden. Er beglückwünschte Jacky zum glücklichen Ausgang der Geschichte und zu ihrem Sohn.

Voller Angst fragte Jacky nach Sue und erfuhr nach einer Weile, dass auch sie in Sicherheit war.

Jacky weinte vor Freude und Erleichterung. Sue hatte es tatsächlich geschafft! Wie stolz musste sie auf sich sein.

Endlich, am Freitag, konnten sie in einen Zug nach Oakland steigen und waren sehr froh.

Als sie am 12. Juni, genau eine Woche nach der Entführung, auf der Fähre standen und übersetzten, kamen Jacky erneut die Tränen.

„Ich dachte nicht, dass ich das alles noch einmal sehen würde!", gestand sie Ben und Jesse, die neben ihr an der Reling lehnten.

Sie fühlte den salzigen Geschmack des Meeres auf ihren Lippen, spürte den Wind in den Haaren und sehnte sich so danach, endlich wieder ihr Haus und ihren Laden betreten zu können. Ihrem kleinen Sohn alles zu zeigen, ihm ein liebevolles Heim zu bieten, ohne Angst und ohne die Strapazen, die sie zusammen ausgestanden hatten. Sie wollte ihn in die vorbereitete Wiege legen, auf weiche Kissen, er sollte alles schön und bequem haben.

Und dann fuhren sie mit der Kabelbahn die Clay Street hinauf, nichts hatte sich verändert.

An ihrer Haltestelle stiegen sie aus und die Kabelbahn zuckelte bimmelnd weiter. Menschen eilten durch die staubigen Straßen, der Wind wehte vom Meer herauf, es war nicht mehr so heiß, sondern angenehm kühl, es war laut, geschäftig, voller Leben ...

Endlich standen sie vor dem Laden. Er war zu ihrem Erstaunen geöffnet, doch bevor sie sich darüber wundern konnten, flog jemand aus der offenen Tür mit lautem Schrei auf Jacky zu, umarmte sie und warf sie beinahe um. Es war Sue Franklin, die weinend und lachend zugleich auf Jacky einredete, Sue Franklin, angetan mit einer weißen, sauberen Schürze. Sue Franklin, die offensichtlich im Laden gearbeitet hatte.

Was war nur geschehen?

Als Sue am 9. Juni in der Nacht nach Hause gekommen war, hatte helle Aufregung geherrscht.

Sie wurde gebadet, geherzt, liebkost von ihrer Mutter, sie musste den Polizisten alles erzählen, und bekam die feinsten Speisen und Getränke. Jeden Wunsch las man ihr von den Augen ab. Die ängstlichen Fragen ihrer Mutter, ob ihr etwas von den Männern angetan worden war, konnte sie beruhigend verneinen. Die Schläge erwähnte sie gar nicht, sie hatte sie ohnehin in all der Aufregung und Angst kaum bemerkt.

Wie war es schön, wieder im eigenen Bett liegen zu können, und doch war Sue voller Sorge um Jacky und sie tat in der ersten Nacht kaum ein Auge zu. Wenn sie einschlief, beherrschte Ken ihre Träume und erschreckte sie fast zu Tode.

Am nächsten Morgen war Sue voller Unruhe. Sie stand als Erste auf und begab sich zum Fenster. Der Laden gegenüber war geschlossen, niemand war zu sehen.

Doch, da war Claire, die das Haus betrat und ihre Arbeit wie gewohnt machen wollte. Schnell entschlossen zog sich Sue an und verließ das Haus, um zum Laden zu laufen. Atemlos zog sie an der Klingel und gleich darauf öffnete Claire die Tür.

„Miss Franklin!", rief Claire überrascht. „Ich habe schon gehört, dass Sie wohlbehalten zurück sind. Wie wunderbar!"

„Gibt es etwas Neues von Mrs. Hart?", fragte Sue.

Claire schüttelte den Kopf.

„Leider nicht. Auch von Mr. Hart und Mr. Jones habe ich nichts vernommen."

Sues Hoffnung starb, doch dann riss sie sich zusammen und machte einen überraschenden Vorschlag.

„Wir sollten den Laden geöffnet halten, Claire. Jacky würde das wollen!"

„Was meinen Sie, Miss Franklin?"

„Jacky wird zurückkommen, sie wird es schaffen. Ich habe in meinem Leben keine mutigere Frau kennengelernt, wenn sie heimkehrt, sollte der Laden offen sein, damit sie kein Geld und keine Kunden verliert."

„Aber Miss Franklin, wie sollte das gehen?"

„Sie können das doch, Claire, und ich könnte Ihnen helfen!"

„Sie?"

„Ja!"

Claire überlegte.

Miss Franklin hatte natürlich recht, wenn der Laden länger geschlossen blieb, würden sich die Kunden abwenden und woanders einkaufen. Selbstverständlich kannte sich Claire mit allem aus, sie hatte nun lange genug Jacky vertreten, und da war ja noch Mr. Fisher von der Filiale, er konnte bei den Abrechnungen und Bestellungen helfen ...

„Sind Sie sicher, dass Sie das tun können, Miss Franklin? Was wird Ihre Mutter dazu sagen?"

Sue schluckte.

„Sie wird es verkraften müssen. Ich hole mir eine Schürze und dann komme ich zurück und helfe Ihnen. Sie müssen mir einfach erklären, was ich zu tun habe!"

„Ja, gut, ich werde nur kurz die Botenjungen holen und dann Mr. Fisher von der Filiale am Hafen Bescheid geben, er soll kommen und prüfen, was wir bestellen müssen, und er soll die Bücher mitnehmen. Wir sehen uns dann Miss Franklin. Das ist sehr freundlich und umsichtig von Ihnen!"

„Ich verdanke Jacky mein Leben. Das ist das Mindeste, was ich für sie tun kann!"

Sue huschte zurück in ihr Elternhaus, wo ihre Mutter bereits in der Küche arbeitete.

„Susan, wo kommst du her? Wo warst du?"

„Mutter, ich brauche meine Schürze. Ich werde in Mrs. Harts Laden arbeiten, bis sie zurückkommt."

„Du wirst ... was?"

Mrs. Franklin wurde rot vor Ärger und Schreck.

„Ich bin ihr das schuldig, Mutter! Mrs. Hart wird wiederkommen, ich weiß es, sie wird es schaffen. Und ich muss dafür sorgen, dass sie ihre Kunden behält."

„Das kommt überhaupt nicht in Frage! Bist du verrückt geworden, Susan? Ich verbiete dir das!"

„Es hat keinen Zweck, mir das zu verbieten, Mutter. Ich tue, was ich will, ich kann alles tun, was ich will!"

Mrs. Franklin verabreichte ihrer Tochter eine schallende Ohrfeige. Doch Sue zuckte mit keiner Wimper.

Ken hatte fester zugeschlagen, und Jacky hatte noch viel mehr ausgehalten.

Sie drehte sich einfach um, riss ihre Schürze vom Haken und rannte aus dem Haus.

Mrs. Franklin sank entsetzt auf einen Stuhl. Was war nur in ihre Tochter gefahren? Woher nahm sie plötzlich diesen Mut und diese Entschlossenheit?

Sie überlegte, Susan nachzulaufen und sie mit Gewalt aus dem Laden zu holen, doch sie fürchtete, sich dem Gespött der Leute auszusetzen.

Und andererseits schadete es Susan auch nicht, einer Arbeit nachzugehen und endlich etwas selbstständiger zu werden. Nur, was würde Mr. Franklin sagen?

Nun, er musste es ja nicht unbedingt sofort erfahren und wer wusste schon, ob Susan die Arbeit durchhalten würde. Heute würde er sowieso erst am Abend heimkehren. Also beschloss sie, nichts zu tun und einfach abzuwarten.

Inzwischen war Sue bei Claire in die Lehre gegangen. Gemeinsam legten sie die Waren aus, fegten den Laden, säuberten alles und öffneten dann.

Es war wie immer, die Botenjungen lieferten die Waren aus, Kunden kamen und kauften ein, erkundigten sich nach Mrs. Hart, und Sue erkannte, dass die meisten aus Neugierde erschienen und vor allem ihr viele Fragen stellten über das, was passiert war.

Sie gab bereitwillig Auskunft, erzählte ihr Abenteuer, und mit ihr ging eine richtige Verwandlung vor: Sie begann, sich als Heldin zu fühlen, sie hatte etwas Außergewöhnliches erlebt und überlebt, und nun stand sie in einem Laden und redete mit wildfremden Menschen. Sue, die nie zuvor den Mund aufgebracht hatte, wenn jemand mit ihr sprechen wollte.

Mit Zuversicht berichtete sie von den Suchtrupps, die Mrs. Hart bestimmt finden würden, es sei nur noch eine Frage der Zeit, bis sie zurückkommen würde. Sie ließ keinen Zweifel daran.

Am Ende des Tages waren sie und Claire zufrieden mit dem Geschäft und sperrten stolz den Laden zu.

Ihr Gewinn konnte sich sehen lassen.

Sue ging todmüde nach Hause, wo ihr Vater zornig auf sie wartete.

Er hielt ihr eine Standpauke, es sei unwürdig, dass seine Tochter in einem Laden arbeiten würde, was sie sich vorstelle, und sie hätte von nun an Hausarrest.

Sue dachte intensiv an Jacky und was Jacky ihr über die Macht des Namens und des Mitleids gesagt hatte. Mit Widerspruch durfte sie ihrem Vater nicht kommen, das wusste sie, doch ob er Tränen widerstehen konnte?

Sie sah ihn also flehend an.

„Vater, bitte, ich will dich nicht verärgern, aber ich muss das tun. Ich bin es Jacky schuldig, sie hat mein Leben gerettet. Sie war so tapfer, sie schickte mich weg und ist geblieben, obwohl man sie bestimmt bestraft hat. Ich kann ihr das nie zurückzahlen, es ist nur eine Kleinigkeit, die ich für sie tun kann. Bitte, Vater, versteh mich doch, es ist nur, bis sie zurück ist, ..." Sue brach in Tränen aus.

„Aber Susan, Kind, ... du weißt doch gar nicht, ob sie zurückkommt..."

„Doch, Vater, ich weiß es, ich habe nie im Leben eine tapferere Frau gesehen. Sie hat mich beschützt vor den Männern, bitte Vater, erlaube es mir, wie könnte ich weiterleben, wenn ich ihr doch helfen könnte und es nicht tue? Vater, bitte ..."

Mr. Franklin musterte seine Tochter nachdenklich. „Du hast noch nie um etwas gebeten."

Sue faltete flehend die Hände. „Nein, das habe ich nicht, es ist das erste Mal, bitte, Vater! Es ist wichtig für mich."

Mr. Franklin schwieg und sah seine vollkommen veränderte Tochter noch einmal kurz prüfend an.

Dann wechselte er einen Blick mit seiner Frau, die ihm zunickte.

„Also gut", stimmte er zu. „Eine Woche, danach wird sie nicht mehr kommen, und du bleibst wieder zuhause. Und ich möchte dich zum Mittagessen hier haben!"

Sue umarmte ihren Vater.

„Danke, danke, sie wird kommen, glaube es mir!"

Sie aß mit gesundem Appetit das Abendbrot und ging gleich darauf zu Bett, wo sie sofort in tiefen Schlaf sank, denn sie war sehr erschöpft nach der anstrengenden Arbeit.

Wieder träumte sie von Ken und erwachte mehrmals schweißgebadet, sie hoffte so sehr, dass Jacky ihm entronnen war.

Der nächste Tag verging in Arbeit und schwindender Hoffnung. Ein paar Mal war Sue schon zur Wache gerannt, aber man hatte nichts Neues gehört.

Sues Herz wurde immer schwerer. Auch Claire schien nicht mehr an eine gute Wendung zu glauben, doch sie wollte ihre Pflichten erfüllen, bis sie genau wusste, was geschehen war.

Als am späten Donnerstagnachmittag ein Polizist den Laden betrat, blieb den beiden Frauen vor Schreck das Herz kurz stehen. Was war geschehen?

Aber der Polizist lächelte strahlend und verkündete, dass Mr. und Mrs. Hart sowie Mr. Jones auf dem Weg nach Hause seien und bald, vielleicht morgen oder übermorgen, eintreffen würden.

Claire und Sue umarmten sich und weinten vor Freude. Plötzlich strahlte die Sonne heller und die Arbeit ging viel leichter von der Hand.

Als Sue am Abend fertig war, rannte sie, so schnell sie konnte, nach Hause und verkündete ihren Eltern die gute Nachricht.

„Ich wusste, sie schafft es", rief sie. „Vielen Dank, Vater und Mutter, dass ich im Laden arbeiten durfte, ihr seht, es war richtig so, ich hatte recht!"

Mr. Franklin konnte nicht anders, er freute sich mit seiner Tochter und Mrs. Franklin blickte wohlgefällig auf Sue, so gefiel sie ihr schon besser.

Das Mädchen war innerhalb von einer Woche von einer grauen, unscheinbaren Maus zu einem ziemlich selbstbewussten Persönchen herangereift.

Sue konnte den nächsten Tag kaum erwarten. Es war ein geschäftiger Freitagvormittag, viele Kunden gingen ein und aus, und es gab jede Menge zu tun. Claire und Sue liefen abwechselnd zur Tür, um hinauszusehen, sie wollten den großen Moment nicht verpassen.

Und dann, am späten Nachmittag entdeckte Sue drei vertraute Gestalten, die aus der Kabelbahn stiegen und langsam die Clay Street heraufschritten, Jesse, Jacky und Ben, der ein Baby im Arm hielt.

Sue stieß einen lauten Schrei aus, vergaß alles um sich herum und rannte nach draußen. Sie stürzte sich auf Jacky, umarmte sie und lachte und weinte zugleich.

„Jacky, ich wusste es, ich wusste, du schaffst es! Du bist Ken entronnen!"

Jacky erwiderte strahlend die Umarmung.

„Sue, ich bin so froh, du hast es auch geschafft! Ken ist tot, alle sind tot, nur Taylor lebt noch, aber den kriegen wir auch. Du musst keine Angst mehr haben."

„Ich habe keine Angst mehr, Jacky!"

Jacky lächelte und betrachtete sie.

„Ja, das sehe ich wohl, was ist hier passiert? Hast du im Laden gearbeitet?"

Inzwischen war auch Claire erschienen und wischte sich Freudentränen aus den Augen.

„Willkommen zurück!", rief sie.

„Jacky, ist das euer Kind?", fragte Sue und deutete auf das Baby in Bens Arm.

„Ja, das ist der kleine James. Jetzt lass uns aber erst einmal eintreten, ich sehne mich nach meinen Kleidern und anständigen Schuhen."

Sue blickte erstaunt auf Jackys Füße, sie trug riesige Stiefel.

„Das sind Kens Stiefel", erklärte Jacky. „Ich habe sie ihm abgenommen, nachdem ich ihn erledigte."

„Du hast Ken erledigt? Du musst mir alles erzählen, aber ich sollte jetzt weitermachen, die Kunden warten."

Sue eilte geschäftig in den Laden zurück und auch Claire ging wieder an die Arbeit.

Jacky sah Ben und Jesse an.

„Na?", fragte sie nur mit triumphierendem Lächeln.

„Wie hast du das geschafft?", wollte Jesse fassungslos wissen. „Ich glaube, dieser Theo hatte recht, als er sagte, du seist eine Hexe."

„Das hat Theo gesagt?"

Ben und Jesse nickten grinsend.

Ein paar Leute kamen auf die drei zu.

„Mrs. Hart, wie schön, Sie wieder zu sehen! Miss Franklin hat uns erzählt, in welcher Gefahr Sie waren, Gott sei Dank sind Sie wohlbehalten zurück!"

Gehe aufrecht wie die Bäume,

liebe dein Leben so stark wie die Berge,

sei sanft wie der Frühlingswind,

bewahre die Wärme der Sonne im Herzen,

und der große Geist wird immer mit dir sein

# Viel zu erzählen

Jacky musste einige Hände schütteln, bedankte sich und floh schließlich in den Laden und hinauf in ihre Wohnung. Dort sah sie sich aufatmend um. Als es an der Tür pochte, erschrak sie, doch Ben öffnete, und vor der Tür stand ein Polizist, der genau wissen wollte, was geschehen war.

Ben bat den Polizisten um ein wenig Aufschub, er würde mit Mrs. Hart gleich zur Polizeistation kommen und alles zu Protokoll geben, aber Mrs. Hart bräuchte eine kurze Zeit für sich. Der Polizist verstand das und verschwand, doch nicht ohne die Taschen und Besitztümer der Toten mitzunehmen, die Jesse ihnen abgenommen hatte.

Jacky sah Ben dankbar an.

„Ich werde mich nun in unser Badezimmer zurückziehen, ich will mich richtig waschen, all den Dreck abwaschen. Und du könntest den kleinen James baden, schau, Claire hat Wasser warm gemacht, ich werde einen Teil für mich nehmen, mit dem Rest badest du ihn in der großen Schüssel, ich komme dann und wickle ihn wieder."

Sie ging einfach und Ben stand etwas ratlos da, mit seinem Sohn auf dem Arm, der gerade aus tiefem Schlaf erwachte und sein Gesicht weinerlich verzog.

Jesse war keine Hilfe, er war nach Jackys Ankündigung schnell in sein Zimmer geflohen, bevor man ihm das Baden des Kindes anvertrauen konnte.

Also legte Ben tapfer seinen Sohn auf den Tisch, zog ihn aus und säuberte ihn vorsichtig mit der Windel. Dann füllte er Wasser in die Schüssel, prüfte, ob es nicht zu heiß war und legte das inzwischen lauthals schreiende Kind hinein. James hörte sofort auf zu weinen und strampelte mit Ärmchen und Beinchen. Offensichtlich genoss er das warme Wasser und Ben war beruhigt und stolz.

Das war ja wohl nicht schwer gewesen!

Nach einer Weile hob er James aus dem Wasser, wickelte ihn in ein großes Handtuch und wiegte ihn in seinen Armen, denn das Geschrei hatte wieder begonnen.

Endlich kam Jacky zurück, sie hatte eines ihrer eigenen Kleider an und nasse Haare. Sie nahm Ben das Kind ab und stillte es.

Ben verschwand ebenfalls im Bad, um sich zu säubern, und setzte sich dann zu ihr. Nun war alles richtig, sie waren eine Familie und in Sicherheit, froh legte er den Arm um ihre Schultern und zog sie an sich. Er mochte gar nicht mehr an die Gefahr denken, in der sie alle geschwebt hatten.

Jesse lugte vorsichtig in die Küche und sah erleichtert, dass Jacky wieder alles im Griff hatte und er nicht benötigt wurde. Nach einem kurzen Aufenthalt im Badezimmer kam er frisch gekleidet zurück.

„Geht ihr jetzt dann zur Polizei?", fragte er.

„Ja, das müssen wir wohl", seufzte Ben.

„Ich komme mit! Und dann später werde ich zum Hafen laufen und sehen, ob ich diese Typen wiederfinde, von denen ich sprach. Ich werde sie engagieren, egal um welchen Preis. Ich muss diese Sache aus der Welt schaffen und das so schnell wie möglich."

„Ich werde mich morgen gleich um das Geld kümmern", versprach Jacky. „Und solltest du mehr brauchen, telegrafiere einfach!"

„Das ist gut! Gehen wir?"

„Ja, Ben, nimmst du James wieder?"

Jacky reichte Ben ihren Sohn.

„Willst du ihn denn nicht hierlassen?", fragte er höchst erstaunt.

Sie sah ihn ganz entsetzt an. „Ich lasse mein Kind nicht allein. Nicht, solange Jeff Taylor frei herumrennt!"

„Ich dachte nur, dass er endlich einmal seine Ruhe braucht."

„Was er braucht ist Sicherheit. Ich nehme ihn selbst, gehen wir!"

„Ihr solltet so einen Kinderwagen besorgen, wenn er größer und schwerer wird, schleppst du dich zu Tode", prophezeite Jesse.

„Im Moment ist er aber noch klein und ich kann ihn leicht tragen", beharrte Jacky eigensinnig.

„Gib ihn lieber mir", befahl Ben. „Du hast genug hinter dir, nicht, dass du mir zusammenklappst unterwegs!"

Jacky schnaubte verächtlich auf, sie fühlte sich schon wieder viel besser und gestärkt, doch sie war insgeheim froh, dass Ben das Tragen übernehmen würde. Die Strapazen hatten ihr tatsächlich arg zugesetzt und manchmal war sie plötzlich wacklig auf den Beinen.

Sie gingen durch den Laden, sagten Sue und Claire Bescheid, dass sie bald zurückkommen würden, und Jacky freute sich, als sie die vielen Kunden sah.

In kürzester Zeit würde wieder alles normal laufen, das war alles, wonach sie sich sehnte.

„Beeilt euch", rief Sue ihnen nach. „Ich möchte so gerne hören, was passiert ist. Bald ist hier Schluss, dann haben wir Zeit!"

„Ja, wir beeilen uns", versprach Ben. „Wir sind auch neugierig auf Ihre Geschichte, Miss Franklin!"

Sie liefen zu Fuß zur Polizeiwache, es war ja nicht weit.

Dort wurden sie respektvoll empfangen und dann musste Jacky erzählen, was genau passiert war.

Ben und Jesse hörten die Geschichte auch zum ersten Mal richtig, denn Jacky hatte bis jetzt immer nur unzusammenhängende Einzelheiten von sich gegeben.

Ben ballte die Fäuste, als er erfuhr, wie man mit ihr umgesprungen war, es war kein Wunder gewesen, dass das Kind zu früh gekommen war.

Mehrere Polizisten lauschten dem Bericht, und Entsetzen mischte sich mit Bewunderung für Jackys überlegtes und kühles Handeln.

Auch Ben und Jesses Alleingang wurde allgemein gebilligt, sie hatten allein viel unauffälliger agieren können, und es war ja alles gut ausgegangen.

„Wir könnten diese Akte also schließen, wenn Jeff Taylor gefasst würde", meinte der Polizeichef am Ende. „Wir werden selbstverständlich nach ihm suchen, doch fürchte ich, er hat Kalifornien wieder verlassen, er hatte genug Zeit dazu. Und für Wyoming fehlen mir leider die Zuständigkeiten."

Jesse ergriff das Wort.

„Wir glauben, er wird nicht aufgeben. Es kann sein, dass er hier sofort Leute um sich sammelt, es kann auch sein, dass er zuerst nach Wyoming zurückkehrt. Ich hoffe, auf Ihre Männer ist Verlass, falls er hiergeblieben ist. Ich werde jedenfalls nach Cheyenne fahren und dort die Angelegenheit selbst in die Hand nehmen. Immerhin kennen wir einflussreiche Leute wie Richter Holden, er wird mir zu gerne helfen. Wir wissen, wer dahintersteckt, wir wissen, dass Will McMurphy alias Will Taylor das Kopfgeld auf Mrs. Hart aussetzte, als er noch lebte. Dieses Geld existiert nach wie vor und der Anwalt, Callahan, verwaltet es. Es könnte noch mehr Verbrecher verlocken und das wollen wir nicht riskieren, es scheint sich um eine große Summe zu handeln."

„Das Kopfgeld ist vollkommen illegal. Mrs. Hart ist eine freie Person! Mir ist inzwischen bekannt, was in Cheyenne passierte, aber Mrs. Hart wurde auf freien Fuß gesetzt, niemand darf ihr nach dem Leben trachten."

„Ja, es ist illegal, und daher muss jemand etwas dagegen tun. Und derjenige werde ich sein", beharrte Jesse.

„Ich werde auf jeden Fall den Sheriff in Cheyenne informieren", beschloss der Polizeichef.

„Nein!", riefen Jacky, Ben und Jesse gleichzeitig.

„Dem Sheriff kann man nicht trauen. Er war von den Taylors gekauft worden", erklärte Ben.

„Mr. Hart, das ist eine schwere Anschuldigung. Können Sie das beweisen?"

Ben zögerte und musste die Wahrheit eingestehen. „Nein, aber er hat vor Gericht gelogen. Wir wissen das, können es jedoch nicht beweisen, da haben Sie recht. Nur bitte, lassen sie ihn aus dem Spiel. Das könnte Jesse, Mr. Jones meine ich, in große Gefahr bringen."

Der Polizeichef nickte widerwillig.

„Nun gut, dann mische ich mich da nicht weiter ein. Aber ich werde jeden Tag und in der Nacht meine Männer zu Kontrollen in die Clay Street schicken, sie sollen Ihren Laden regelmäßig überwachen, und Sie, Mr. Hart, sollten sich sofort bei uns melden, sobald Ihnen etwas Verdächtiges auffällt. Das habe ich Miss Franklin ebenfalls schon gesagt. Sie hat von ihrem Fenster ja auch den besten Überblick, wie sich bereits herausstellte."

„Vielen Dank", rief Ben erleichtert. „Das ist sehr freundlich und umsichtig von Ihnen. Ich brauche Ihnen bestimmt nicht zu sagen, dass uns das Ganze sehr mitgenommen hat und wir uns auch der immer noch existierenden Bedrohung bewusst sind."

„Seien Sie unbesorgt, Mr. Hart. Ein weiteres Mal wird es diesen Leuten nicht gelingen, so unbemerkt zuzuschlagen. Ich werde nun also nach Jeff Taylor suchen lassen, würden Sie ihn vielleicht so beschreiben, dass man ein Bild für die Fahdung herausgeben könnte?"

Ben überlegte. „Ich habe zuhause noch ein Bild von Will Taylor, Jeff sieht aus wie er, wie aus dem Gesicht geschnitten. Das werde ich Ihnen geben."

„Ich habe diesen Jeff gar nicht zu Gesicht bekommen", warf Jacky ein.

„Dein Glück", meinte Jesse. „Aber glaube mir, du würdest ihn sofort erkennen." Er richtete das Wort wieder an den Polizeichef. „Und, wie sieht es aus, konnten Sie etwas über die toten Männer herausfinden? Wir ließen ihnen ja ihre Sachen bringen, uns sagte das alles nichts, wir haben aber nicht so genau nachgesehen. Geld besaßen sie jedenfalls kaum."

Der Polizeichef hob die Schultern.

„Es sind wohl einfache Rancharbeiter gewesen, keiner war irgendwie bekannt oder eine Fahndung auf ihn ausgesetzt. Ist es denn wichtig?"

„Das weiß ich erst, wenn ich in Cheyenne war und Näheres herausfinden konnte", antwortete Jesse grimmig und ließ sich die Liste mit den Namen der toten Männer geben.

Endlich konnten sie die Polizeistation verlassen und sich auf den Weg nach Hause machen. Langsam schlenderten sie durch die Straßen, Ben und Jacky hielten sich an der Hand, der kleine James lag schlafend über Bens Schulter.

„Sag mal, Ben, welches Bild hast du denn von Will Taylor?", fragte Jacky stirnrunzelnd.

„Na, das Wahlplakat, das wir einmal Richter James gezeigt haben, ich hatte es doch ausgeschnitten, weißt du nicht mehr? Es war immer noch unter meinen Sachen, als wir hier ankamen und aus irgendeinem Grund habe ich es aufgehoben. Zur Erinnerung ..."

Jacky schüttelte sich. „An die Taylors brauche ich nun wirklich keine Erinnerung, aber gut, dass du es noch hast. Können wir ein wenig schneller gehen? Es ist gleich Ladenschluss, und ich möchte unbedingt wissen, was Sue erlebt hat. Dass sie im Laden arbeitet ... wie hat sie nur die Erlaubnis von ihrer Mutter dafür bekommen?"

„Ja, ich bin auch neugierig, beeilen wir uns also", stimmte Ben zu.

Jesse hielt Jacky kurz zurück. „Es bleibt aber dabei, ich suche mir meine Frau selbst aus!"

„Was meinst du, Jesse?", fragte sie mit aller Unschuld in der Stimme.

„Du weißt ganz genau, was ich meine! Keinerlei Kuppelversuche, verstanden? Ich kenne dich und ich kenne auch diesen Blick von dir."

„Als ob ich dich schon jemals zu irgendetwas überreden hätte können! Und du sagtest doch mehrmals, dass du keine Kinder magst. Sue ist erst 17. Also scheidet sie aus für dich, das weiß ich doch."

Jesse sah sie misstrauisch an. „Ich warne dich, Jack, ich werde es merken, und dann rücken wir beide mal wirklich zusammen. Das möchtest du bestimmt nicht erleben!"

„Ganz ruhig, Jesse, ich habe nichts dergleichen vor. Warum sollte ich auch? Und du bist doch jetzt sowieso erst einmal weg."

„Und wenn ich zurückkomme, wartet schon der Pfarrer auf mich. Ich traue dir nicht, Jack. Ben, ich sage dir, pass auf deine Frau auf!"

Ben grinste nur. Auch er hatte bereits den Verdacht, dass Jacky ihre eigenen Pläne in Bezug auf Jesse und Sue hatte, das sollte sie aber mit den beiden allein ausmachen, er würde sich da nicht einmischen.

Für Jesse wurde es sowieso allmählich Zeit, dass er sein eigenes Leben mit seiner eigenen Familie begann, zumindest hatte er das immer vorgehabt. Ben wollte ihn sicher nicht loshaben, ihre Dreierbeziehung bestand nun seit fast einem Jahr und hatte ihre wirklich guten Seiten, nur jetzt mit dem kleinen James wurde es eng in der Wohnung über dem Laden, und ein richtiges Familienleben stellte sich Ben schon mit Jacky und ihren Kindern allein vor. Denn dass James nicht das einzige Kind bleiben würde, stand für Ben jedenfalls fest.

Als sie zum Laden kamen, drehte Sue gerade das Geöffnet-Schild um.

„Eigentlich muss ich immer sofort nach Hause", meinte sie zögernd. „Ich sage rasch Bescheid und bin gleich wieder da!"

Sie rannte in ihr Elternhaus, rief ihrer Mutter die Neuigkeit über Jackys Heimkehr zu, machte sich kurz frisch und lief dann schnell wieder zurück zum Laden, bevor Mrs. Franklin Einwände erheben konnte.

Jesse hatte auf sie an der Tür gewartet und geleitete sie nach oben, wo Claire am Herd stand, um etwas zuzubereiten, und Jacky den kleinen James frisch wickelte.

Jacky nickte Sue zu und lud sie freundlich ein: „Setz dich zu uns! Und dann erzähle, wir sind alle sehr gespannt, was du erlebt hast."

Sue ließ sich zögernd auf den freien Platz neben Jesse nieder, ihr ganzer Mut schien plötzlich verflogen, nun da sie so nahe bei Jesse saß und am Ziel ihrer Träume angelangt war.

Jesse grinste, stand aber dann mit ungewohntem Feingefühl auf, holte einen Krug Wasser und Gläser und schenkte jedem ein. So gewann Sue Zeit und Sicherheit.

Jacky setzte sich schließlich ihr gegenüber. „Also, wie bist du entkommen?"

Sue erzählte in allen Einzelheiten von ihrer Flucht, sie sprach zu Jacky, bei ihr fand sie Mut und Stärke, und der anerkennende Blick belohnte sie für alles.

Jacky griff über den Tisch nach Sues Hand.

„Das hast du wundervoll gemacht, Sue, glaube mir, es war besser, dass du weg warst, sie hätten mich mit dir immer unter Druck gesetzt, und wenn nicht Ben und Jesse schon auf unserer Spur gewesen wären, was wir ja nicht wussten, hättest du sie informieren können."

Sue wurde rot, als sie daran dachte, was Ben und Jesse auf ihre Spur gebracht hatte, und sie redete schnell von etwas anderem.

„Ich hatte so ein schlechtes Gefühl, Jacky, ich hatte solche Angst um dich. Hat Ken dich dann geschlagen?"

„Natürlich", meinte Jacky leichthin. „Aber Jim half mir!"

„Jim?"

„Ja, du erinnerst dich, ich sagte dir, er hatte Mitleid und das habe ich ausgenützt." Jacky berichtete nun zum zweiten Mal an diesem Tag, ließ aber ein paar Details weg, alles musste die junge Sue auch nicht wissen.

Claire hatte inzwischen Brot und Gemüse aufgetischt und alle aßen mit Appetit, Jacky mit etwas Mühe, denn sie hatte ihr Kind auf dem Schoß.

Ben stand auf und nahm ihr den kleinen James ab.

„Er kann in der Wiege schlafen. Dafür haben wir sie!"

Sie versuchte, das Kind wieder zu ergreifen.

„Er schläft aber bei mir viel besser und ruhiger. Lass ihn hier!"

„Ich lege ihn in die Wiege, und du kannst ungestört essen."

„Ben, lass mir mein Kind. Ich will ihn nicht aus den Augen lassen, nicht, solange Jeff Taylor ..."

„Jack, glaubst du allen Ernstes, Jeff Taylor spaziert hier herein und nimmt das Kind? Sei vernünftig!"

Als Ben das Kind in die Wiege legte, wimmerte es. Sofort sprang Jacky auf. „Er hat Hunger!"

„Du hast ihn vor zehn Minuten gestillt."

„Er will zu mir!"

„Er ist schon ruhig, Jack, hörst du? Er schläft!"

Ben hielt sie mit sanfter Gewalt von der Wiege fern. Zögernd gab Jacky nach und setzte sich auf ihren Platz, doch immer wieder fuhr ihr Blick zu der Wiege, und sie überzeugte sich, dass es dem kleinen James gut ging.

Ben legte den Arm um ihre Schultern und drückte sie kurz an sich, er fühlte ihre Anspannung und machte sich noch einmal klar, was sie hinter sich hatte. Ihre Ruhe war sowieso erstaunlich, und sie täuschte darüber hinweg, wie es im Moment in ihr aussehen musste.

Sie hatte innerhalb von einer Woche Schreckliches erlebt, hatte dem Tod ins Auge geblickt, einen Menschen erschossen, ein Kind geboren und eine Schießerei überlebt. Von den Ängsten, Strapazen und Qualen, die sie ausgestanden hatte, einmal ganz abgesehen.

Er freute sich darauf, endlich mit ihr allein zu sein, um mit ihr sprechen zu können und ganz für sie da zu sein.

Claire und Sue verabschiedeten sich sehr bald und Jesse machte sich auf zum Hafen, er hatte Will Taylors Bild dabei, das er auf der Polizeistation abgeben würde, und mit seiner Rückkehr war erst spät in der Nacht zu rechnen.

Ben und Jacky fielen beinahe ins Bett vor Müdigkeit, sie hielten sich aber noch lange im Arm und waren glücklich, wieder zusammen und zuhause zu sein.

Später, als James noch einmal gewickelt und gestillt werden musste, begleitete Ben seine Frau in die Küche und sie genossen gemeinsam die friedliche Stille.

Zum Reden war noch Zeit genug!

Die Liebe kennt weder
Vergangenheit noch Zukunft.

# Jackys Ängste

Claire öffnete am nächsten Morgen pünktlich den Laden. Ben war ebenfalls zur Stelle und da Samstag war, würden sie gegen drei Uhr schließen, dann würde Mr. Fisher wegen der Bücher kommen und Jacky konnte wieder alles überprüfen und übernehmen.

Darauf freute sie sich regelrecht.

Sue war nun natürlich nicht mehr erschienen, doch immer wieder konnte man sie an den Fenstern ihres Zuhauses sehen, wo sie verstohlen den Harts zuwinkte, wann immer sie sich zeigten.

Am Vormittag eilten Jacky und Ben mit dem kleinen James zur Bank und hoben alles Geld ab, das sie bekommen konnten, packten es in eine Tasche und brachten es nach Hause. Dort versuchten sie weiter, sich wieder an die Normalität zu gewöhnen und beschäftigten sich mit Arbeiten im Haus und Laden.

Jesse war verschwunden, er kümmerte sich um seine eigenen Angelegenheiten, vor Abend erwarteten sie ihn nicht zurück.

„Ich habe Hunger, ihr auch? Ich werde uns etwas kochen", schlug Jacky schließlich vor, als es kurz vor Mittag ruhiger wurde, und begab sich an den Herd. Dort wirtschaftete sie geschäftig mit Töpfen und Pfannen herum, glücklich darüber, wieder etwas Gutes zubereiten zu können.

Sobald Claire aus dem Laden kam, setzten sie sich alle drei an den Tisch und aßen zusammen, die Wiege mit dem schlafenden James schoben sie neben sich, und Jacky fühlte sich, als sei nie etwas geschehen. Könnte sie doch nur alles schnell vergessen! Leider war das nicht so einfach.

Sie sah von ihrem Teller auf. „In meinem Leben werde ich nie wieder Bohnen essen, wenn ich es vermeiden kann!", verkündete sie unvermittelt mit so viel Ernst, dass man es ihr glauben musste.

Ben lachte, er verstand sie voll und ganz. Es hatte in ihrem Leben zu viele Bohnen gegeben.

Danach bestand Ben darauf, dass Jacky sich hinlegte und ausruhte, während er den Laden allein übernahm und Claire die Küche aufräumte.

Jacky war einverstanden, weil Ben gestattete, dass James bei ihr liegen konnte und sie immer noch sehr müde war. Sie schlief ein paar Stunden und erwachte erst vom kläglichen Hungergeschrei ihres Sohnes. Sie stillte ihn und ging dann mit ihm in die Küche, um ihn frisch zu wickeln.

Zu ihrem Erstaunen fand sie Ben am Tisch sitzend vor, über die Bücher gebeugt, die Mr. Fisher inzwischen gebracht hatte.

„Was machst du da?", fragte sie und versorgte James.

„Ich übernehme das mit den Büchern von nun an. Du kannst gerne noch eine Weile schauen, ob ich das richtig mache, aber das wird ab jetzt meine Aufgabe sein. Ich wünsche, dass du zukünftig nur mehr im Laden mithilfst, aber dich hauptsächlich um James kümmerst. Wenn wir finanziell wieder besser gestellt sind, können wir eine Kinderfrau besorgen, dann kannst du mehr arbeiten."

Jacky starrte Ben sprachlos an.

„Es hat keinen Zweck, mit mir darüber zu diskutieren, Jack. Ich habe das so beschlossen."

„Du willst mir meinen Laden wegnehmen!"

„Es ist unser Laden und niemand nimmt dir etwas weg. Ich werde nichts ohne dich entscheiden, was den Laden betrifft, aber die Verantwortung liegt künftig bei mir. Du hast jetzt als Mutter einfach andere Aufgaben. Du kannst den kleinen James doch sowieso keine Sekunde aus den Augen lassen, wie willst du dich da auf die Arbeit konzentrieren?"

„Das ist nicht fair, Ben!" In Jackys Augen standen Tränen der Entrüstung.

„Es ist mehr als fair, du hast sehr viel gearbeitet, mehr als du eigentlich verkraften konntest, und nun nehme ich dir das ab, und du kannst dich um James kümmern. Komm her zu mir, Jack, du musst mir sowieso schon helfen, ich werde aus diesen Zahlen nicht schlau."

Er wartete, bis James eingeschlafen war, dann stand er auf, nahm ihr das Kind ab, legte es in die Wiege und zog sie mit sich auf seinen Schoß. Mit Jacky durfte man nicht diskutieren, das wusste er aus Erfahrung, er musste sie überrumpeln und vor vollendete Tatsachen stellen.

Jacky strich zärtlich mit der Hand über die Bücher. Nein, das würde sie sich nicht nehmen lassen. Ihr ganzer Ehrgeiz lag darin.

„Ben, das ist doch Unsinn. Lass mir das Geschäftliche, das kann ich gut machen hier und gleichzeitig für James da sein, ich habe das gelernt, du nicht."

„Dann wirst du es mir beibringen. Und jetzt schau dir das bitte an, da ist doch ein Fehler, nicht?"

Jacky beugte sich über die Zahlen und rechnete aufmerksam nach. Schließlich schüttelte sie den Kopf.

„Nein, das ist alles richtig, Ben. Mr. Fisher ist sehr zuverlässig und gewissenhaft."

Und sie gab ihm eine erste Lektion, wie man Abrechnungen durchführte und notierte.

Ben seufzte am Ende. „Ich habe mir das leichter vorgestellt. Du wirst mir doch helfen? Und alles anfangs genau überprüfen, bis ich es kann?"

Jacky zögerte. Es fiel ihr sehr schwer, dieses Zugeständnis zu machen. Sie gab damit eine Menge auf, aber Ben würde nicht mit sich reden lassen, das erkannte sie gut. Außerdem hatte sie keine Kraft für Streit. Und er würde sie ja weiter in allem um Rat fragen, sie würde jeden Tag prüfen, eigentlich war das ja fast dasselbe.

Daher nickte sie schließlich.

Ben umarmte sie fest. Jacky saß immer noch auf seinem Schoß, sie legte den Kopf auf seine Schulter, genoss das Gefühl der Sicherheit, das er ihr gab.

„Ich muss dir nicht sagen, welche Angst ich um dich hatte, nicht?", fragte Ben. „Als ich am Morgen entdeckte, dass du weg warst und wir erkannten, was dahinter steckte... Wenn ich Jesse nicht gehabt hätte, ich wäre irrsinnig geworden. Er hat die Nerven behalten."

„Ich wollte gar nicht daran denken, was hier los war. Ich stellte mir immer wieder vor, wie du dir überhaupt nicht erklären konntest, was passiert war. Wenn ich nur das von dem Tagebuch gewusst hätte, aber Sue hat nichts davon gesagt. Trotzdem, ich war so froh, dass sie dabei war. Ohne sie hätte ich das nicht so durchgestanden, und als sie floh, hatte ich Hoffnung."

„Dieser Ken hätte dich in seiner Wut umbringen können."

„Ja, aber ich war lebendig mehr wert, daran habe ich ihn ab und zu erinnert. Ich hatte solche Angst, Ben."

„Du hattest Angst? Jesse sagt immer, du würdest keine Angst kennen."

Jacky senkte den Kopf.

„Jesse hat unrecht. Ich hatte Angst um das Kind, Angst, dich nie wieder zu sehen, Angst vor den Schlägen und davor, was Ken mir antun konnte. Ich hatte Angst vor Jeff Taylor, ich musste alles tun, um zu entkommen. Da waren nur die Bäume, mit denen ich reden, an denen ich mich festhalten konnte. Und natürlich Jim, ohne ihn wäre es nicht gegangen."

„Erzähl mir von diesem Jim. Immerhin heißt unser Sohn wie er, ich möchte wissen, wer das war, und warum James seinen Namen trägt!"

Jacky berichtete alles, was sie von Jim wusste.

„Er war kein schlechter Mensch, Ben", schloss sie ihre Erinnerungen. „Ich glaube, er hatte keine Vorstellung von dem, was passieren könnte. Er wollte das Kopfgeld kassieren, mehr wollte er nicht damit zu tun haben. Und dann sah er, wie Ken uns behandelte, bekam mit, dass sie dabei sein würden, wenn man mich umbringen würde. Er konnte Ken nicht selbst erschießen, er sagte, er hätte gezögert, seinen Freund umzubringen. Jim half mir sehr und als James geboren wurde, hielt er mich fest im Arm, er ließ mich nicht allein, er hat dich gut vertreten, Ben."

„Ich hatte dir versprochen, bei der Geburt dabei zu sein. Es tut mir leid, dass ich das nicht konnte."

„Du warst bei mir, ich habe immer an dich gedacht."

Er drückte sie.

Dann platzte es aus ihm heraus, es hatte ihn schon die ganze Zeit beschäftigt.

„Du hast mir eine Botschaft gesandt, nicht wahr?"

„Welche Botschaft?", fragte sie verständnislos.

„Als wir in Walnut Creek warteten, war vor dem Hotelzimmer ein Baum. Es war windstill, heiß und nichts regte sich. Nur der Baum, er schien mir zuzuwinken. Ich konnte es fühlen, ich wusste sofort, du bist am Leben. Es war so tröstlich und ich ... ich schickte alle guten Gedanken zu dem Baum und hoffte, sie würden dich erreichen."

Jacky schwieg eine Weile nachdenklich.

„Wann war das?", wollte sie schließlich wissen.

„Am Sonntag. Um kurz nach Mittag."

Sie schloss die Augen.

Sonntag, kurz nach Mittag, Sue bereitete die Flucht vor und Jacky hatte mit den Bäumen gesprochen und sich plötzlich gestärkt und getröstet gefühlt.

Mit Tränen in den Augen umklammerte sie Bens Hand.

„Ich habe so fest an dich gedacht und deine Botschaft hat mich ebenfalls erreicht", flüsterte sie. „Ich weiß nicht, wie und warum, aber mir war, als seist du bei mir, als würdest du mir helfen und mich trösten."

Was gab es da noch zu sagen?

Ihre Verbundenheit war so stark und ging weit über das übliche Maß hinaus, das wussten sie.

Ben räusperte sich.

„Mir fällt ein, wir müssen den kleinen James taufen und registrieren lassen, Jack, das haben wir ganz vergessen!"

„Ja, wollte Jesse nicht Taufpate sein?"

„Morgen ist Sonntag, wir sollten einfach in eine Kirche gehen und das erledigen, weil Jesse bald aufbrechen dürfte."

„Hoffentlich geht alles gut in Cheyenne." In Jackys Gesicht zeigten sich erneut Sorgenfalten.

„Keine Angst Jesse wird das alles richtig machen. Ich habe größtes Vertrauen in ihn", versicherte Ben.

„Ich ja auch!"

Er wechselte wieder das Thema, er wollte, dass Jacky ein wenig von ihrer Anspannung verlor.

„Apropos Vertrauen, wie ist das nun eigentlich genau mit Jesse und Sue und deinen heimlichen Plänen? Willst du mich nicht einweihen?"

„Was für heimliche Pläne?"

„Jesse ist überzeugt, dass du vorhast, ihn mit Sue Franklin zu verkuppeln und ehrlich gesagt, habe ich auch so einen Verdacht!"

„Und wenn es so wäre? Irgendwann sollte sich Jesse einmal eine Frau suchen, warum nicht Sue?"

„Solltest du das nicht Jesse überlassen?"

„Ich werde das selbstverständlich Jesse überlassen."

„Was genau hast du vor, Jack?"

„Nichts, absolut nichts!"

„Du sollst mich nicht anlügen ..."

„Ich lüge dich nicht an Ben", dehnte Jacky die Wahrheit bis an die Grenze.

Sie hatte nichts vor, weil sie noch nicht wusste, wie sie das anstellen sollte, also konnte sie auch nichts Genaues dazu sagen.

„Ich glaube nicht, dass du es schaffen wirst, Jesse zu irgendetwas zu bringen, das er nicht will", prophezeite Ben grinsend.

„Das weiß ich! Ich kenne ihn auch ziemlich gut inzwischen. Wie wäre es, wenn du diese Angelegenheit einfach mir überlässt und abwartest?"

„Du hast es also doch vor! Du wirst dir die Zähne ausbeißen."

Jacky hob nur lächelnd die Schultern und befreite sich aus Bens Armen, um weiter im Haushalt zu arbeiten.

Es war aber nicht viel zu tun, nur die üblichen täglich anfallenden Dinge mussten erledigt werden.

Ben und Jacky saßen zusammen beim Abendessen. Es war so friedlich, sie genossen die Ruhe.

Doch plötzlich kamen Geräusche von unten, jemand öffnete die Tür. Taylor! Jacky erschrak zutiefst, ihr Herz klopfte bis zum Hals, sie wollte aufspringen und James aus der Wiege reißen, doch Ben hielt sie zurück.

„Es ist Jesse, hörst du nicht? Das war ein Schlüssel."

Und tatsächlich tauchte Jesse kurz darauf in der Küche auf. Er war den ganzen Tag in der Stadt gewesen.

„Habt ihr noch etwas zu essen?", war seine erste Frage.

„Natürlich", antwortete Jacky und begab sich immer noch leicht zitternd an den Herd.

Jesse ließ sich aufseufzend neben Ben nieder. Er strömte einen unverkennbaren Duft nach Alkohol und Zigarrenrauch aus.

„Und, hast du etwas erreicht?", fragte Ben.

„Na sicher! Man hatte geradezu auf mich gewartet, jeder wollte wissen, was geschehen war. Ich war schon gestern der Held des Abends. Jack, du solltest einmal mit in meine Bar gehen, du hast alle neugierig gemacht. Spätestens Montag stürmen die sowieso den Laden, weil sie dich sehen wollen."

„Was um Himmelswillen hast du erzählt?", erkundigte sich Ben amüsiert.

„Die Wahrheit, nämlich dass man sich mit Jack besser nicht anlegt. Du tust allen leid, Ben."

„Wenn die wüssten, die würden mich alle beneiden. Ich habe die beste Frau der Welt!"

„Das glaubt dir jetzt kein Mensch mehr, Ben. Warte nur ab, bis ich meine Frau gefunden habe, dann wirst du vor

Neid erblassen. Sie wird mir gehorchen und nicht so bestimmend sein wie Jack."

„Ich warte das gerne ab. Aber egal was ist, Jack bleibt bei mir, falls du dich doch geirrt haben solltest."

„Ich irre mich nicht, keine Angst!"

Jacky trug das Essen auf. Es tat so gut, Jesses lockere Reden wieder zu hören, es versetzte sie in eine Zeit zurück, in der noch alles in Ordnung gewesen war.

Jesse aß hungrig alles auf, was sie ihm vorsetzte.

Dann meinte er: „Also meine Frau muss unbedingt so gut kochen wie du, Jack. Du wirst es ihr beibringen, falls sie das nicht kann, nicht wahr?"

„Stell sie mir doch erst einmal vor, Jesse. Dann werde ich sehen, was ich tun kann."

„Sobald ich sie kennengelernt habe, mache ich das. Aber nun zum eigentlichen Problem: Ich habe heute die Kerle, von denen ich sprach, wieder getroffen und engagiert. Sie verlangen nicht wenig, aber sie sind gut, das weiß ich. Wir werden so bald wie möglich aufbrechen. Wie sieht es mit dem Geld aus?"

Ben holte die Tasche und legte das Geld auf den Tisch. Jesse pfiff durch die Zähne.

„Du meine Güte, das hatten wir alles auf der Bank? Damit sollte ich auskommen, nicht?"

„Wenn du mehr brauchst, dann werde ich noch mehr auftreiben können", versprach Jacky.

Sie sprachen noch eine Weile miteinander, auch über die Taufe des kleinen James, dann gingen sie zu Bett.

Jacky lauschte auf die vertrauten Geräusche der Nacht. Es war so schön, wieder zuhause zu sein, bei Ben zu liegen und ihren Sohn neben sich in der Wiege zu wissen.

Als James nach einigen Stunden schrie, musste sie aufstehen und ihn wickeln. Leise ging sie zur Küche, sie hielt ihr weinendes Kind im Arm, doch dann erstarrte sie wie festgefroren an der Tür und wagte es nicht, einen weiteren Schritt zu machen.

Was, wenn Jeff Taylor in das Haus eingedrungen war und nur auf sie wartete? War dort nicht ein Schatten? Bewegte sich nicht etwas?

Sie zitterte vor Angst und ihr Herz klopfte wild.

Plötzlich befand sich Ben hinter ihr und sie fuhr erschrocken zusammen, als sie seine Stimme hörte.

„Was ist los, Jack?", flüsterte er. „Warum stehst du hier wie angewurzelt?"

„Bitte Ben, es ist so dunkel ..."

Er schob sich rasch an ihr vorbei und machte die Petroleumlampe an.

Erleichtert sah Jacky, dass sich niemand sonst in der Küche befand, und sie legte den lauthals schreienden James auf den Tisch, um ihn zu wickeln.

Ben betrachtete sie forschend. Sie wirkte äußerlich ganz ruhig, aber er sah, dass ihre Hände zitterten. Fürsorglich trat er zu ihr und legte seinen Arm um ihre Schultern.

„Ich werde alles dafür tun, dass er nicht noch einmal zuschlagen kann, Jack. Wir werden vorbereitet sein. Euch wird nichts mehr passieren, das schwöre ich. Wir waren viel zu leichtsinnig, wir hätten es wissen müssen, dass da noch Rechnungen offen waren."

„Jeff Taylor wird nicht aufgeben, Ben, nicht nach dem, was Jim und Ken sagten."

„Ein Vorschlag: Sollen wir hier weggehen? Sollen wir einfach verschwinden und er wird uns nie wieder finden?"

„Er hat uns hier gefunden, er wird uns überall finden!"

Jacky setzte sich auf das Sofa und stillte James, nun war es leise in der Küche.

Ben ließ sich neben ihr nieder. Er wusste nicht, was er sagen konnte, um sie zu beruhigen. Noch nie hatte er sie so verunsichert und mutlos erlebt, und er verfluchte die Männer, die ihr so viel angetan hatten.

„Sobald es geht, werden wir uns Waffen besorgen", kündete er an. „Wir werden nirgendwo mehr unbewaffnet hingehen, er wird keine Chance haben. Dass sie dich letzte Woche kriegten, das war ein unglücklicher Zufall. Noch einmal wird ihnen das nicht gelingen. Und du stellst dir eine Petroleumlampe neben das Bett, wir werden sie auf kleiner Flamme brennen lassen, dann hast du immer Licht, wenn du aufstehen musst. Oder du weckst mich und ich werde James wickeln."

„Das würdest du tun, Ben?"

„Das ist doch keine Frage. Nur stillen kann ich ihn leider nicht!"

Sie lächelte. „Nein, das mache besser ich."

„Du solltest nächste Woche vielleicht einmal einen Arzt aufsuchen, meinst du nicht?"

„Warum?"

„Ich würde mich wohler fühlen, er soll euch untersuchen, ob alles in Ordnung ist mit dir und James."

Jacky winkte ab. „Diese Christine hat mir alles gezeigt und viel für mich getan, sie kannte sich wirklich gut aus, sie hatte ja selbst eine Menge Kinder, ich glaube, besser hätten wir es nicht treffen können."

„Trotzdem. Tu mir den Gefallen, bitte!"

„Also gut, Ben."

„James ist satt, schau, er schläft schon ein, gehen wir wieder zu Bett."

Und dann hatte Ben noch eine Idee. Er dachte daran, wie er Jacky kennengelernt hatte, wie sie in den Nächten weinend und schreiend ihre Albträume erlebt hatte. „Vielleicht wäre es an der Zeit, dass du wieder anfängst, Schutzkreise zu ziehen?"

Jacky starrte ihn an.

Natürlich, warum hatte sie daran nicht gedacht? Sie schien ziemlich viel von dem vergessen zu haben, was ihr von Manyeyes beigebracht worden war. Die Schutzkreise hatten gegen die bösen Geister geholfen, würden sie denn auch vor realen Personen schützen?

Egal, sie würde sich besser fühlen, das wusste sie.

„Du hast recht Ben, das werde ich tun!"

Sie zog den Kreis um das Bett und schloss die Wiege mit dem schlafenden James mit ein, dann löschten sie das Licht bis auf eine kleine Lampe, legten sich nieder und schliefen tief und fest bis zum Morgen.

Als sie erwachten, war es nicht so hell wie sonst, denn durch die Straßen zog sich der typische Sommernebel, der San Francisco vollständig vom Meer herauf einhüllte.

Jacky fröstelte und entfachte sofort das Feuer im Herd neu. Ben und Jesse setzten sich gähnend an den Tisch und warteten auf die Eier mit Speck, die Jacky ihnen briet. Sobald das Wasser kochte, filterte Ben den Kaffee, und sie freuten sich alle auf das heiße Getränk.

„Wir werden wohl morgen schon nach Cheyenne aufbrechen", verkündete Jesse nach dem Frühstück. „Wir sollten das mit der Taufe gleich erledigen, ansonsten müsst ihr bis zu meiner Rückkehr warten."

Jacky und Ben blickten sich an.

„Ich glaube, wir machen das heute", meinte Ben. „So ein Kind muss getauft werden, man weiß nie, was passiert." Er bereute seine Worte sofort, als er Jackys Gesicht sah und redete hastig weiter: „Das hat nichts zu bedeuten, das sagt man eben so. Niemandem von uns wird etwas geschehen! Kleine Kinder tauft man nun einmal sehr früh, schon immer!"

Jesse hob erstaunt den Kopf, sagte aber nichts dazu und machte sich seinen eigenen Reim darauf.

„Ja gut", meinte er nach einer kleinen Pause, „dann sollten wir zu einem Pfarrer in eine Kirche gehen, nicht?"

„Ich werde sehen, ob der Pfarrer in der Kirche oben an der Straße dazu bereit ist. Schließlich ist das bei uns eine etwas besondere Situation", schlug Ben vor, und als Jacky zustimmend nickte, machte er sich auf den Weg.

Während sie auf Ben warteten, räumte Jacky die Küche auf, spülte alles sauber ab und Jesse packte seine Tasche neu mit allem, was er für die Reise brauchen würde. Auch das Geld fand seinen Platz.

Schließlich war er fertig mit seinen Vorbereitungen und betrat die Küche wieder. Er setzte sich an den Tisch und überlegte, wie er das formulieren konnte, was er zu sagen hatte.

„Jack, es ist in Ordnung, wenn du jetzt Angst hast!"

Sie fuhr herum. „Was soll das heißen?"

Er lächelte sie beruhigend an.

„Ich sehe doch, wie du jedes Mal zusammenzuckst, wenn du ein Geräusch hörst, ich sehe, wie du es nicht fertigbringst, dein Kind auch nur einen Moment aus den Augen zu lassen, und was Ben heute über Taufen sagte, war sehr aufschlussreich."

„Und?"

„Nun friss mich nicht gleich! Du weißt, dass ich immer ehrlich zu dir bin und ich sage dir eins: Was du letzte Woche geschafft hast, hätte außer dir niemand. Ich zolle dir höchsten Respekt und bin stolz auf dich! Aber es wäre ein Wunder, wenn es keine Spuren hinterlassen hätte. Was du aushalten und ertragen musstest, ich mag mir das gar nicht vorstellen. Es wird wohl eine Weile dauern, bis du in ein normales Leben zurückkehren wirst. Ich kann dir nur versprechen, ich werde alles tun, dass ihr zukünftig in Sicherheit seid, dass ihr nie wieder Angst haben müsst. Ben wird auf dich hier aufpassen und bald bin ich wieder da und alles wird gut sein. Vertrau uns, Jack! Und gesteh dir jetzt ganz einfach mal ein bisschen Schwäche zu, Ben ist sowieso in seinem Element, wenn er dich umsorgen und trösten darf."

Jesse grinste, doch dann sah er, dass Jacky Tränen in den Augen hatte. „Nicht weinen, ich bin in so etwas nicht gut, das weißt du. Warte lieber damit, bis Ben kommt."

Sie blickte ihn traurig an.

„Ich weiß nicht, was mit mir los ist. Überall wo ich hinschaue, sehe ich Jeff Taylor, auch wenn ich ihn nie zu Gesicht kriegte. Er wartet auf mich hinter jeder Ecke. Und ich habe auch Angst um dich, Jesse, wenn dir etwas passiert, wie könnte ich mir das verzeihen, ich habe euch in all das hineingezogen ..."

Jesse stand nun doch auf und fasste Jacky an den Händen. „Diese Angst vor Taylor, nun du weißt, dass du dich da in etwas hineinsteigerst, nicht? Sei einfach auf der Hut, bald wird Taylor Geschichte sein und dann wird es aufhören. Du bist viel zu vernünftig und zu klug, dich von irgendwelchen Ängsten unterkriegen zu lassen. Und das Letztere vergisst du ganz schnell, du weißt, es war meine Entscheidung, mit euch zu gehen, und auch das hier ist meine Entscheidung. Ich kann ganz gut auf mich selbst aufpassen und ich hatte sowieso das Gefühl, dass die Sache in Cheyenne nie ganz erledigt war. Dieser Sheriff Bow, ich freue mich geradezu darauf, die Rechnung mit ihm zu begleichen. Seine Lüge vor Gericht, wie könnte ich ihm das vergessen? Er hätte dich ohne Zögern an den Galgen gebracht!"

„Du wolltest immer nur nach Kalifornien und reich sein, und nun ..."

„Ja und? Wie du siehst, bin ich hier in Kalifornien, arm bin ich auch nicht, dank dir, und jetzt will ich zurück nach Cheyenne. Es ist mein Leben und darüber lasse ich nicht bestimmen, vor allem nicht von dir!"

Sie lächelte unter Tränen. Er drückte sie kurz an sich und ließ sie dann wieder los.

„Und nun hör bitte zu weinen auf, sonst denkt Ben, ich hätte wer weiß was mit seinem Liebling angestellt." Er beschloss, sie noch ein wenig zu stärken. „Weißt du, Jack, ich hätte für mein Leben gern gesehen, wie du mit den Männern umgesprungen bist. Die hatten bestimmt die Hölle mit dir. Wahrscheinlich haben sie jeden Moment bereut, dich mitgenommen zu haben. Ich würde mir das jedenfalls zweimal überlegen und mich hüten!"

Jesse bemerkte erleichtert, dass Jacky ihren Rücken straffte. Es war wirklich unglaublich, wie dieses kleine zarte Persönchen alles meisterte, und er war sehr zuversichtlich, dass sie bald wieder Vertrauen ins Leben fassen und sich niemals unterkriegen lassen würde.

Er würde Jacky noch oft an ihren Mut erinnern und beschloss, Ben vor seiner Abreise diesbezüglich einen Tipp zu geben.

Jacky lachte stolz in der Erinnerung.

„Es war wirklich einfach, sie waren nicht sehr klug."

„Trotzdem, jemand wie Sue hätte das nicht geschafft, nicht wahr?"

„Du unterschätzt Sue gewaltig, Jesse. Sie hat sehr schnell gelernt, dass man nicht kleinbeigeben darf. Sie ist nicht dumm, und sie weiß, was sie will. Wenn sie es nun fertigbringt, sich gegen ihre Mutter zu behaupten, dann hält sie niemand mehr auf."

Jesse bezweifelte das nach wie vor.

Für ihn war Sue Franklin ein kleines unscheinbares Mäuschen, auch wenn er zugeben musste, dass sie ihn in der letzten Woche durch ihren Mut und ihre Entschlossenheit überrascht hatte.

In diesem Moment kam Ben zurück und brachte die erfreuliche Nachricht, dass der Pfarrer den kleinen James am Nachmittag taufen würde.

Sofort suchte Jacky erfreut die schönste Babykleidung heraus, die sie schon vor Wochen angeschafft hatten, und legte alles bereit. Liebevoll betrachtete sie die Sachen und konnte es kaum erwarten, sie ihrem Sohn anzuziehen. Die kleinen Schühchen, die Claire gestrickt hatte. Das weiße Jäckchen und die rüschenbesetzte Haube, die Tante Allie geschickt hatte.

Wie entzückend er darin aussehen würde!

Wieder ging ihr Herz über, auch das kannte sie von sich nicht, dieses Kind hatte tatsächlich viel in ihr verändert.

# Die Taufe

Endlich kehrte sie zu den Männern in die Küche zurück. Ben brütete über einem Schreiben und Jacky sah, dass es der wöchentliche Brief an die Eltern war. Richtig, in der Woche zuvor war er ausgefallen, alle würden sich schon Sorgen machen.

Nur, wie konnte man das, was geschehen war, in einem einfachen Brief formulieren? Jacky seufzte und setzte sich neben ihren Mann, um ebenfalls an ihre Pflegeeltern zu schreiben. Wie es ihre Art war, fasste sie sich kurz, es wurde dennoch ein längerer Bericht. Schließlich war sie fertig und lehnte sich erleichtert zurück.

„Ich hätte gerne, dass Sue Franklin uns bei der Taufe begleitet", verkündete sie plötzlich.

„Wie bitte?", fragte Ben höchst erstaunt. „Was hat Sue Franklin dabei verloren?"

„Ich habe einfach das Gefühl, dass sie dabeisein sollte. Schließlich hat sie letzte Woche versucht, uns zu warnen, hat sich für mich sogar schlagen lassen und sie öffnete den Laden für uns, als sie wieder hier war. Sie gehört jetzt zu uns, und wir sollten ihr das auch zeigen."

Jesse verschränkte die Arme. „Dieser überraschende Einfall hat jetzt nichts mit mir zu tun, hoffe ich?"

„Aber nein, Jesse, es geht nur um mich und um Sue. Ich würde sie einfach gerne dabeihaben, ich kann es auch nicht genau erklären, es ist so ein Gefühl. Ben, würdest du mit mir hinübergehen und sie fragen?"

„Bist du sicher, dass die Franklins uns überhaupt empfangen?", zweifelte Ben.

„Versuchen wir es!"

Zögernd machte sich Ben mit Jacky auf den Weg, Jacky trug den kleinen James. Nicht einmal in Jesses garantiert sicherer Obhut konnte sie ihn allein lassen, wobei sich Jesse auch nicht unbedingt darum riss, auf das Baby aufzupassen. Seiner unumstößlichen Meinung nach war das sowieso Frauensache.

Jacky zog die Klingel beim Haus der Franklins, und gleich darauf wurde die Tür von einem Dienstmädchen geöffnet. Es war das Mädchen, mit dem Ben auf der Polizeistation gewesen war, und sie begrüßte ihn erfreut.

„Mr. Hart, Mrs. Hart, ich bin so froh, dass alles gut ausgegangen ist. Sie können sich nicht vorstellen, was wir uns für Sorgen machten um Sie!"

„Vielen Dank! Ja, wir sind auch erleichtert", antwortete Ben. „Wir würden gerne mit Mr. und Mrs. Franklin sprechen, wenn die Herrschaften bereit sind, uns zu empfangen."

Das Mädchen führte sie in den Salon und bat sie, Platz zu nehmen. Kurz darauf traten Mr. und Mrs. Franklin ein, sehr erstaunt über den Besuch.

Jacky reichte Ben das Kind und ging mit festen Schritten auf Mrs. Franklin zu.

„Mrs. Franklin, ich kann Ihnen gar nicht sagen, wie leid mir das alles tut, was ihre Tochter durchmachen musste. Aber Sie sollten wissen, dass Sue eines der mutigsten und tapfersten Mädchen ist, die ich kenne, und sie war mir eine große Hilfe, ohne sie hätte ich es nicht geschafft. Sie müssen so stolz auf Ihre Tochter sein ..."

Das waren völlig neue Töne, die Mrs. Franklin über Sue hörte, und sie schmeichelten ihr sehr. Noch nie hatte jemand auch nur ein Wort der Bewunderung für ihre unscheinbare Tochter übriggehabt. Mrs. Franklin sonnte sich geradezu in diesem Lob.

Wohlwollend lächelte sie Jacky an. „Mrs. Hart, das ist sehr freundlich von Ihnen, das zu sagen. Wir haben uns schreckliche Sorgen gemacht, und sind überglücklich, dass alles gut ausging. Susan hat uns fürchterliche Dinge erzählt."

Mr. Franklin schob seine Frau zur Seite und reichte erst Ben, dann Jacky die Hand. „Darf ich erfahren, was der Grund für Ihren Besuch bei uns ist?"

Jacky sah Ben hilfesuchend an, ihrer Meinung nach fand Ben stets die richtigen Worte, aber diesmal ließ er sie im Stich, denn er fühlte, das war Jackys Idee und damit auch ihre Sache.

„Meine Frau hat eine Bitte", antwortete er deshalb nur und nickte ihr aufmunternd zu.

„Ja", begann sie zögernd. „Es ist so, Sue und ich haben eine Menge zusammen erlebt, sie half mir sehr, gerade, als die Stunde der Geburt immer näherrückte, daher habe ich den Wunsch, dass Sue uns heute begleitet, wenn unser kleiner Sohn getauft wird. Mr. Jones, der Taufpate, bricht morgen schon zu einer Reise auf, daher eilt es. Wir gehen nur zur Kirche ein Stück weiter die Straße hinauf, danach würden wir gerne noch zusammen essen gehen und ein bisschen feiern. Würden Sie das erlauben?"

„Das ist ein sehr ungewöhnlicher Wunsch", meinte Mr. Franklin überrascht und blickte seine Frau an.

Dann gab er sich einen Ruck. „Wir sollten in dieser Angelegenheit wohl Susan selbst fragen."

Er trat vor die Tür und gab Anweisungen, dass seine Tochter zu holen sei.

Kurz darauf trat Sue ein und war sehr erstaunt.

„Jacky, was macht ihr hier?"

Jacky wiederholte die Bitte und Sue strahlte.

„Darf ich, Mutter, Vater? Bitte, ich würde so gerne dabei sein!"

Mr. Franklin räusperte sich.

„Nun gut, ich erlaube es, aber nach der Taufe kommst du sofort nach Hause, ich möchte nicht, dass du dich in irgendwelchen Lokalen herumtreibst."

„Danke Vater! Ich freue mich so!"

Mrs. Franklin machte einen anderen, höchst überraschenden Vorschlag.

„Mr. und Mrs. Hart, mein Mann und ich würden uns freuen, Sie beide und Mr. Jones nach der Taufe zu uns einzuladen zu einem Abendessen. Mir ist es außerdem ebenfalls lieber, wenn meine Tochter nicht in öffentliche

Einrichtungen geht, und ich würde auch gern die ganze Geschichte hören."

Mr. Franklin nickte zu dieser Einladung und fügte an: „Es wäre uns wirklich eine Ehre!"

Jacky und Ben waren sprachlos. Das hatten sie nicht erwartet.

Ben reagierte zuerst. „Die Ehre liegt ganz auf unserer Seite, natürlich nehmen wir gerne an, aber bitte, machen Sie sich nicht zu viele Umstände."

Mrs. Franklin winkte ab.

„Dann sehen wir uns heute Abend um sieben Uhr?"

„Ja, vielen Dank! Und wir werden Miss Franklin gegen zwei Uhr abholen und gemeinsam zur Kirche gehen."

Ben und Jacky verabschiedeten sich und waren kurz darauf wieder zuhause.

„Und?", fragte Jesse gespannt.

„Sie kommt mit. Und abends sind wir sogar bei deinen künftigen Schwiegereltern eingeladen, sie wollen dich kennenlernen", grinste Ben mit einem kleinen Seitenblick auf Jacky.

Jesse verdrehte die Augen. „Ja klar, nun sag schon, sie haben euch hinausgeworfen, nicht?"

„Nein, es stimmt wirklich. Wir sind eingeladen worden, auch du, Jesse, heute Abend um sieben bei ihnen!"

„Nicht dein Ernst! Du machst Witze?"

Ben schüttelte den Kopf. „Nein, sie waren sehr freundlich. Sie haben Sue erlaubt, uns zu begleiten, aber nicht, irgendein Lokal zu besuchen. Daher sollen wir zu ihnen kommen, auch weil sie wohl neugierig auf Jacks Geschichte sind."

„Ben, Jack, was soll das? Zwischen uns und denen liegen Welten, das ist euch schon klar?"

Jacky richtete sich stolz auf. „In absehbarer Zeit werden wir mindestens so wohlhabend sein und genauso leben wie sie!"

Jesse schlug sich an die Stirn. „Jack, hast du vergessen, wo Ben und ich herkommen? Du magst vielleicht so reich aufgewachsen sein, aber wir beide, wir werden nie in so ein Leben hineinpassen. Daher sind auch deine heimlichen Pläne mit Sue Franklin hinfällig. Und was mich interessieren würde, wirst du denn nun auch erzählen, dass du eine verurteilte Mörderin bist? Und nur mit Gnadengesuch freikamst?"

Jacky blieb ruhig. „Sue weiß es!", sagte sie fest.

„Dann hoffe mal, dass sie es für sich behält. Aber ich denke, man wird sowieso bald davon erfahren, schließlich haben wir die Geschichte der Polizei berichtet, und wenn sich das herumspricht, bezweifle ich, dass man dich in besseren Kreisen noch empfängt."

Ben legte beschützend den Arm um Jacky.

„Jesse, gehst du nicht ein wenig zu weit jetzt?"

„Ich sage nur, was Sache ist. Und Jack, hör mir gut zu, ich werde da heute mitgehen, weil ich neugierig bin und mich auf ein gutes Essen freue, aber solltest du irgendetwas bezüglich Sue anleiern wollen, dann könnte es sein, dass mir ein paar Bemerkungen entschlüpfen, die vielleicht besser keiner hören sollte. Ich frage mich sowieso, wie weit ihr mit der Wahrheit herausrücken wollt. Werdet ihr denen sagen, dass Jeff Taylor noch auf freiem Fuß ist und erneut zuschlagen könnte? Ihr solltet euch gut überlegen, auf was ihr euch da einlasst!"

Ben schwieg einen Moment, und Jacky setzte sich betroffen auf einen Stuhl.

Dann hatte sich Ben wieder gefasst. „Ich denke sogar, sie müssen wissen, dass die Sache noch nicht ganz vorbei ist. Damit sie vorsichtig sind, bis Jeff Taylor endgültig aus dem Weg geräumt ist."

Jesse hob die Schultern. „Wie du meinst. Wir sollten uns nur vorher einigen, was wir genau sagen und was nicht. Die Geschichte mit dem Gefängnis kommt sicher nicht besonders gut!"

„Ich habe nichts Unrechtes getan", entfuhr es Jacky.

„Jack", stöhnte Ben. „Wir wissen das, und wir brauchen das wirklich nicht zu diskutieren. Du musst aber einfach begreifen, wie es auf andere wirken könnte, Jesse hat da schon recht."

„Ich sehe nicht ein, dass ich mich für das schämen muss, was ich getan habe", beharrte Jacky eigensinnig.

„Denkst du auch an den Laden?", fragte Jesse. „Vielleicht überlegen es sich die Leute, hier einzukaufen, weil sie Angst vor dir haben, wenn sie erfahren, dass du wegen Mordes im Gefängnis warst."

Jacky biss sich auf die Lippen.

Noch aus ihrer Zeit in Denver wusste sie, wie wichtig ein guter Ruf für ein Geschäft war. Es gab genug Konkurrenz, zu leicht konnten sich die Kunden von ihr abwenden, wenn es um sie böse Gerüchte gab.

Andererseits hatten viele Menschen in Cheyenne für sie gekämpft, es kam immer darauf an, wie eine Geschichte dargestellt wurde.

„Dann muss ich eben wieder an die Öffentlichkeit und erzählen, wie es wirklich war", entschied sie entschlossen. „Du hast recht, Jesse, es darf kein Geheimnis um mich geben, kein Getuschel, kein Gerede!"

„Du bist verrückt, Jack, Ben, rede ihr das aus!"

Ben hob die Schultern.

„Ihr habt beide recht. Solange keiner etwas wusste, war Schweigen die beste Wahl, aber nun, da etwas durchdringen könnte, wäre es vielleicht geschickter, mit offenen Karten zu spielen. Ob ich das nun gut finde oder nicht."

„Haltet nur zusammen, ihr zwei! Aber mir soll es recht sein. Ihr werdet heute Abend schon sehen, was passiert, wenn ihr Jacks Verbrecherkarriere ins Gespräch bringt."

„Wir sollten vielleicht nicht mit der Tür ins Haus fallen, sondern erst einmal abwarten, ob überhaupt etwas durchsickert", meinte Ben vorsichtig.

„Macht, was ihr wollt! Ich halte mich raus, denn ich bin ab morgen sowieso weit weg und das geht mich dann nichts an. Wann gibt es eigentlich das Mittagessen? Willst du nicht so allmählich etwas kochen, Jack?"

„Wir sind heute Abend eingeladen", erinnerte ihn Jacky.

„Ich weiß, deswegen habe ich jetzt dennoch Hunger. Hab Erbarmen mit mir, ich muss vielleicht monatelang auf deine hervorragenden Kochkünste verzichten, gönne mir noch einmal etwas Gutes!"

Jacky lächelte geschmeichelt, es fiel ihr sowieso immer schwer, Jesses Wünschen und Forderungen zu widerstehen, er als Einziger konnte sie um den Finger wickeln.

Also stellte sie sich an den Herd und bereitete ein Gericht mit Speck, Gemüse und Süßkartoffeln zu.

Alle drei aßen mit Appetit, die vergangene Woche war hart gewesen und vor allem Jacky war regelrecht ausgehungert. Sie schüttelte sich, so oft sie an die Bohnen dachte, die sie von nun an von ihrem Speisezettel gestrichen hatte.

Dann war es auch schon Zeit, sich für die Taufe herzurichten.

Jacky stillte den kleinen James, wickelte ihn und zog ihm seine schönsten Kleider an. Verliebt betrachtete sie ihr Kind, küsste zärtlich seine kleinen Hände und war wie immer verblüfft, mit wie viel Kraft diese winzigen Finger ihre eigenen umschlossen.

Ben erschien, nahm seinen Sohn stolz auf den Arm und sie verließen zusammen mit Jesse das Haus.

Sue hatte schon gewartet und nun wanderten sie gemütlich die steile Straße hinauf zur Kirche.

„Ich hätte nicht geglaubt, dass ich das alles noch erleben werde", sagte Jacky leise zu Sue, die sich neben ihr befand. Sue nickte. „Ich glaube, ich hatte in meinem ganzen Leben keine größere Angst. Alles schien so hoffnungslos zu sein, es ist wie ein Wunder, dass wir das überstanden haben. Nur, ich denke oft darüber nach, dass dieser Jeff noch auf freiem Fuß ist."

Jacky blickte Sue an. „Es ist gut, dass du darüber nachdenkst, wir müssen weiter auf der Hut sein, das weißt du, nicht wahr? Es ist noch nicht vorbei, er kann wieder zuschlagen!"

Sue hielt sich die Hand vor den Mund und sah sich hastig um, als erwartete sie, dass Jeff Taylor schon hinter ihr stehen würde.

„Worüber redet ihr?", mischte sich Ben ein, dem das leise Gespräch nicht entgangen war, und drehte sich zu Jacky und Sue um.

„Über Jeff Taylor", antwortete Jacky.

Ben runzelte unwillig die Stirn. „Wir sollten dieses Thema für heute lassen. Heute ist nur James wichtig, sonst nichts."

„Taylor kann überall sein", entgegnete Jacky.

„Jack, um Himmelswillen, er ist bestimmt nicht hier und ganz bestimmt nicht heute. Er wird gesucht, schon vergessen? Und siehst du nicht die Polizei überall?"

Es war tatsächlich eine ungewöhnliche Polizeipräsenz in der Clay Street. An beinahe jeder Straßenkreuzung stand ein Polizist und beobachtete die Passanten aufmerksam.

„Sie sind unseretwegen hier, Jack, sie beschützen uns. Zumindest heute kannst du dich sicher fühlen!"

Jacky senkte den Kopf. Sie wusste nicht, ob sie sich jemals wieder sicher fühlen würde.

Aber das wollte sie vor Sue nicht eingestehen, sie wollte dem Mädchen nicht noch mehr Angst machen, auch wenn sie spürte, dass Sue die Einzige war, die sie verstehen würde, denn sie hatte das entsetzliche Erlebnis geteilt.

Sue war nur unwesentlich jünger als Jacky und in der letzten Woche erwachsener geworden, die beiden verband nun etwas. Auch hatte Sue Jim gekannt, der der Namensgeber und Retter des kleinen James geworden war, und das war der Hauptgrund, warum Jacky gewollt hatte, dass Sue bei der Taufe dabei war.

Sues Anwesenheit würde etwas von Jim mitbringen, doch das konnte Jacky weder Ben noch Jesse wirklich erklären, sie wollte Ben nicht verletzen, wenn sie ihm gestand, wie sehr sie um Jim trauerte, der ihr in ihren

214

schwersten Stunden beigestanden und am Ende sein Leben für sie verloren hatte.

Die Erinnerung an Jim war von Schmerzen bestimmt, von Hunger und Durst, von wunden Füßen, von Staub und Hitze, von Angst und Erschöpfung, und immer wieder von Jims blauen Augen und seiner stützenden Hand, dem einzigen Halt in dieser entsetzlichen Zeit.

Alles zerfloss zu einem wilden Durcheinander, das Jacky wie im Traum erlebt hatte. Nichts davon schien real zu sein und doch war es passiert.

Und am Ende war Jim tot gewesen, seinen Anblick, wie er blutüberströmt auf dem steinigen Boden gelegen hatte, würde sie nie vergessen können.

Jacky fasste hilfesuchend nach Sues Hand und hielt sie ein wenig zurück, so dass Ben sie nicht mehr hören konnte.

„Ich möchte, dass wir beide heute auch an Jim denken, Sue, du kanntest ihn, er war gut, er hat James und mich gerettet", flüsterte sie ihr zu. „Er war so stolz, als ich James nach ihm benannte."

„Du hast ihm das gesagt?"

Jacky nickte, ihr kamen schon wieder die Tränen und sie wischte sie hastig weg.

Sue drückte Jackys Hand, sie war ganz betroffen, sie hatte Jacky nie anders als stark und mutig erlebt, es war seltsam, sie jetzt weinen zu sehen. Sue fühlte, sie konnte Jacky Trost und Unterstützung geben, etwas, das noch nie jemand von ihr erwartet oder verlangt hatte.

Automatisch straffte sie sich, und ein neuer Stolz und Selbstbewusstsein wuchsen in ihr.

So betraten sie die Kirche und Jacky war nun wieder an Bens Seite.

Die Taufzeremonie war einfach, aber sehr bewegend. Jacky und Ben kämpften beide mit den Tränen der Rührung, als sie ihren kleinen Sohn zornig schreien hörten, während das Wasser über sein Köpfchen gegossen wurde. Mit Jesse hatten sie den besten Paten der Welt gewählt, das wussten sie, und sie waren in dem Moment einfach nur stolze Eltern und fassten sich glücklich an den Händen.

Danach traten sie zurück in den herrlichen Sonnenschein, jeder Nebel hatte sich inzwischen verzogen, und sie genossen auf dem Rückweg den Blick über die Stadt und auf die Bay mit dem unwahrscheinlich blauen Meer.

Jacky hatte Bens Arm umklammert, und so blieb Jesse nichts anderes übrig, als neben Sue zu gehen und ihr ebenfalls den Arm anzubieten.

Sues Herz schlug sofort höher, aber im Gegensatz zu sonst blickte sie nicht starr zu Boden, um ihr rotes Gesicht zu verbergen, sondern schritt leichten Fußes neben ihm her. Also beschloss er, mit ihr zu plaudern.

„Ich werde morgen abreisen und die Sache in Cheyenne erledigen. Sie wissen ja Bescheid über die Vorfälle dort, nicht wahr, Miss Franklin?"

Sue war so erschrocken über die Aussage, dass sie ganz vergaß, verlegen zu sein. Sie blickte Jesse mitten ins Gesicht.

„Sie reisen ab? Für wie lange?"

„Ich kann nicht sagen, wie lange es dauern wird, Miss. Tage, Wochen, Monate ..."

„Monate ...", stöhnte Sue. Jesse würde monatelang weg sein! Dann kam ihr ein anderer Gedanke.

„Aber ... aber das ist doch gefährlich!"

Jesse lachte unbekümmert.

„Erstens bin ich nicht allein, zweitens kann ich gut auf mich selbst aufpassen und drittens weiß ich, was mich in Cheyenne erwarten wird. Mir wird nichts passieren!"

Doch Sue war überzeugt, dass sie Jesse nie wiedersehen würde. Verzweifelt sah sie ihn an, wenn sie ihn nur zurückhalten könnte. Warum tat Jacky nichts dagegen und ließ Jesse einfach ziehen?

Und was hieß das, er würde nicht allein sein?

„Wird Mr. Hart Sie begleiten?", fragte sie noch entsetzter.

216

„Nein, Mr. Hart wird hierbleiben bei seiner Familie. Nur ich werde gehen, mit ein paar Männern, die ich kenne. Keine Angst, Sie sind hier sicher."

„Darum geht es doch nicht, nicht um mich", stotterte Sue. „Es geht doch um Sie, Mr. Jones!"

„Wie gesagt, ich kann auf mich aufpassen und wenn Jack und Ben mir vertrauen, sollten Sie das auch, Miss Franklin."

„Bitte, nennen Sie mich doch Sue!"

Sie wurde ganz rot im Gesicht und senkte erschrocken über sich selbst den Blick. Nur die Angst um Jesse und ihr Gefühl, dass er in den sicheren Tod reisen würde, hatten sie dazu bringen können, diesen Satz zu sagen.

Jesse war jetzt wirklich überrumpelt, und er lächelte sie überrascht, aber freundlich an. „Sehr gerne, Sue, doch dann sag auch Jesse zu mir und lass das Mr. Jones weg."

„Jesse!", hauchte Sue, und es verschlug ihr für eine kleine Weile die Sprache.

Jesse reizte es, die Situation auszunützen.

Wer wusste schon, wann er demnächst wieder ein nettes Mädchen am Arm hatte, in Cheyenne war für so etwas bestimmt keine Zeit. Er bremste ihr Tempo ein wenig ab und ließ den Abstand zu Jacky und Ben unauffällig größer werden. Jacky brauchte absolut nicht zu wissen, was da gerade passierte.

Als dann ein paar eiligere Passanten überholten und Sichtschutz boten, beugte sich Jesse zu Sue und flüsterte ihr ins Ohr: „Wo ich herkomme, küsst man sich, wenn man sich beim Vornamen nennt, ich finde, das ist ein schöner Brauch, macht man das in San Francisco nicht auch so?"

Sues Herz blieb fast stehen. Ihre Knie zitterten und sie stützte sich fest auf Jesses Arm.

„Ich weiß nicht ...", brachte sie hervor.

„Ja dann sollten wir das vorsichtshalber tun, nicht? Nur damit wir keinen Fehler machen", grinste er.

„Hier, auf der Straße? Vor allen Leuten?"

„Niemand beobachtet uns, nur ein kleiner Kuss!"

Dennoch zog er sie in einen versteckten Hauseingang, fasste sie leicht an den Schultern und drückte ihr einen sanften Kuss auf den Mund. Sue war einer Ohnmacht nahe, aber Jesse hakte sie fest unter, und sie beeilten sich, Ben und Jacky wieder einzuholen.

Als Jacky sich nach ihnen umdrehte, sah sie einen vergnügten Jesse neben einer völlig verstörten Sue, die ein tomatenrotes Gesicht hatte, weil sie fürchtete, jeder müsse ihr ansehen, dass sie soeben geküsst worden war. Jacky überlegte, was Jesse wohl gesagt hatte, dass Sue so durcheinander war, auf einen Kuss kam sie aber nicht.

Sie lieferten Sue zuhause ab und beschlossen, noch zum Hafen hinunterzugehen, es war so ein schöner Tag.

Jacky drückte die Neugierde. „Was hast du mit Sue angestellt? Warum war sie schon wieder so rot im Gesicht? Ich dachte, das hätte sich gegeben ..."

Jesse pfiff nur vor sich hin.

„Nun erzähl schon!", forderte sie. Da stimmte doch etwas nicht, ihr Argwohn war geweckt.

„Du musst nicht alles wissen, Jack!"

„Du hast also etwas angestellt, was hast du ihr gesagt?"

„Das bleibt mein kleines Geheimnis."

Und tatsächlich gab Jesse nicht nach, so dass Jacky beschloss, Sue bei Gelegenheit selbst zu fragen und für den Moment das Thema zu wechseln. Außerdem war James jetzt wichtiger. Sie hielt ihr Kind fest im Arm und war einfach nur glücklich.

# Jesses Warnung

Sie verbrachten einen herrlichen Nachmittag am Meer und Jacky freute sich darauf, mit James in den Wellen plantschen zu können, wenn er größer war. Sie saß am Strand, hatte ihr Kind auf dem Schoß und genoss die Wärme und den leichten Wind. Fürsorglich schützte sie das Baby vor der strahlenden Sonne.

Ben und Jesse hatten sich ein Bier geholt, standen auf dem Pier und beobachteten Jacky.

„Du weißt, was du tust in Cheyenne?", fragte Ben.

„Ja, sicher. Lass mich machen! Ich hoffe nur, dass Taylor dort ist, das würde alle Probleme auf einmal lösen! Und im Gegensatz zu Jack werde ich mich nicht erwischen lassen."

Ben nickte. Er hatte verstanden, Taylor würde nicht mit dem Leben davonkommen. Allmählich machte er sich jedoch Sorgen um Jesse, der das Ganze anscheinend auf die leichte Schulter nahm, aber ihm blieb nichts anderes übrig, als seinem Freund zu vertrauen.

Versonnen schwieg er eine Weile. Dann grinste er.

„Was hast du nun wirklich zu Sue gesagt?", fragte er, denn auch er hatte bemerkt, dass sich da etwas Ungewöhnliches abgespielt haben musste.

„Du bist so neugierig wie Jack!"

„Im Gegensatz zu ihr werde ich mein Wissen nicht gegen dich verwenden."

„Wenn du es Jack verrätst, kündige ich dir die Freundschaft!"

„Jesse, ich werde schweigen wie ein Grab. Also, raus mit der Sprache!"

Als Jesse von dem Kuss erzählte, blieb Ben der Mund offenstehen.

„Du bist verrückt! Willst du nun tatsächlich Sue den Hof machen?", rief er entsetzt aus.

„Kein Gedanke! Es hat einfach heute so schön gepasst. Ich hatte nur Angst, dass sie ohnmächtig umkippt."

„Sie wird sich große Hoffnungen machen ..."

„Bis ich zurückkomme, hat sie hoffentlich einen anderen Verehrer."

„Und wenn nicht?"

Jesse hob unbekümmert die Schultern. „Wir müssen alle mit den kleinen Enttäuschungen leben lernen, nicht?"

„Hat sie das verdient?", wandte Ben beunruhigt ein.

„Hey, ich hab dem Mädel heute eine Freude gemacht, davon kann sie jetzt träumen. Ich hoffe nur, sie schreibt es nicht in ihr Tagebuch, ich bin sicher, ihre Mutter wird es lesen."

„Ich fürchte, das wäre das geringste Problem."

„Ach komm Ben, seit wann bist du so ein Moralapostel? Die Kleine wartet seit Monaten auf so etwas, ich habe ihr den Wunsch erfüllt."

„Die Kleine wurde letzte Woche unseretwegen entführt, hatte ziemlich üble Erlebnisse, ich finde es nicht richtig, wenn du mit ihr spielst! Wenn du ernste Absichten hättest, könnte ich es noch verstehen."

„Habe ich nicht. Jetzt mach da kein Drama draus. Sie ist 17, sie wird sich noch öfter verlieben. Dafür wird ihre Mutter schon sorgen. Pass nur du auf Jack auf, sie soll sich da raushalten."

„Das kannst du, fürchte ich, vergessen. Sie hat etwas vor, und sie will es nicht einmal mir verraten. Aber ehrlich gesagt bin ich momentan froh, wenn sie an etwas anderes denkt, als an Jeff Taylor. Ich mache mir wirklich Sorgen, weil sie so viel Angst hat."

„Das wird schon, am besten, du lenkst sie ab, erinnere sie immer wieder mal daran, wie sie mit den Männern umgesprungen ist, mach sie stolz. Glaube mir, das funktioniert! Im Übrigen sollten wir uns auf den Weg nach Hause machen, es wird allmählich Zeit für dieses seltsame Abendessen."

Ben nickte und rief nach Jacky.

Sie zogen sich zuhause um, legten feine Kleidung an und Jacky versorgte das Baby. Ben machte nicht einmal mehr den Versuch, Jacky zu überreden, James daheim zu lassen, sie hätte sowieso nicht zugestimmt. Also nahm er seinen Sohn, und pünktlich um sieben Uhr läuteten sie die Glocke am Haus der Franklins.

Sie wurden feierlich empfangen und in den großen Salon geleitet, wo der Tisch bereits gedeckt war. Mr. und Mrs. Franklin saßen an den beiden Tischenden und Jacky bekam den Platz neben Jesse, gegenüber von Ben, während Sue verlegen neben Ben Platz nahm.

Sue hob kaum den Blick, denn sie konnte Jesse nicht mehr in die Augen sehen.

Der Kuss hatte sie vollkommen durcheinandergebracht, nie hätte sie das zulassen dürfen, ihre Lippen schienen zu brennen. Was war von einem Mädchen zu halten, das sich von einem Mann auf offener Straße küssen ließ?

Ihre Mutter hätte eine eindeutige Antwort gewusst ...

Der kleine James war ein unerwarteter Gast, aber Mrs. Franklin zeigte keine Spur von Überraschung oder Verärgerung. Sie befahl einfach einem der Dienstmädchen, das Baby mit in den angrenzenden Raum zu nehmen und gut darauf zu achten. So könne das Kind ruhig schlafen und werde nicht gestört.

Jacky wollte zwar etwas dagegen sagen, doch Ben stieß mit dem Fuß an ihr Schienbein und schüttelte unmerklich den Kopf. So schwieg sie, fühlte sich allerdings höchst unwohl und lauschte den ganzen Abend, ob sie etwas von ihrem Sohn hören konnte.

Die Dienstmädchen servierten ein hervorragendes Menü und Jacky deutete unauffällig an, welches Glas und welches Besteck zu nehmen war, wo man die Serviette hinlegte, und so fanden sich Ben und Jesse leicht zurecht, sodass man fast hätte meinen können, auch sie seien in gehobenen Kreisen aufgewachsen.

Während des Essens drehte sich das Gespräch um Belanglosigkeiten, doch sobald das Dessert abgeräumt war und ein Digestif gereicht wurde, bat Mr. Franklin: „Nun, meine liebe Mrs. Hart, wir wären Ihnen sehr verbunden, wenn Sie uns einmal die ganze Geschichte erzählen könnten. Wir haben auch Gerüchte gehört, dass die Bande an Ihnen Rache nehmen wollte, wegen eines Vorfalles ganz woanders."

Jacky sah von Ben zu Jesse.

Jesse lehnte sich gemütlich zurück und signalisierte, dass er bestimmt nichts sagen würde.

Ben dagegen nickte Jacky aufmunternd zu und meinte: „Das ist eine lange Geschichte und nicht so einfach zu erzählen. Vielleicht beginne ich und meine Frau kann dann übernehmen."

Und Ben berichtete etwas ausführlicher von Jackys Kindheitserlebnissen, von dem Überfall und ihrem festen Wunsch, ihre tote Familie zu rächen. Dann übersprang er einfach alles und erwähnte nur, dass es ihnen gelungen war, die Bande ausfindig zu machen und die Mörder von Jackys Familie der Gerechtigkeit zuzuführen.

Niemanden ging es etwas an, wie er Jacky kennengelernt hatte und wie sie anfangs zusammengelebt hatten, ohne verheiratet zu sein, und auch das Gefängnis erwähnte Ben nicht.

Jesse unterdrückte nur mühsam ein Grinsen. Hätte Jacky die Geschichte erzählt, sie hätte nichts ausgelassen, gut dass Ben immer besser nachdachte und vernünftiger war.

Jacky selbst hatte nur halb zugehört, sie war auf ihren Sohn konzentriert, daher widersprach sie nicht und ergänzte auch nichts. Sie vermisste James mit jeder Faser ihres Körpers, war er nicht bei ihr, fehlte ein Teil von ihr.

Erst als sie an der Reihe war, weiterzusprechen, kehrte sie mit einem Ruck in die Tischgesellschaft zurück und berichtete von den Geschehnissen der letzten Woche. Inzwischen hatte sie die Geschichte so oft erzählt, dass die Worte sich wie von selbst formten.

Mr. und Mrs. Franklin hörten beeindruckt zu.

Mr. Franklin ergriff schließlich wieder das Wort.

„Dann ist es also wahr, dass der Drahtzieher der Entführung noch auf freiem Fuß ist und jederzeit erneut zuschlagen könnte?"

Ben nickte.

„Leider, ja. Doch Mr. Jones wird versuchen, in Cheyenne das Übel an der Wurzel zu packen, dann sollte das erledigt sein, und in der Zwischenzeit wird die Polizei verstärkt aufpassen. Ich denke nicht, dass Ihnen Gefahr droht und Ihnen auch nicht, Miss Franklin. Und wir sind vorbereitet und gewarnt, es wird nichts passieren."

Mr. und Mrs. Franklin nickten sich zu, sie hatten das erwartet. Sie würden ihrer Tochter nicht mehr erlauben, den Laden zu betreten, so leid es ihnen tat.

Aber das konnten sie ihr zu gegebener Zeit sagen.

An den Harts und Mr. Jones war gewiss nichts auszusetzen, doch die Gefahr, die durch sie ausgelöst wurde, war einfach zu groß.

Die Einkäufe mochte das Dienstmädchen zukünftig machen, oder man suchte sich ein anderes Geschäft.

Jacky, Ben und Jesse verabschiedeten sich bald darauf. Jesse drückte Sues Hand einen Tick länger, als es nötig gewesen wäre, und sie wurde sofort wieder rot im Gesicht. Zum Glück sah ihre Mutter das nicht, doch Ben bemerkte es und runzelte die Stirn.

Jesse verdrehte leicht die Augen. Er fand Bens Bedenken lächerlich.

Jacky nahm nichts von all dem wahr, sie hatte sowieso nur Augen für ihren Sohn, hielt ihn fest umklammert und war froh, ihn wieder bei sich zu haben.

Die Nacht verlief ruhig und am nächsten Morgen brach Jesse früh auf. Er und seine Männer hatten sich für die erste Fähre verabredet und nach einem reichlichen Frühstück war die Stunde des Abschieds gekommen und Jesse verließ das Haus ohne weitere Verzögerung.

Es war zunächst seltsam, ohne Jesse zu sein, sie waren seine Anwesenheit einfach gewohnt. Genaugenommen waren sie fast immer zu dritt gewesen, seit sie sich kannten. Und nun kam die Sorge hinzu, ob Jesse sich nicht in große Gefahr begab.

Aber es half alles nichts, sie mussten ihr Leben wieder anpacken. Jacky und Ben öffneten also den Laden und legten James in seine kleine Wiege hinter die Theke, wo Jacky ihn jederzeit im Auge hatte.

Claire war gekommen und machte den Haushalt, alles schien wie immer, doch es herrschte sehr bald eine unangenehme Anspannung, die von Jacky ausging.

Jeder, der den Laden betrat, erschreckte sie, bei jedem Mann erwartete sie, Jeff Taylors Gesicht zu sehen. Sie versuchte, freundlich und ruhig zu sein, doch in Wahrheit war sie fahrig und machte Fehler, sodass Ben schließlich unauffällig die Kasse übernahm und froh war, als Claire oben fertig war und unten mit aushalf.

Auch die nächsten Tage änderte sich wenig, immerhin wurde Jacky allmählich etwas ruhiger, aber man konnte nie voraussagen, ob sie nicht doch plötzlich starr vor Schreck war und die Kunden mit ihrem Verhalten irritierte.

Jacky war es sehr unangenehm, sie versuchte mit allen Mitteln, sich zusammenzunehmen, konnte aber vor sich selbst nicht verleugnen, dass Ängste sie nach wie vor überwältigten. Doch sie würde nicht aufgeben, niemals.

So machte sie sich fast trotzig an ihre Aufgaben, war aber immer heimlich froh, wenn James nach ihr schrie und sie sich zurückziehen konnte.

Dass Sue nicht mehr erschien, war allerdings allen aufgefallen, und sie fragten sich, was passiert war. Sie saß nicht einmal mehr auf ihrem Beobachtungsposten am Fenster, und das war mehr als ungewöhnlich.

Jacky war drauf und dran, hinüberzugehen und nachzufragen, vielleicht war sie krank geworden, doch Ben hielt nichts von dieser Idee und erlaubte es ihr nicht.

Und dann nach über einer Woche schlüpfte Sue kurz vor der Mittagspause in den Laden und wartete, bis Ben zugesperrt hatte.

Sie lief auf Jacky zu und umarmte sie heftig.

„Ich darf nicht mehr kommen", weinte sie. „Meine Eltern sagen, es sei zu gefährlich, Jeff Taylor könne zuschlagen und sie wollen nicht, dass ich noch einmal in Gefahr gerate!"

Ben und Jacky sahen sich über das Mädchen hinweg an.

„Vielleicht haben sie recht", meinte Ben. „Bis Jesse zurückkehrt, ist es wohl tatsächlich so, dass es hier nicht wirklich sicher ist. Wobei ich nicht glaube, dass Taylor am helllichten Tag einfach hier hereinspaziert."

„Das sagte ich meinen Eltern auch. Aber sie haben mir alles verboten. Ich darf nichts mehr. Und vielleicht muss ich fort von hier."

„Fort?"

„Ja, sie wollen mich zu einer Tante schicken. Ich will aber nicht! Wenn ich weg bin, wie sollten Jesse und ich ..."

Sue wurde rot und brach entsetzt ab. Das war ihr nun wirklich herausgerutscht.

Jacky hakte sofort ein. „Was sollten Jesse und du?"

Sue schwieg und barg ihren Kopf an Jackys Schulter.

„Was um Himmelswillen ist am Tag der Taufe passiert?", rätselte Jacky. „Ihr nennt euch seitdem anscheinend beim Vornamen, ist es das? Hat Jesse etwas gesagt, das er nicht hätte sagen sollen? Oder hat er sogar um dich angehalten?"

„Lass das, das geht uns nichts an", mischte sich Ben hastig ein.

„Ah, du weißt also Bescheid", stellte Jacky fest.

Sue fuhr erschrocken herum und starrte Ben an. Ben wusste von dem Kuss?

Er bereute seine Worte sofort, als er ihren Blick sah.

„Was heißt Bescheid ... ich wusste das mit den Vornamen", wich Ben aus, aber es war klar, dass er log. Sue weinte erneut, diesmal vor Scham.

„Miss Franklin ...", begann Ben hilflos und wurde von Jacky unterbrochen.

„Sie heißt Sue und du heißt Ben, nennt euch beim Vornamen!", befahl Jacky.

„Das ist vielleicht im Moment keine so gute Idee", wandte Ben zögernd ein, denn er dachte an Jesses Kuss.

„Unsinn! Alles andere wäre doch lächerlich, angesichts dessen, was wir erlebt haben. Sue, sag mir doch bitte, warum du jetzt so weinst, können wir dir helfen?"

Sue schüttelte den Kopf. „Ich muss wieder gehen", hauchte sie. „Meine Mutter darf nicht mitkriegen, dass ich hier bin. Unser Mädchen Clarissa deckt mich."

„So verheult lasse ich dich nicht weg. Komm, trink einen Schluck Wasser und wasche dir das Gesicht, dann bringt Ben dich hinüber."

In diesem Moment klopfte es an der Tür.

Jacky erstarrte.

So hatte es in jener Nacht angefangen, mit einem Klopfen. Ben schob sie zur Seite, ging zur Tür und öffnete, es war ein Telegrammbote. Ben bezahlte ihn und nahm das Telegramm an sich.

„Es ist von Jesse", verkündete er tonlos.

Nun hätten Sue keine zehn Pferde mehr aus dem Laden gebracht.

„Schnell, mach auf, Ben!", drängte Jacky, sie war blass. „Braucht er Geld? Was ist los?"

Ben öffnete das Telegramm und las laut vor:

```
                    Post Office
                     Telegramm

TAYLOR VOR UNS HIER GEWESEN - CALLAHAN TOT - TAYLOR MIT GELD
UND MÄNNERN WEG - KOMMEN HEIM - PASST AUF EUCH AUF - JESSE
```

Ben ließ das Telegramm sinken und es herrschte Totenstille.

# Der Anschlag

Egal wie oft Ben und Jacky das Telegramm noch lasen, wie oft sie versuchten, dem Ganzen eine positive Aussage zu geben, die Botschaft war eindeutig: Taylor hatte den Anwalt Callahan anscheinend ermordet, das Geld an sich genommen und war mit einigen seiner Männer verschwunden, was vielleicht hieß, dass er schon auf dem Weg nach San Francisco war.

Ben ging noch am selben Tag zur Polizei und unterrichtete sie von der neuen Lage. Der Polizeichef versprach, die Augen offenzuhalten und seine Männer zu postieren, doch eine Rundumbewachung konnte auch er nicht garantieren.

„Vielleicht wäre es das Beste, Sie würden mit Ihrer Frau kurzzeitig woanders hinziehen?", schlug er vorsichtig vor.

Ben winkte ab. „Wir lassen uns nicht vertreiben."

„Nur für kurze Zeit, nur zu Ihrer eigenen Sicherheit!"

Ben überlegte und beschloss, mit Jacky darüber zu sprechen. Es würde heißen, dass sie den Laden schließen müssten, wer wusste schon, für wie lange.

Aber wer sagte ihnen, dass Taylor überhaupt auf dem Weg zu ihnen war? Genauso gut konnte er irgendwo anders ein neues Leben beginnen.

Wie erwartet war Jacky ganz entsetzt bei dem Gedanken, den Laden zu verlassen. Für sie kam das überhaupt nicht in Frage. Sie hatte überall Waffen deponiert, im Laden unter der Theke, in der Küche, in ihrem Schlafzimmer, niemand würde sie überraschen können.

„Wir bleiben", bestimmte sie. „Soll er nur kommen! Er wird sehen, was ihn hier erwartet."

Sie klang zuversichtlicher, als ihr zumute war. In den Nächten lag sie wach und lauschte auf Geräusche, tagsüber schrak sie zusammen, wenn man sie unvermutet ansprach. Ben überredete sie oft dazu, den Laden zu verlassen und

Claire stattdessen zu schicken, er nützte den kleinen James als Ausrede, der wunderbar gedieh und seine Mutter mit ständigem Hungergeschrei auf Trab hielt.

James war in den zwei Wochen schon sehr gewachsen, und der Doktor war zufrieden mit ihm, von der zu frühen Geburt merkte man nichts mehr.

Also setzte sich Jacky folgsam mit ihrem Kind in den schattigen Hinterhof und überließ Ben den Laden, sie musste vor sich selbst zugeben, dass sie im Moment kein gutes Bild einer Geschäftsfrau abgab und sich besser fernhielt, ihre Angst war wieder übermächtig geworden.

Sie warteten, dass etwas passieren würde, sie warteten auf Jeff Taylor und seine Männer, und sie warteten ungeduldig auf Jesses Rückkehr.

Mit jedem Tag, der verging, stieg die Anspannung.

Zwei Nächte später geschah es. Jacky und Ben erwachten von einem lauten Klirren. Entsetzt fuhren sie hoch und lauschten. Es klirrte noch einmal und dann krachte etwas.

„Sie sind da!", rief Ben.

Beide fassten gleichzeitig nach ihren Waffen, die neben ihrem Bett lagen, und sprangen zur Zimmertür, doch das unheilvolle Krachen ertönte ein weiteres Mal, diesmal viel lauter, und dann war da nur noch Rauch, der durch alle Ritzen drang.

„Sie haben Feuer gelegt!", schrie Jacky voller Schrecken.

Ben lief durch die Küche und prüfte den Weg zum Treppenhaus hinunter.

Flammen schlugen aus dem Laden und es war heiß und verraucht. Er sah sofort, dass ihnen der Weg nach unten versperrt war, und rannte zurück zu Jacky, die schreckensstarr in der Schlafzimmertür stand.

„Was sollen wir tun?", stammelte sie.

„Vorne kommen wir nicht durch! Schnell, mach eine Decke nass und schling sie dir um den Kopf", rief Ben ihr zu. „Und dann hole James, wir müssen versuchen nach hinten zu entkommen!"

Hustend eilte Jacky mit einer Decke in das Badezimmer, machte sie nass und riss ihr Kind aus der Wiege. In all dem Rauch konnte sie kaum mehr etwas sehen. James begann zu schreien und strampelte wild, sie wickelte ihn in die feuchte Decke mit ein und folgte Ben, der zu den Fenstern rannte, die in den Hinterhof führten.

Dort war die Luft noch etwas besser, die Flammen waren vor allem im vorderen Teil.

Über all dem Lärm und Krachen, die das Feuer verursachte, hörten Jacky und Ben das Bimmeln der Feuerglocke, es würde bald Hilfe kommen, aber für sie konnte das schon zu spät sein.

„Wir müssen raus hier", bestimmte Ben.

„Wir können nicht so hoch hinunterspringen. Nicht mit James", erwiderte Jacky verzweifelt.

Sie lehnte sich aus dem Fenster, schnappte nach Luft und dann sah sie in den Nachbarhäusern Licht.

Die Menschen rannten auf die Straße und versuchten, das Feuer selbst zu löschen, alle hatten Angst um ihre Häuser.

„Wir müssen wieder nach vorne", schrie Jacky. „Dort sind bestimmt Leute, sie sollen eine Leiter bringen!"

„Du bleibst hier, ich werde es versuchen!"

Ben verschwand in die verrauchte Küche und rannte zu den Fenstern, die zur Straße führten. Er öffnete eines und rief um Hilfe. Endlich hörte man ihn und signalisierte, dass man verstanden hatte und ihnen helfen werde.

Ben fühlte die gewaltige Hitze, die von unten heraufdrang. Er hustete, atmete einmal tief nach draußen und eilte dann zurück zu Jacky, die immer noch am Fenster lehnte und James hinaushielt, damit er frischere Luft bekam.

„Sie werden kommen!", keuchte Ben.

Der Lärm auf der Straße wurde größer, anscheinend waren die riesigen Feuerlöschwagen bereits ganz nahe. Im

Hinterhof erschienen nun mehrere Männer und sahen zu Ben und Jacky hinauf.

„Werfen Sie das Kind herunter, Mrs. Hart", rief einer der Männer. „Wir werden es auffangen!"

Jacky schüttelte entsetzt den Kopf. Niemals!

„Bringen Sie eine Leiter!", schrie Ben.

Doch niemand schien eine Leiter auftreiben zu können.

„Wir haben keine andere Chance, Jack!"

Ben entriss ihr das Kind, fasste es an den Händen und beugte sich so weit wie möglich aus dem Fenster. Die Männer unten reckten die Arme, es war vielleicht ein Meter, der fehlte.

„Lassen Sie los, auf drei", rief einer der Männer. „Eins, zwei, drei!"

Ben hatte losgelassen und Jacky schrie verzweifelt auf, doch die Männer hatten James sicher aufgefangen.

„Jetzt du!"

Ben half Jacky aus dem Fenster und hielt sie an den Händen fest. Sie fühlte, wie man nach ihren Beinen griff, dann ließ Ben los und sie stürzte hinunter, fiel zusammen mit den Männern um, die sie aufgefangen hatten, und schlug hart auf dem steinigen Boden auf. Durch ihren linken Arm fuhr ein gewaltiger Schmerz, doch sie kümmerte sich nicht darum, sondern rappelte sich hoch und suchte ihren heftig schreienden Sohn. Sie bekam ihn zurück und er beruhigte sich schnell an ihrer Schulter.

„Wir haben es geschafft, James, alles wird gut", keuchte sie. „Gleich wird dein Vater bei uns sein."

Inzwischen war auch Ben aus dem Fenster geklettert, hielt sich noch am Rahmen fest und sprang dann. Er wurde ebenfalls von den Männern abgefangen, und so blieb er unverletzt. Er hustete und keuchte, sein Atem ging seltsam rasselnd und auch Jacky bekam immer noch schwer Luft. Trotzdem rannten sie zusammen durch ein fremdes Haus, dessen Türen weit geöffnet waren, nach vorne auf die Straße, um zu sehen, was dort passierte. Zwei Feuerwehrwagen waren inzwischen angekommen und Wasser wurde auf das brennende Haus gespritzt. Man sah gleich, dass man nichts mehr retten konnte.

Die Männer versuchten nur noch, die Nachbarhäuser zu schützen, die zum Glück aus Stein gebaut waren und nicht so leicht Feuer fingen. Fassungslos sahen Ben und Jacky mit an, wie ihr ganzer Besitz, ihre gesamte Zukunft in den Flammen verzehrt wurde. Sie hatten nun nichts mehr, der Laden war beinahe alles gewesen, sie mussten von vorne beginnen. Sie waren mit dem nackten Leben davongekommen und das nur knapp.

Plötzlich war Sue bei ihnen, ihre Augen waren vor Schreck weit aufgerissen.

„Was ist passiert? Wie ist das Feuer ausgebrochen?"

Ben blickte sie an.

„Es wurde gelegt, es war wohl Jeff Taylor!"

„Oh nein ... Jacky, was ist mit deinem Arm?"

Jackys linker Arm hing irgendwie seltsam herunter, aber sie empfand keine Schmerzen, sie war wie tot. Mit dem rechten Arm umklammerte sie James, dessen Köpfchen auf ihrer unverletzten Schulter ruhte.

Ben nahm ihr das Kind ab und führte sie zu einem der Feuerwehrleute.

„Das war unser Haus", sagte er zu ihm. „Wir konnten über den Hinterhof entfliehen. Und meine Frau hat sich den Arm verletzt, wir brauchen einen Arzt."

Der Feuerwehrmann wischte sich den Schweiß von der Stirn. „Das tut mir alles sehr leid für Sie, wir konnten nichts mehr retten. Wie ist das Feuer entstanden? Wissen Sie das?"

„Es wurde gelegt, ich vermute, man hat etwas Brennendes in den Laden geworfen. Wir hörten ein Klirren und danach ein Krachen."

„Wer macht so etwas?"

Ben hob die Schultern.

„Sie müssen die Polizei verständigen und mit Ihrer Frau sollten Sie in die Stockton Street ins Hospital gehen, sie hatten Glück, dass Sie da lebend herausgekommen sind."

Er deutete auf das Haus und das obere Stockwerk, aus dem immer noch gewaltiger Qualm drang.

Die Flammen waren nun schon beinahe erloschen.

Jacky starrte stumm auf ihr zerstörtes Haus. Sie fühlte nichts mehr. Es war vorbei. Taylor hatte gesiegt.

Feuerwehrmänner waren vorsichtig in das Gebäude gegangen und suchten nach Brandherden, das Wasser zischte nach wie vor und dicke Rauchschwaden erhoben sich in den Nachthimmel.

Wieder war Sue an Jackys Seite, diesmal wickelte sie die am ganzen Leib zitternde Frau in einen warmen Umhang.

Jacky sah an sich herab.

„Jedes Mal wenn etwas passiert, stehe ich plötzlich ohne Schuhe im Nachthemd auf der Straße, nicht einmal Kens Stiefel habe ich", murmelte sie wirr.

Und dann bimmelten wieder die Feuerglocken. Noch ein Brand? Einer der Löschwagen fuhr los, hier war nichts mehr zu retten, den Rest konnte die verbleibende Mannschaft erledigen.

„Wo brennt es noch?", fragte Ben den Feuerwehrmann.

Dieser erkundigte sich und antwortete dann: „Am Hafen. Auch dort brennt ein Laden!"

Jackys Beine gaben nach und sie sackte zu Boden. Ben reichte James an Sue weiter und hob Jacky auf.

„Er hat den zweiten Laden auch angezündet. Nun haben wir nichts mehr", flüsterte sie. „Es ist vorbei, Ben. Wir sind am Ende!"

Ben schluckte.

Dann fasste er Jacky fest am gesunden Arm. „Wir haben uns drei, und wir haben Jesse. Wir werden wieder von vorne beginnen. Jeff Taylor wird nicht siegen!"

Jacky konnte nicht mehr daran glauben. Sie blickte auf die Leute um sich, ohne sie wirklich zu sehen, und dann war da plötzlich ein Gesicht, jemand, der sie höhnisch angrinste. Das Gesicht stach aus der Menge hervor, und die Erinnerung durchfuhr sie wie ein Messerstich.

Sie schrie auf und deutete auf das Gesicht.

„Er ist da!", rief sie Ben zu und rannte los, sie musste ihn kriegen, sie hatte ihn sofort erkannt, er war Will Taylor wie aus dem Gesicht geschnitten. Sie fühlte einen unermesslichen Zorn, eine Wut, die nicht mehr zu kontrollieren war. Sie wollte ihn mit eigenen Händen fassen, ihn erwürgen, er hatte alles zerstört ...

Doch sie kam nicht weit, Schaulustige versperrten ihr den Weg und Ben fing sie rasch ein.

„Wo ist er?", fragte er.

Sie deutete auf die Straßenecke, wo sie ihn gesehen hatte, aber dort war niemand mehr.

„Bleib hier, Jack, er würde sich freuen, wenn du ihm so in die Arme läufst. Du bist unbewaffnet und verletzt, komm jetzt, wir gehen in das Hospital, wir müssen auch James untersuchen lassen. Hier können wir doch nichts mehr tun."

Sue war ihnen gefolgt und Ben nahm seinen Sohn wieder, hielt ihn beschützend fest.

Mr. Franklin kam auf sie zu und erkundigte sich, wo sie hinwollten. Er winkte sofort einen Kutscher herbei, half Jacky hinauf und hörte nicht auf Ben, der energisch widersprach, als Mr. Franklin bezahlte.

Sie hatten kein Geld mehr, er wusste nicht einmal, wie er die Arztrechnungen würde begleichen können, sie konnten nur hoffen, dass Jesse bald zurückkam und noch Geld übrighatte.

Mr. Franklin war mit Sue ebenfalls in die Kutsche gestiegen, hier war Hilfe nötig, das hatte er schnell erkannt, denn sowohl Ben als auch Jacky befanden sich in Schockzustand und merkten gar nicht, wie es um sie stand. Bens Gesicht war schwarz, er hatte bestimmt viel giftigen Rauch abbekommen, und er atmete rasselnd und keuchend.

Im Hospital verlangte Mr. Franklin einen Arzt, und Ben wurde sofort weggebracht.

Jacky wurde in einen Raum geführt, wo man ihren Arm freilegte. Erstaunt sah sie, dass ihr linker Unterarm einen unnormalen Winkel bildete. Man gab ihr Morphium und richtete den Arm mit Zug gerade, dann wurden feste Binden angelegt und der Arm am Körper festgebunden.

Wie sollte sie nun Taylor töten? Das schien im Moment ihre einzige Sorge zu sein und mehrmals versuchte sie, den Arm zu befreien, doch stets war eine Schwester bei ihr, die sie daran hinderte und ihr gut zuredete.

Man brachte schließlich den schreienden James zu ihr, und sie konnte ihn stillen, man war sich einig, dass das bisschen Morphium dem Kind nicht schaden würde.

„Ihr Sohn ist gesund", meinte der Arzt aufmunternd. „Er scheint wenig Rauch abbekommen zu haben, Ihr Mann dagegen ..."

„Was ist mit Ben?", murmelte Jacky schlaftrunken, das Morphium machte sie sehr benommen.

„Wir können nicht viel tun, wir müssen abwarten, ob sich seine Lunge erholt."

Die Worte drangen wie von fern in Jackys vernebelten Verstand. Sie erfasste sie mühsam und fuhr entsetzt auf.

„Was heißt das? Ich will sofort zu ihm!"

„Sie müssen liegen bleiben, Mrs. Hart, Ihr Arm darf nicht bewegt werden!"

Doch Jacky hatte sich schon erhoben. Die Angst um Ben hatte sie auf einen Schlag hellwach gemacht.

Der Doktor nickte resignierend, und die Schwester nahm den kleinen James und brachte Jacky in Bens Zimmer, das er allein bewohnte.

Ben lag hochaufgerichtet in einem Bett und rang nach Atem. Er hustete, und anscheinend hatte er sich erbrochen, eine Schüssel wurde gerade weggeräumt. Neben ihm befanden sich Sue und Mr. Franklin. Sue tupfte ihm mit einem feuchten Tuch die Stirn ab und war offensichtlich den Tränen nah.

Jacky setzte sich zu Ben auf das Bett und nahm Sue das Tuch aus der Hand. Der kleine James wurde von der Schwester auf das Fußende gelegt.

„Was ist mit dir, Ben", fragte Jacky fassungslos.

Mr. Franklin antwortete. „Ihr Mann hat wohl zu viel Rauch eingeatmet und sich vergiftet. Es steht leider nicht gut um ihn."

Jacky sah Ben an und erkannte, wie ernst sein Zustand war. Die Angst um ihn hüllte sie vollständig ein.

„Lass uns nicht allein, Ben, du hast gesagt, Jeff Taylor wird nicht siegen. Dann lass das nicht zu! Und dein Sohn braucht seinen Vater", flehte sie.

Sie blickte auf seine Hände und bemerkte, dass sie bläulich verfärbt waren. Ben konnte nicht mehr sprechen, sein Atem ging rasselnd, mühsam kämpfte er um jeden Atemzug. Was konnte sie nur tun? Ben, ohne ihn wollte sie nicht sein, sie musste ihm helfen.

„Sue, bitte, öffne das Fenster, Ben braucht Luft, feuchte, kühle Luft!", ordnete sie hilflos an. Es war das Einzige, was ihr einfiel, sie war starr vor Entsetzen, zitterte am ganzen Körper. San Francisco lag im Nachtnebel, das konnte nur gut für Ben sein, und tatsächlich schien er kurz darauf etwas leichter zu atmen.

Mr. Franklin räusperte sich.

„Mrs. Hart, wir werden uns nun verabschieden. Ihr Mann ist stark, er wird es schaffen!"

„Ich werde für ihn beten", versprach Sue mit zitternder Stimme.

Mr. Franklin beugte sich noch einmal zu Jacky.

„Und Mrs. Hart, ich weiß, dass Sie sich jetzt um Geld sorgen. Seien Sie versichert, dass Geld das Geringste Ihrer Probleme sein sollte. Ich habe hier im Hospital für Sie alles geregelt. Sobald es Mr. Hart bessergeht kommen Sie zu mir und wir werden eine Lösung finden."

Jacky starrte ihn nur verständnislos an, sie konnte nichts darauf antworten.

Für sie war in dieser Nacht ihre Welt endgültig zusammengebrochen, sie stand vor Trümmern und Ruinen und wusste noch nicht, wie sie die Kraft finden würde, weiterzuleben.

Sie verbrachte den Rest der Nacht an Bens Seite, half ihm, so gut sie konnte, redete auf ihn ein, weinte, beschwor ihn zu kämpfen und bei ihr zu bleiben, und als der Morgen dämmerte und Ben endlich nicht mehr so viel hustete, sank sie, am Bettrand kauernd, in tiefen Schlaf.

Wenig später wurde sie von einer Schwester geweckt, die den vor Hunger schreienden James routiniert wickelte und dann Jacky dabei half, ihn zu stillen.

Ben schlief endlich, aber sehr unruhig. Jacky fasste nach seinen Händen, sie waren immer noch bläulich verfärbt, aber es schien, als sei das Blau blasser geworden.

Die Schwester sah Jacky kopfschüttelnd an. „Mrs. Hart, Sie sollten im Bett bleiben, Ihr Arm wird nicht richtig zusammenwachsen, wenn Sie das nicht befolgen!"

„Ich habe kein Bett mehr, in das ich mich legen könnte", widersprach Jacky tonlos.

„So ein Unsinn. Sie haben hier ein Bett in der Frauenstation, der Herr, der gestern mit dabei war, hat dafür gesorgt, dass Sie vorerst hierbleiben."

„Ich verlasse meinen Mann nicht, er braucht mich!"

„Das geht nun wirklich nicht. Das ist das Männerstockwerk, die Frauen liegen im Stockwerk darunter. Ihr Mann wird gut versorgt. Dieser freundliche Herr, der mit Ihnen gekommen ist, hat ja im Voraus bezahlt, auch für dieses Zimmer, sodass Ihr Mann nicht im normalen Saal mit den anderen Patienten liegen muss, sondern es hier schön ruhig und gemütlich hat. Sie können ihn jeden Tag am Nachmittag für eine Stunde besuchen."

„Ich bleibe hier", widersprach Jacky störrisch. Man würde sie nur mit Gewalt aus diesem Zimmer entfernen können.

Es gab einige Diskussionen deswegen, aber schließlich einigte man sich darauf, dass man für Jacky ein Bett in das Zimmer schob, wenn sie versprach, sich nicht auf dem Gang blicken zu lassen, wo sie männlichen Patienten begegnen könnte. Mr. Franklin hatte dieses Ergebnis entscheidend beeinflusst, indem er der Schwester ein paar Scheine zugeschoben hatte, aber das erfuhr Jacky nie.

So lagen sie zwei Tage abgeschirmt in den Betten des Hospitals, nur Sue kam jeden Nachmittag zu Besuch und brachte ihnen etwas zu essen mit.

Die Polizei ließ sonst niemanden zu ihnen.

Blumen und kleine Geschenke wurden von wildfremden Leuten oder Kunden geschickt, denn die Geschichte war schon in den Zeitungen gedruckt worden, und die Menschen waren voller Mitgefühl.

Ben erholte sich nur langsam, er hustete die Giftstoffe allmählich aus, doch ob er ganz gesund werden würde, konnte zu dem Zeitpunkt noch niemand sagen.

Endlich, am dritten Tag, erschien Jesse wieder. Zur Besuchszeit betrat er das Zimmer, und an seinem fassungslosen Gesicht erkannten Ben und Jacky sofort, dass er über alles schon Bescheid wusste.

„Euch kann man nicht allein lassen", war das Erste, das er sagte. „Habt ihr meine Warnung nicht gekriegt?"

„Was hätten wir tun sollen?", fauchte ihn Jacky an. „Konnten wir mit so etwas rechnen?"

Er überlegte. „Nein, wahrscheinlich nicht. Ihr könnt froh sein, dass ihr noch lebt. Ich habe die Ruinen gesehen. Dieses verdammte Schwein!"

„Er war dort in der Nacht", berichtete Ben keuchend. „Jack hat ihn gesehen. Er wollte sich wohl überzeugen, dass er uns vernichtet hat."

„Mann, Ben, dich hat es ja böse erwischt. Rede lieber nicht so viel! Wie geht es jetzt weiter? Was machen wir?"

Ben und Jacky schwiegen.

Also ergriff Jesse wieder das Wort.

„Ich glaube, wir sind uns so weit einig, dass wir nicht wieder irgendetwas beginnen können, solange Taylor frei herumläuft. Da ihr beide nun hier festsitzt, ist das wohl meine Aufgabe, ihn zu kriegen, und diesmal wird er mir nicht entkommen. Ich werde mich vorerst in einer Pension in der Nähe einquartieren. Du sagst, du hast ihn in der Nacht des Brandes gesehen, Jack, ich denke, er ist noch hier, er beobachtet das Hospital, vielleicht schlägt er noch einmal zu. Jetzt hätte er leichtes Spiel mit euch beiden. Allerdings weiß die Polizei ja auch Bescheid, ich hatte zu tun, dass ich euch besuchen durfte."

Jacky nickte. „Der Hauptwachtmeister war hier. Es war irgendetwas Brennbares, das hat die Feuerwehr gesagt, Taylors Leute haben erst die Schaufensterscheiben zerbrochen und dann wahrscheinlich Behälter mit Spiritus oder etwas anderem genommen, angezündet und in den Laden geworfen, daher ging es so schnell mit dem Feuer. Es war zu Beginn wie eine Explosion. Die Polizei sucht nach Taylor, aber er versteckt sich anscheinend zu gut."

„Gut, das wäre geklärt. Überlasst Taylor mir. Und du Jack fängst mal an zu überlegen, wie wir wieder zu mehr Geld kommen."

„Wir haben nichts mehr, Jesse. Das Feuer hat uns alles genommen", erwiderte Jacky mutlos.

„Jack, wo bleibt dein kühler Verstand? Zum einen haben wir zweimal Grundbesitz, der einiges wert ist. Wir könnten beide Plätze sofort verkaufen oder zumindest einen. Die Ruinen, die darauf stehen, sind schnell weggeräumt, ich bin sicher, man wird uns die Grundstücke aus der Hand reißen. Zum anderen hast du mir unser Erspartes gegeben, schon vergessen? Ich habe kaum etwas davon verbraucht, weil in Cheyenne nichts mehr zu tun war."

Jackys Gesicht hellte sich plötzlich auf.

Da war nun doch ein Weg, der sich vor ihnen auftat. Sie erinnerte sich auch daran, wie Mr. Franklin sie beruhigt hatte in der Nacht des Feuers.

„Mr. Franklin sagte, Geld sollte unser geringstes Problem sein. Ich bin sicher, er meinte, dass er uns einen Kredit geben wird für einen Neuanfang. Das wäre eine gute Lösung", verkündete sie.

238

„Okay, Jack, siehst du, es wird weitergehen!"

„Jesse, du musst jetzt schon zu ihm, wir schulden ihm so viel, er hat alles bezahlt hier im Hospital. Sie bringen uns Essen und alles, das musst du begleichen. Und wir brauchen etwas zum Anziehen, wir haben nichts mehr, alles ist verbrannt, auch James braucht frische Kleidung."

„Für Ben und James, okay, aber für dich kann ich nichts kaufen, wie soll das gehen?", widersprach Jesse.

„Stell dich nicht so an, frag Claire, sie wird dir helfen und sie kennt meine Größe."

„Na gut, das kann ich tun."

Ben mischte sich ein. „Was war denn nun genau in Cheyenne?" Sofort hustete er wieder und spuckte in die Schüssel.

„Das sieht ja eklig aus", rief Jesse entsetzt. „Bleibt das für immer so?"

„Ich hoffe nicht ..."

Jesse schüttelte sich leicht.

Dann fasste er sich wieder. „Also gut, Cheyenne, ja, wir kamen an und haben uns einquartiert. Dann wollte ich zu Richter Holden gehen, auf halben Weg kam ich am Sheriffbüro vorbei und siehe da, da war ein anderer Sheriff. Ich ging also hinein, erkundigte mich nach Sheriff Bow und erfuhr, dass er schon vor Monaten verschwunden war. Warum, darüber wollte man nicht so recht heraus mit der Sprache, aber es scheint nicht ganz freiwillig gewesen zu sein. Der neue Sheriff jedenfalls machte einen guten Eindruck, also habe ich gleich mit ihm geredet und ihm alles erzählt.

Er kannte natürlich die ganze Geschichte der Taylors, dich kannte er auch von den Gerichtsverhandlungen, Jack, und er war rechtschaffen empört, als er von der Kopfgeldsache erfuhr. Er wollte sofort zu diesem Callahan und ihn zur Rede stellen, also holte ich meine Männer und er seinen Deputy und wir begaben uns zu Callahans Haus. Dort war Totenstille, die Tür war aufgebrochen worden, und wir fanden Callahan tot und fliegenübersät in seinem

Arbeitszimmer, er war erschossen worden. Kein schöner Anblick, das kann ich euch sagen! Der Gestank war entsetzlich. Der Safe stand offen, alles war weg! Der Sheriff las ein paar der Papiere auf dem Tisch und daraus ergab sich, wie viel Geld tatsächlich im Spiel war, wenn ich euch die Summe nenne, fallt ihr um.

Nun, das war offensichtlich alles gestohlen worden.

Also holten wir Pferde und ritten zu Taylors Ranch hinaus. Auch dort herrschte helle Aufregung. Jeff Taylor war vor zwei Tagen dagewesen, hatte alles an Geld und einige wertvolle Sachen eingepackt, wer ihn daran hindern wollte, war erschossen worden, also noch einmal zwei Tote auf der Ranch. Dann war Taylor mit ein paar Männern weggeritten. Der Sheriff war stinkwütend, vor allem, weil man ihn wegen der Schießereien nicht informiert hatte, und schickte sofort ein paar Leute los, um Taylor zu suchen. Er sandte Telegramme in alle Richtungen. Ich habe euch dann eines geschickt, um euch zu warnen, und wir sind sofort wieder in den nächsten Zug zurück gestiegen. Ja, das war alles, dann kam ich hier an und stand vor einem abgebrannten Haus. Sue hat mich gesehen und mir alles erzählt, auch wo ihr seid. Wie lange müsst ihr eigentlich noch hierbleiben?"

„Ich darf mich nicht rühren", berichtete Jacky. „Mein Arm ist übel gebrochen, sie haben ihn irgendwie wieder geradegezogen und bandagiert, wenn ich ihn bewege, wächst er falsch zusammen."

„Aua, das hat wehgetan, nicht?"

„Ich habe ehrlich gesagt in dieser Nacht nichts gespürt. Und dann kriegte ich Morphium. Es tut schon weh jetzt, ja, sobald ich nur ein wenig bewege, aber es ist auszuhalten. Ben geht es so weit gut, sie können sowieso nichts machen, das Gift muss heraus, sagen sie. Es ist von Vorteil, wenn er es aushusten kann. Ich denke, Ben könnte gehen, wir wussten bis jetzt nur nicht, wohin."

„Okay, ich vermute, einstweilen seid ihr hier gut aufgehoben. James ist in Ordnung, nehme ich an?"

„Er hat am wenigsten abgekriegt. Ich habe ihn die ganze Zeit aus dem Fenster gehalten und mit einer Decke abgeschirmt. Und er wurde als Erster gerettet."

Jacky schauderte, als sie daran dachte, wie leicht James hätte fallen können. Es war alles so knapp gewesen.

Jesse setzte sich auf ihr Bett und hielt ihre gesunde Hand. „Wir kriegen dieses Schwein!", versprach er ihr.

Sie lächelte ihn an.

„Ich bin so froh, dass du da bist!"

Weder Jesse noch Jacky bemerkten Bens schockierten Blick. Die beiden hatten sich an der Hand gefasst, so innig, war da mehr zwischen ihnen? Nun, da er so krank war und vielleicht nie wieder gesund werden würde, würde Jacky nicht einen starken, kräftigen Mann bevorzugen? Die Eifersucht war wie ein giftiger Stachel, der sein Herz durchbohrte. Mit Mühe schaffte er es, ruhig zu bleiben. Er konnte doch seinem Freund vertrauen und Jacky auch, aber nun hatte sich alles verändert.

Jesse ließ Jackys Hand los und fuhr fort: „Ihr müsst wachsam sein, ihr wisst, er kann jeden Moment wieder zuschlagen. Ich frage mich, worauf er noch wartet."

„Darüber habe ich auch schon nachgedacht, heute sitzt noch ein Wachmann vor unserer Tür, der niemanden zu uns lässt. Er ist ab dieser Nacht weg, teilten sie uns mit. Vielleicht wartet Taylor einfach, bis wir gar nicht mehr beschützt werden?"

Jesse kaute auf seiner Unterlippe.

„Dazu müsste er aber das Hospital gut beobachten. Natürlich kann zur Besuchszeit jeder das Hospital betreten, man muss am Eingang nur sagen, zu wem man will, ja, kann natürlich sein, dass Taylor einen seiner Männer täglich hier vorbeischickt um zu sehen, was sich tut. Der Wachmann vor eurer Tür ist also schon heute Nacht weg? Das würde dann wohl heißen ..."

Jesse konnte seinen Gedanken nicht zu Ende sprechen, denn in diesem Augenblick ging die Tür auf und Sue erschien mit dem Essenskorb.

Als sie Jesse auf Jackys Bett sitzen sah, blieb sie erst verlegen stehen, aber dann betrat sie doch das Zimmer und stellte den Korb auf den Tisch.

„Meine Eltern bestellen Grüße", hauchte sie und packte aus, was sie mitgebracht hatte.

Jesse half ihr, die Sachen zu Ben und Jacky zu bringen, und da sie noch warm waren, aßen die beiden sofort hungrig alles auf.

Wenn Ben auch einen bitteren Nachgeschmack verspürte. Er hatte sich kaum auf das konzentrieren können, was Jesse mit Jacky besprochen hatte.

Aber nun besann er sich. Jesse stand am Fenster und beobachtete das Treiben auf der Straße, er hatte keinen Blick mehr für Jacky übrig. Es war Freundschaft zwischen den beiden, nicht mehr, oder ... Nein, daran durfte er nicht denken. Und es gab momentan wirklich andere Probleme.

„Vielen Dank, Sue", brachte er hustend hervor. „Richte deinen Eltern bitte unseren besten Dank aus!"

„Ach, seid ihr auch beim Vornamen?", fragte Jesse, wandte sich um und grinste Sue an. „Habt ihr das auch richtig gemacht?"

Sue wurde sofort rot.

Jacky dagegen ging ein Licht auf und sie starrte Jesse ungläubig an. Hatte er tatsächlich Sue am Tag der Taufe geküsst? Das würde zu allem passen!

Und Ben hatte natürlich Bescheid gewusst und ihr nichts davon erzählt. Zum ersten Mal seit Tagen dachte Jacky an etwas anderes als an Jeff Taylor und wie sie ihn am liebsten umbringen würde.

James löste die Spannung, indem er erwachte und zu seinem üblichen „ich verhungere gleich" Geschrei anhob. Ben nahm ihn aus seinem Bettchen und brachte ihn zu Jacky, die mit ihrem eingebundenen Arm immer Probleme hatte, ihn anzulegen.

Fürsorglich deckte Ben die beiden ab, so dass sie kein anstößiges Bild boten. Dann legte er sich wieder hin, die kurze Anstrengung hatte ihn schon erschöpft, und er hustete.

„Ich glaube tatsächlich, es ist besser, wenn du noch eine Weile hierbleibst", meinte Jesse besorgt.

„Ja, vielleicht! Aber bitte, kümmere dich um das Bezahlen."

„Mache ich! Ich werde Sue jetzt heimbegleiten und mit ihren Eltern sprechen. Ist dein Vater schon zuhause, Sue?"

Einen Moment war Sue vollkommen verwirrt, warum wollte Jesse mit ihrem Vater sprechen, wollte er um sie anhalten?

Doch Jesse fuhr fort: „Ich möchte zurückzahlen, was wir euch schulden, von jetzt an übernehme ich das alles."

Ach so, es ging um Geld. Heiße Enttäuschung durchfuhr Sue, und sie musste sich zusammennehmen.

„Mein Vater ist bestimmt zuhause, bis ich heimkomme."

„Gut, dann gehen wir. Ich habe noch einiges zu erledigen heute. Komm Sue, ich nehme den Korb!"

Jesse reichte Sue den Arm und die beiden verschwanden.

Jacky blickte Ben an.

„Warum nur hast du mir verschwiegen, dass Jesse Sue geküsst hat?"

„Weißt du es also jetzt auch? Tut mir leid, er hat mir das Versprechen abgenommen, dir nichts zu verraten, diesen Triumph wollte er dir nicht geben. Wer weiß, was du daraus gemacht hättest!"

„Die arme Sue, sie hofft so sehr ..."

„Ich habe ihm gesagt, er solle nicht mit ihr spielen, aber ich glaube nicht, dass das Eindruck auf ihn machte. Jesse tut, was er will."

„Das fürchte ich auch."

„Wolltest du nicht, dass die beiden zusammenkommen?"

„Nicht so, Ben. Sue hat keine Ahnung, worauf sie sich einlässt. Du musst Jesse zurückhalten, er könnte zu weit gehen. Sue wird alles tun, was er von ihr verlangt!"

Ben hustete, so ersparte er sich eine Antwort. Angelegentlich kümmerte er sich um den kleinen James, der wieder friedlich eingeschlafen war und in sein Bettchen zurückgelegt werden musste. Dennoch dachte er über das Gespräch nach. War Jacky gegen eine Verbindung von Jesse und Sue, weil sie ihn liebte?

Nein, verbot er sich energisch. Darum ging es nicht, Jacky machte sich wirklich Sorgen um Sue und er teilte ihre Meinung, doch er wusste auch, dass Jesse sich nichts sagen lassen würde, und vor allem wollte Ben nicht zwischen die Fronten geraten.

Währenddessen schritten Sue und Jesse die Straßen entlang Richtung Clay Street.

„Nun sag schon, Sue, hast du Ben auch geküsst?", wollte er amüsiert wissen.

Sie starrte auf den Boden und schüttelte leicht den Kopf.

„Also nicht? Hm, ich meine, ich könnte Ben gerne vertreten, er ist schließlich verheiratet und darf das ja gar nicht, aber ich darf und Ben ist mein bester Freund, was meinst du? Soll ich für ihn übernehmen? Damit alles richtig ist."

Sue schüttelte erneut nur den Kopf, sie konnte nicht sprechen.

„Das ist aber schade, ich finde, wir haben das recht gut gemacht, wir zwei, wir könnten das gerne wiederholen und sehen, ob wir es nicht noch besser können. Aber wenn du nicht magst, oder dich nicht traust ..."

Jesse grinste in sich hinein. Er wusste genau, dass Sue sich nach nichts anderem sehnte als nach einem weiteren Kuss, schließlich konnte ein Blinder sehen, dass sie ihn immer noch anhimmelte und von ihm träumte, und er musste vor sich selbst zugeben, dass ihm das schmeichelte. Es reizte ihn, die Situation einfach auszunutzen.

Daher fuhr er fort. „Dann hat sich Jack also doch in dir getäuscht, sie sagte nämlich, du seist mutig geworden."

„Ich bin mutig!"

„Davon merke ich aber nichts ... Ein mutiges Mädchen würde sich nämlich nicht so anstellen."

„Ein anständiges Mädchen küsst nicht!"

„Dann bist du aber keines, du hast mich nämlich schon geküsst. Und nachdem wir das nun geklärt haben, sag mir doch einmal genau, warum du mich kein zweites Mal küssen willst. War es so schlimm?"

Wieder schüttelte Sue den Kopf.

„Na also, dann verstehe ich nicht, warum du dich jetzt plötzlich so zierst."

Er zog sie einfach mit sich in eine Lücke zwischen zwei Häusern, wo sie vor den Blicken auf der Straße einigermaßen geschützt waren, und hob ihren Kopf, damit sie ihn ansehen musste.

„Und nun?", fragte er und stellte den Korb auf den Boden.

Er blickte in ihre Augen und las darin, dass sie für ihn alles tun würde. Es war zu einfach, sein Gewissen regte sich, denn sie war noch ein Kind, ein sehr verliebtes Kind.

Aber ein wenig mit dem Feuer spielen würde nicht schaden, dachte er, und küsste sie zuerst vorsichtig, dann intensiver und sie erwiderte nach anfänglichem Zögern den Kuss bereitwillig. Er umfasste sie fest, spürte ihr Zittern. Sanft löste er sich von ihren Lippen und küsste ihren Hals, so zärtlich er konnte, und sie schauderte.

Schließlich gab er sie frei und sah ihr ins Gesicht.

Sie war tatsächlich hübsch, das musste er zugeben, jetzt, da sie so gelöst wirkte, mit rosig gefärbten Wangen, die Augen noch geschlossen, denn sie genoss einfach das Gefühl, dem Mann so nahe zu sein, den sie liebte.

Aber es war genug, er nahm den Korb wieder auf und reichte ihr galant den Arm.

Sue öffnete verwirrt die Augen und erwiderte schüchtern Jesses Lächeln.

Waren sie nun heimlich verlobt? Müsste ihr Jesse nun nicht seine Liebe gestehen, so wie es in Romanen immer war?

Doch er tat nichts dergleichen, er führte sie behutsam auf die Straße zurück und sie setzten ihren Weg fort.

„Dieser Kuss bleibt wohl besser unser Geheimnis", meinte er nach einer Weile. „Du solltest auch Jack nichts davon sagen, sie mischt sich sowieso viel zu viel in mein Leben ein. Außerdem hat sie jetzt andere Sorgen."

Sue nickte, sie hatte nicht vorgehabt, irgendjemandem etwas zu verraten. Es war herrlich, mit Jesse ein Geheimnis zu teilen, sie war sehr stolz und glücklich, auch wenn sie ein schlechtes Gewissen hatte, sobald sie daran dachte, was ihre Mutter dazu sagen würde. Doch sie wischte die Bedenken schnell beiseite, irgendwann würde Jesse um ihre Hand anhalten, und dann würde keiner mehr fragen, was geschehen war.

Sie erreichten schließlich Sues Elternhaus und Jesse bat Mr. Franklin um ein kurzes Gespräch.

Mr. Franklin wollte zunächst nichts davon wissen, dass Jesse irgendwelche Schulden bezahlte, doch Jesse gab nicht nach und legte überzeugend dar, dass noch genug Geld vorhanden war.

Wegen eines geschäftlichen Neuanfangs, da würde Mrs. Hart mit ihm sprechen, sobald sie wieder in der Lage war, das anzugehen.

Die zwei Männer besiegelten ihre Unterredung mit einem guten Schluck, sie hatten sich ausgezeichnet verstanden.

Sue war in ihrem Zimmer gewesen, hatte auf die gedämpften Stimmen gelauscht und ab und zu Gelächter vernommen, was jedes Mal ihr Herz höher schlagen ließ.

Jesse sprach mit ihrem Vater, vielleicht kamen sie sich näher und Mr. Franklin würde seine ablehnende Haltung aufgeben. Vielleicht durfte sie die Harts wieder besuchen, bei ihnen sein, mit ihnen essen und im Laden helfen, ach nein, es gab keinen Grund mehr.

Der Laden war abgebrannt.

Aber solange Jacky und Ben im Hospital waren, konnte sie zu ihnen gehen und dort auch auf Jesse treffen, so wie heute.

Der Kuss.

Sie schauderte, schämte sich und war gleichzeitig stolz, dass sie so etwas erlebt hatte. Mit dem Mann ihrer Träume. Das musste etwas zu bedeuten haben.

Jesse hatte sich bestimmt auch in sie verliebt, so wie er sie heute angesehen hatte.

Sie schwebte beinahe vor Glück und betrachtete sich im Spiegel, konnte man ihr das anmerken, dass sie heute zur Frau geworden war? Denn ein Kuss bedeutete das doch?

Und die Harts waren in Sicherheit, diesen Taylor würde man bald gefangen nehmen, das hatte ihr der Wachmann im Hospital versprochen.

Zum Glück hatte Sue keine Ahnung, in welcher Gefahr alle immer noch schwebten und was Jesse plante.

Sie wäre vor Sorge umgekommen.

Jesse zog schließlich los, um eine Pension in der Nähe des Hospitals zu finden. Er hatte Glück und mietete ein Zimmer direkt gegenüber, so konnte er das Gebäude im Auge behalten, was er für notwendig erachtete, denn er traute dem Frieden absolut nicht.

Ben und Jacky waren so gut wie wehrlos und Jeff Taylor war ein Mann, der nicht gerne auf Augenhöhe kämpfte. Seit Jesse mit angesehen hatte, wie Taylor ohne Warnung Theo erschossen hatte, traute er ihm alles zu.

Jesse dachte intensiv darüber nach, was er wusste.

Die Zeitungen von San Francisco hatten ausführlich von den Brandanschlägen berichtet, man hatte auch die Entführung erwähnt, man sprach von einer tapferen Geschäftsfrau, der nun alles genommen worden war und deren Mann im Hospital um sein Leben kämpfte.

Jesse konnte nur erahnen, wie viele Tränen beim Lesen dieser rührseligen Artikel geflossen waren, Ben und Jackys Zimmer war voller Blumen und kleiner Geschenke gewesen, die von mitfühlenden Bürgern geschickt worden waren. Nur Besuche waren nicht zugelassen, die Polizei hatte es verboten, außer den Franklins und nun auch Jesse durfte niemand das Zimmer betreten. Noch war ein Polizist anwesend, der den Gang kontrollierte und unten am Eingang war sowieso immer ein Wachmann postiert, Tag und Nacht.

Nach Jesses Meinung reichte das allerdings nicht aus, nicht, nachdem er die Größe und Unübersichtlichkeit des Gebäudes gesehen hatte, und er beschloss, selbst etwas zu unternehmen.

Zunächst suchte er die Männer auf, mit denen er in Cheyenne gewesen war und engagierte zwei von ihnen, Bill Preston und Clint Freeman, erneut. Die beiden hatten sich als sehr zuverlässig erwiesen und schreckten vor Gefahr nicht zurück.

Sowohl Bill als auch Clint hatten bei der Eisenbahn gearbeitet und mit dem verdienten Geld versuchten sie, sich eine neue Existenz aufzubauen. Sie waren 22 Jahre alt und bereit, das Leben anzupacken. Da kam ihnen dieser Jesse Jones gerade recht, er hatte sie reichlich entlohnt für ihre Fahrt nach Cheyenne und diesmal winkte sogar noch mehr Geld.

Jesse ordnete ihnen an, Wache zu halten.

Es war schwierig, denn das Hospital war groß und es gab mehrere Eingänge. Taylor konnte sich allzu leicht Zugang verschaffen. Man hatte zwar feste Besuchszeiten, außerhalb derer jeder Fremde auffallen würde, aber das würde Taylor nicht hindern.

Wehrlose Schwestern niederzuschießen war bestimmt das, was er als zusätzliches Vergnügen betrachtete. Und nun, da der Wachmann vor dem Krankenzimmer selbst abgezogen wurde, vermutete Jesse stark, dass Taylor nicht mehr lange warten würde. Er beschloss, Clint und Bill auf der Rückseite des Gebäudes zu postieren, und Jesse würde die Vorderseite überwachen.

Danach besorgte Jesse zwei Waffen, die er Ben und Jacky ins Zimmer schmuggeln würde. Es traf sich gut, dass er die Kleidung einkaufen musste, die Jacky verlangt hatte. Mit Claires Hilfe erstand er sogar zwei hoffentlich passende Kleider und Wäsche für Jacky und in die wickelte er die geladenen Waffen ein. Er gab das Paket noch am selben Abend an der Pforte ab und setzte sich dann in eine Bar in der Nähe, wo er etwas aß und trank und den Eingang im Auge behielt.

Wenn Taylor zuschlagen würde, würde es bald geschehen. Ben und Jacky konnten jederzeit aus dem Hospital entlassen werden, das musste Taylor ebenfalls klar sein.

Noch waren sie schwach und krank und daher leichte Beute.

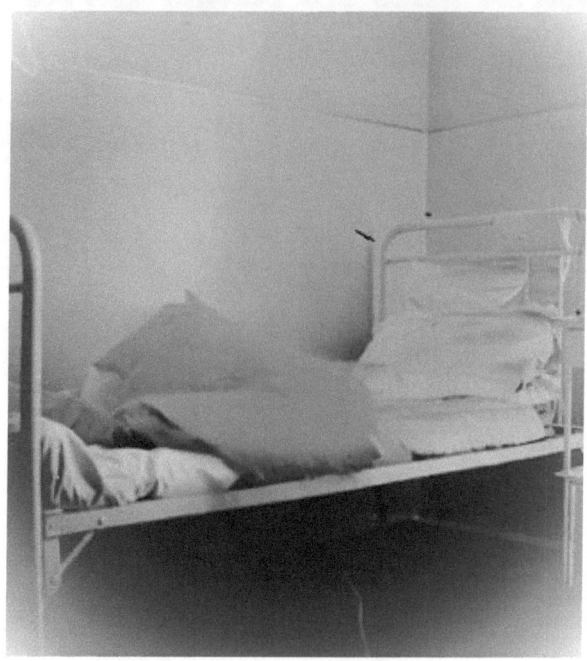

Alles hat einen Anfang und ein Ende
und im Ende liegt ein neuer Anfang.
So ist alles ein ewiger Kreis.

# Showdown

Jesse bestellte sich einen starken Kaffee, er wollte wachbleiben, zumindest bis Mitternacht, das war die Zeit, in der die letzten Male etwas geschehen war. Der Abend verging quälend langsam, die Sonne versank endlich in glühendem Rot im Pazifik, und es wurde allmählich dunkel. Jesse saß in seinem Zimmer am Fenster und wartete.

Und dann schrak er zusammen, als er eine Gruppe von fünf Männern die Straße heraufkommen sah.

Das mussten sie sein!

Er zog seine Waffe, schlich die Treppe hinunter und öffnete vorsichtig die Haustür. Die Männer standen vor dem Eingang des Hospitals, es war verschlossen.

Jesse verlor keine Zeit mehr, er schlenderte gemütlich auf die Straße und ging Richtung Clay Street, als wolle er zum Hafen. Er war sich sicher, dass ihn keiner in der Dunkelheit erkennen würde.

Die Männer waren herumgefahren, aber Jesse grüßte freundlich, und so grüßten sie zurück und gingen ebenfalls weiter, in die andere Richtung.

Sobald Jesse außer Sicht war, rannte er los, zur rückwärtigen Seite, wo Bill und Clint Wache hielten. Er informierte die beiden, sie beratschlagten kurz und kamen zu dem Schluss, dass höchste Eile geboten war. Taylor war inzwischen vielleicht schon im Gebäude.

Bill, Clint und Jesse verschafften sich Zugang, indem sie ein Fenster aufbrachen und hineinkletterten. Rasch liefen sie durch die schwach erleuchteten, verlassenen Treppenhäuser und Gänge zu Ben und Jackys Zimmer.

Würden sie noch rechtzeitig kommen?

Doch schon vernahmen sie Schüsse. Jesses Herz blieb kurz stehen. Sie erhöhten ihr Tempo und rasten, so schnell sie konnten, zu Ben und Jackys Zimmer, wo sie entsetzt sehen mussten, wie die Männer blindlings in den Raum feuerten. Der Schock ließ sie innehalten.

Es gab einen kurzen Moment der Stille, Patienten lugten vorsichtig aus ihren Zimmern. Ein Mann in Uniform rannte plötzlich weg, offensichtlich der Wachmann des Hospitals, den die Bande mitgeschleppt hatte. Die Männer riefen etwas, was Jesse nicht verstand, und schossen auf den Wachmann. Er hatte nur ein paar Meter geschafft und fiel laut schreiend zu Boden.

„Nein!" Jesse brüllte laut und verzweifelt auf. Sie waren zu spät gekommen!

Gleichzeitig feuerten Jesse und seine Begleiter voller Wut auf Taylor und seine Männer, und einer von ihnen sackte zusammen. Die anderen flüchteten in Ben und Jackys Zimmer, zogen ihren verletzten Kameraden mit hinein und schlossen die Tür, während Jesse, Clint und Bill schnell Deckung in einem Raum schräg gegenüber suchten.

Die dort hilflos liegenden Patienten erschraken fast zu Tode, doch Jesse zischte ihnen zu, sie sollten ruhig bleiben.

Er war den Tränen nahe, Wut und grenzenlose Trauer erfüllten ihn.

Ben und Jacky waren bestimmt schon tot! Und der kleine James. Warum waren sie nicht schneller gewesen? Und was sollten sie jetzt tun?

Taylor sollte es büßen, in der Hölle sollte er schmoren. Es würde keine Gnade geben. Nicht für ihn.

Bill, der die Tür einen Spalt aufgemacht hatte, schrie Patienten zu, die auf den Gang getreten waren, sie sollten verschwinden. Die meisten folgten dem Befehl sofort, auch eine Krankenschwester, die erschienen war, floh entsetzt, um Hilfe zu holen.

Doch dann geschah etwas Unerwartetes.

Ein paar Zimmer weiter vorne im Gang tauchte eine kleine Gestalt auf und Jackys Stimme ertönte laut und klar: „Taylor, hier bin ich, mich suchst du, dann komm und hole mich!"

Jacky! Sie lebte!

Jesse war wie vom Blitz getroffen.

Sie lebte! Unendliche Erleichterung durchströmte ihn.

Es war nun wieder totenstill.

Jesses Gedanken rasten. Wenn Jacky am Leben war, dann waren Ben und James bestimmt auch noch wohlauf. Er konnte es nur hoffen.

Jacky hatte am späten Nachmittag voller Freude Jesses Paket entgegengenommen, und mit Bens Hilfe packte sie alles aus.

Als ihr die Waffen in die Hände fielen, war sie sprachlos.

Ben nahm sie ihr aus der Hand. „Jesse macht sich wohl große Sorgen. Es ist gut, dass wir die haben, wir legen sie unter die Kopfkissen, wir müssen sie nur morgen früh rechtzeitig verstecken, wenn die Schwester kommt."

Jacky nickte und bat Ben, das Bettchen mit dem kleinen James zwischen ihre Betten zu schieben. Er sollte keinesfalls eine erste Zielscheibe bieten. Ben war einverstanden und er mühte sich unter Husten ab.

Schließlich war alles für die Nacht bereit. Sie legten sich nieder, doch Jacky blieb hellwach. Ihre Gedanken rasten.

Sie war zum selben Schluss wie Jesse gekommen, hier im Hospital boten sie eine perfekte Gelegenheit. Taylor kannte keinerlei Skrupel, er wollte sie tot sehen, zweimal war sie ihm entkommen, ein drittes Mal würde er das nicht zulassen. Und nun, da der Wachmann vor dem Zimmer nicht mehr da war, hatte Taylor freie Bahn, wenn er erst einmal im Gebäude war.

Sie lauschte auf alle Geräusche und dann hatte sie eine Idee und schlug vor: „Ben, wie wäre es, wenn wir dasselbe machen, wie damals in Cheyenne?"

„Was meinst du?" Ben hatte ebenfalls noch nicht geschlafen, obwohl es schon spät war.

„Wir wechseln den Raum, wir müssen hier raus."

„Was soll das?"

„Ben, er wird zuschlagen, vielleicht noch heute Nacht. Er weiß bestimmt, wo er uns suchen muss, er wird nicht durch die Gänge laufen und in jedes Zimmer sehen, er wird wissen wo wir sind. Der Wachmann ist weg, niemand wird uns helfen! Komm, wir nehmen die Waffen mit und suchen ein leeres Zimmer. Ich will nicht bleiben, wir sitzen hier wie die Ratten im Loch, vertrau mir!"

Ben nickte zustimmend, nahm den schlafenden James und folgte Jacky auf den Gang.

Sie wandte sich nach rechts, öffnete leise ein paar Türen, lugte kurz hinein und fand schließlich einen leeren Raum, nicht allzu weit weg, schräg gegenüber. Ben legte James auf ein Bett und setzte sich dann in einen Sessel, während Jacky das Fenster öffnete, damit er Luft bekam.

Sie konnte sich nicht hinlegen, sie war zu nervös. Daher postierte sie sich mit ihrem Revolver an der Tür, die sie einen Spalt offenhielt, um alles zu beobachten.

Die Nachtschwester huschte ein paar Mal durch den nur schwach beleuchteten Gang, ansonsten geschah nichts. Die Turmuhr in der Nähe schlug Mitternacht. Die perfekte Zeit, das wusste sie aus leidvoller Erfahrung.

Und tatsächlich ertönten plötzlich schwere Schritte, eine Gruppe Männer näherte sich vom anderen Ende des Ganges. Zunächst waren sie in dem dämmrigen Licht nur schemenhaft zu erkennen, dann, als sie herankamen, erschrak Jacky zutiefst: Sie hatten einen Polizisten in ihrer Gewalt. Sie wusste, dass jemand unten am Eingang Wache gehalten hatte, das musste dieser Mann sein.

Einer der Gangster hielt eine Waffe an seinen Kopf, und der Gefangene führte sie direkt zu ihrem Ziel, das Zimmer, in dem die Harts liegen sollten.

Jacky winkte Ben herbei und sie beobachteten angespannt, wie die Männer stehenblieben und die Tür öffneten. Sofort schossen die Männer blind in das Zimmer, ohne zu merken, dass es leer war. Wie gut, dass sie nicht mehr drinlagen, wieder war ihre Intuition richtig gewesen.

Kurze Zeit war es totenstill, dann hörte man ärgerliche Rufe, die Männer hatten wohl begriffen, dass Ben und Jacky nicht anwesend waren, während sich auf dem Gang mehrere Türen öffneten und Patienten neugierig herauslugten.

Der Wachmann nützte die Verwirrung, riss sich los und rannte davon. Als er beinahe an Jacky vorbei war, traf ihn ein Schuss und er fiel zu Boden. Jacky konnte nichts tun, sie sah, wie er sich stöhnend herumwälzte. Sie hoffte verzweifelt, er würde es ohne ihre Hilfe überleben. Wenn sie zu ihm laufen würde, wäre sie tot.

Und dann, beinahe gleichzeitig hörte man aus der Richtung, von der die Männer gekommen waren, einen lauten Schrei und es wurde erneut geschossen.

„Das ist Jesse!", flüsterte Ben und sie nickte voller Erleichterung. Jesse war gekommen, um sie zu retten.

Taylors Männer hatten sich unterdessen in ihr ehemaliges Zimmer zurückgezogen und sich verschanzt. Jeder Versuch, sie dort zu überwältigen, würde viele Opfer fordern. Wie konnte man das verhindern?

Es musste einfach einen Weg geben, sie herauszulocken. Jacky überlegte fieberhaft und betrachtete aufmerksam den Gang, sah, wie Türen halb geöffnet und gleich wieder geschlossen wurden. Die Türen, ... natürlich!

Taylor würde keine Chance mehr haben.

Sie warf Ben einen entschlossenen Blick zu und trat auf den Gang hinaus. Er lief ihr entsetzt nach, um sie zurückzuhalten, aber sie schüttelte ihn ab, legte den Finger auf den Mund und bewegte sich langsam auf den Raum zu, in dem Taylor mit seinen Männern festsaß.

Ihre Wut war immens, sie war noch stärker als die Angst. Und ihr Vertrauen in Jesse war unendlich, er würde ihr helfen, das hatte er immer getan.

Sie mussten Taylor erledigen.

Endgültig, der Albtraum musste enden.

Ungeduldig versuchte Jesse unterdessen etwas auf dem Gang zu erkennen. Wo war Jacky?

Er schob sich an Bill vorbei und öffnete die Tür ein bisschen weiter, doch dann blieb ihm das Herz beinahe stehen. Jacky befand sich mitten auf dem Gang und war auf dem Weg zu Taylors Zimmer.

War sie verrückt geworden? Taylor musste nur aus der Tür schießen und Jesse wusste, dieser Mann kannte keine Skrupel, er würde nicht zögern.

„Verschwinde, Jack!", schrie er und feuerte auf die Tür, hinter der sich Taylor verbarg. Taylors Männer öffneten einen Spalt und erwiderten das Feuer. Jesse musste sich zurückziehen.

Er lud seine Waffe nach, Bill und Clint ebenso.

„Wir müssen sie ablenken von Jack", zischte Jesse und öffnete wieder die Tür.

Jacky war hoffentlich verschwunden, nein, doch nicht, sie stand immer noch im Gang, mit der Waffe in der rechten Hand, wie Jesse nun deutlich sehen konnte. Sie war viel näher gekommen, befand sich nun etwa fünf Meter vor ihrem ehemaligen Zimmer.

„Komm raus, Taylor, zeige dich!", rief sie.

Jesse stöhnte verzweifelt auf. Taylor würde das nicht tun. Er würde immer seine Männer schicken, Jacky war in höchster Gefahr, wie konnte sie nur? Und wo war Ben?

Doch dann bemerkte er, was Jacky wohl schon gewusst hatte, Taylors Tür öffnete sich in Jesses Richtung auf den Gang hinaus, wollte Taylor auf Jacky schießen, die aus der anderen Richtung kam, musste er um die Tür herum zielen oder ganz heraustreten und Jesse ein Ziel bieten. Er wäre verloren.

Sie hatte vor, ihn herauszulocken, ihn endgültig zu erledigen, damit er nicht wieder entkam. Sie war unglaublich.

Also spielte Jesse das Spiel mit, voller Bewunderung für Jackys kühlen Mut und Überlegung.

„Gib auf, Jack, Taylor ist zu feige", rief er ihr zu. „Er hat viel zu viel Angst vor dir!"

„Ich weiß", gab sie scheinbar seelenruhig zurück.

Niemand konnte bemerken, dass sie vor Angst zitterte.

Wieder schossen Taylors Männer auf Jesse und diesmal trafen sie ihn am linken Arm.

„Verdammt", fluchte er und machte Platz für Clint. Er atmete kurz durch, dann biss er die Zähne zusammen und bezog wieder Posten an der Tür, hinter dem am Boden hockenden Bill und Clint, der sich ein wenig bückte, damit Jesse über ihn hinwegzielen konnte.

„Wie viel Munition sie wohl dabei haben?", überlegte Jesse leise. „Ich habe noch genug und ihr?"

„Reicht für eine Armee. Aber wir stecken fest. Was können wir tun, damit sie herauskommen?", fragte Clint.

„Keine Ahnung, ich denke, Jack hat einen Plan."

Den hatte sie tatsächlich. Sie näherte sich langsam dem Zimmer, in dem Taylor festsaß.

Taylor konnte sie nicht sehen, denn dann hätte er den Kopf herausstrecken müssen.

Ihr einziges Problem war, sie hatte nur einen Arm. Sie konnte nicht gleichzeitig die Tür aufmachen und schießen.

Doch dann war plötzlich Ben da, der erkannt hatte, was sie tun wollte. Er war ihr gefolgt und ließ sie nicht allein. Mühsam unterdrückte er einen Hustenanfall, jetzt durften sie keinen Lärm machen.

Gespannt beobachteten Jesse und seine Männer, wie die beiden zu dem Zimmer schlichen.

„Weiter ablenken", befahl Jesse und rief dann laut: „Hey, Taylor, willst du nicht aufgeben? Dann kommst du vielleicht mit dem Leben davon!"

Die Antwort erfolgte mit Kugeln und Jesse, Clint und Bill schossen zurück.

Nun waren Ben und Jacky an der Tür. Jacky blickte Ben an und deutete ihm an, die Tür mit einem Ruck zu öffnen.

Jesse tat sein Möglichstes, er rief erneut etwas, das aber sofort im Kugelhagel unterging, und als die Tür geschlossen wurde, riss Ben sie wieder auf. Einer der Männer, der an der Tür gelehnt hatte, verlor den Halt und fiel auf den Gang vor Jackys Füße. Ben hatte so etwas erwartet, zögerte nicht und erschoss ihn.

Jacky war ebenfalls bereit gewesen und feuerte mehrmals blind in das Zimmer auf die Männer, die sich hinter der Tür verschanzt hatten.

Bill war sofort den Gang entlanggestürmt, gefolgt von Clint und Jesse.

Taylor und seine Männer waren völlig überrumpelt. Einer war ohnehin schon durch Jesses Angriff schwer verletzt worden, den anderen hatte Jacky getroffen.

Taylor versuchte noch, sich hinter einem der Betten zu verbergen, und schoss auf Jacky, da traf ihn ein Schuss aus Bens Revolver und er sackte blutend zusammen.

Jacky spürte einen harten Schlag an ihrer linken Hüfte, es drehte sie nach hinten und sie verlor das Gleichgewicht. Schwer prallte sie auf den Boden, da sie sich mit ihrem verbundenen Arm nicht abstützen konnte. Ein grausamer Schmerz durchfuhr sie, als ihr Arm erneut brach, und das Letzte, was sie dachte, war, ‚der Doktor wird toben!‘, bevor sie in eine gnädige Ohnmacht fiel.

Jesse sprang über Jacky hinweg in das Zimmer und fand einen der Männer mit erhobenen Händen am Boden kauernd, seine Waffe hatte er von sich geworfen.

„Nicht schießen!", rief er.

Bill übernahm den Kerl, während Jesse und Clint die anderen Männer flüchtig untersuchten. Einer wälzte sich verletzt stöhnend herum, zwei waren bereits tot und bei Taylor konnte es auch nicht mehr lange dauern, denn aus Mund und Nase floss Blut. Jesse entwaffnete ihn dennoch vorsichtshalber und behielt ihn im Auge.

Ben war neben Jacky zu Boden gesunken, er hatte ihren Kopf in seinen Schoß gebettet, fühlte, dass sie noch lebte, doch er konnte nichts tun, denn er wurde von einem fürchterlichen Husten geschüttelt.

In diesem Moment wurde es wieder laut im Gang, die Polizei war gekommen, die von der Nachtschwester alarmiert worden war.

Jesse erstattete kurz Bericht und beugte sich dann zu Ben. „Was ist mit Jack?", fragte er.

„Ich glaube, sie wurde irgendwo angeschossen", keuchte er. „Sie ist bewusstlos, aber sie lebt!"

Allmählich füllte sich der Flur mit Menschen, andere Patienten blickten vorsichtig aus ihren Zimmern.

Jacky und der verletzte Wachmann wurden weggebracht und die Polizei führte den einzigen Überlebenden von Taylors Männern ab. Auch die Toten trug man weg, Taylor und der angeschossene Mann waren inzwischen unter ihnen.

„Du blutest!" Ben deutete auf Jesses Arm.

Jesse sah achtlos auf die Wunde. „Ein Streifschuss", meinte er beiläufig, „nichts Schlimmes."

„Lass es wenigstens verbinden."

„Ja, gleich! Wo ist James?"

Der kleine James hatte alles friedlich im anderen Zimmer verschlafen. Ben holte ihn und erkundigte sich dann besorgt nach Jacky.

„Ihre Frau ist in einem Behandlungsraum, ich werde Ihnen Bescheid sagen, sobald ich etwas weiß", versprach die Schwester und nötigte Ben, sich hinzulegen, was er nur widerstrebend befolgte. Dann versorgte sie Jesses Wunde, die tatsächlich nur ein kleiner Streifschuss war.

Jesse verabschiedete Bill und Clint, versprach ihnen, sich am nächsten Tag bei ihnen zu melden und sie auszuzahlen und ließ sich dann erschöpft neben Ben nieder. „Es ist vorbei. Endgültig vorbei! Es gibt hoffentlich keinen Taylor mehr."

„Danke, Jesse, ohne dich wäre das böse ausgegangen."

„Ohne Jack aber auch. Sie hat Nerven wie Drahtseile. Hoffen wir, dass es sie nicht allzu übel erwischt hat!"

„Bitte hör auf, ich kann an nichts anderes denken. Hoffentlich erfahren wir bald etwas. Aber ich hätte sie nicht zurückhalten können. Sie hatte eine gewaltige Wut auf Taylor, wenn sie gekonnt hätte, hätte sie ihn mit eigenen Händen erwürgt. So blieb mir nur, ihr zu helfen."

Jesse klopfte Ben auf die Schulter.

„Sie wird bestimmt wieder gesund, sie hat neun Leben wie eine Katze. Jetzt fangen wir eben ein zweites Mal an, ein normales Leben zu führen. Wobei ich allmählich bezweifle, dass das mit Jack möglich ist."

Ben lehnte sich zurück.

Wieder fuhr der Stachel der Eifersucht durch sein Herz.

Ja, wenn Jacky wieder gesund war, wie würde sie sich entscheiden? Für ihn oder für Jesse?

Inzwischen war Jacky im Behandlungsraum erwacht. Diesmal half ihr kein Schock über die Schmerzen hinweg, wieder bekam sie Morphium, dennoch spürte sie noch genug, man richtete ihren Arm neu ein und holte die Kugel aus ihrer Hüfte.

„Diese Wunde wird Sie jetzt hoffentlich daran hindern, weiter herumzulaufen", schalt der Doktor. „Nun ist Schluss mit den Sperenzchen, Sie werden in die Frauenabteilung gelegt und dort bleiben Sie, bis Sie gesund sind! Ihren Mann werde ich gleich informieren."

Jacky widersprach nicht. Sie war so müde, sie wollte nur schlafen. Man trug sie in einen Saal, in dem zehn andere Frauen lagen, und brachte James zu ihr.

„Was ist mit dem Wachmann?", fragte Jacky die Schwester. „Lebt er?"

„Soweit ich gehört habe, wird er es schaffen."

Jacky seufzte erleichtert auf.

„Und Jeff Taylor ist ganz bestimmt tot?"

„Ja, das hat die Polizei gesagt. Er ist tot, er kann Ihnen nichts mehr anhaben."

Als sie das gehört hatte, sank Jacky sofort in einen traumlosen Schlaf. Es war vorbei!

# Fest verwurzelt

## *November 1875*

Es war erneut ein arbeitsreicher Tag gewesen. Jacky schloss den Laden ab und sah sich stolz um. Das alles hatten sie wieder aufgebaut, mit Hilfe eines Kredits von Mr. Franklins Bank und mit dem Geld, das Taylor bei sich gehabt hatte und das ihnen von einem Gericht zur Begleichung der Schäden zugesprochen worden war.

Vor beinahe einem Jahr hatten sie den Laden wieder eröffnen können, größer, über zwei Etagen, und viel schöner als zuvor, und der Andrang der Kunden wuchs immer mehr.

Hinter dem Tresen hörte sie den kleinen James plappern, seine ersten Worte, die er voller Eifer zu jeder Gelegenheit sprach. Und schon kam er auf stämmigen Beinchen auf sie zugestolpert. Sie hob ihn hoch und schwenkte ihn durch die Luft. Er jauchzte vor Vergnügen, und sie küsste ihren Sohn, der sie fest umarmte und ihre Zärtlichkeiten genoss. Doch dann strampelte er ungeduldig und wollte zurück auf den Boden.

Sie lachte, stellte ihn auf seine Beine und fasste sein kleines Händchen.

„Gehen wir zu Claire und schauen wir, was sie Gutes gekocht hat. Ich habe Hunger und du bestimmt auch!"

„Claire", krähte er und zerrte Jacky mit sich.

Sie stiegen langsam die Treppe des neugebauten Hauses hinauf und James wurde in sein Kinderstühlchen gesetzt. Seit Taylor ihr in die Hüfte geschossen hatte, zog Jacky das linke Bein etwas nach, aber das war ein geringer Preis für ihren endgültigen Sieg über die Taylors.

Der Tisch war bereits gedeckt, und auch Ben fand sich ein. Er hustete, ganz hatte er sich nicht mehr erholt, aber er klagte nicht, machte täglich Spaziergänge am Meer und die taten ihm gut. Eines Tages würde er wieder vollkommen gesund sein, darauf vertraute er.

Unten läutete die Türglocke. Jacky seufzte.

Sie schrak jetzt nicht mehr zusammen, aber es hatte lange gedauert. Das Entsetzen hatte tief gesessen.

„Ein später Kunde ...", meinte sie, denn es kam oft vor, dass die Leute nach Ladenschluss noch dringend etwas brauchten.

„Oder Jesse, der weiß, wann es bei uns Essen gibt und der wieder einmal seinen Schlüssel vergessen hat", grinste Ben.

„Ja, das kann auch sein, ich werde nachsehen!"

Es war tatsächlich Jesse, der inzwischen zwar eine eigene Wohnung hatte, sich aber mit schönster Regelmäßigkeit bei Jacky und Ben zum Essen einlud.

Claire hatte seinen Teller bereits vorbereitet und Jesse ließ sich erwartungsvoll am Tisch nieder.

Sie aßen hungrig miteinander, Ben und Jacky fütterten abwechselnd den kleinen James, dann fragte Jesse beiläufig: „Was ist eigentlich mit Sue los? Kauft sie nicht mehr bei uns?"

„Vermisst du sie etwa?", wollte Ben unschuldig wissen.

Jesse verdrehte die Augen.

„Ich frage ja nur. Sonst war sie immer da, wenn ich im Laden war, jetzt habe ich sie seit einigen Wochen nicht gesehen."

„Sue hat andere Interessen, denke ich", ließ Jacky betont harmlos verlauten.

„Aha?"

„Ja, sie hilft seit Neuestem im Hospital mit, sie möchte Krankenschwester werden, bei ihren Besuchen dort hat sie am Pflegen Gefallen gefunden."

„Sue? Eine Krankenschwester?" Jesse blieb der Mund vor Erstaunen offenstehen.

„Wieso nicht? Ich finde, das ist genau das Richtige für sie. Und außerdem macht ihr ein junger Mann den Hof, den sie dort kennenlernte, und er scheint ihr zu gefallen.

Zumindest habe ich sie gestern an seinem Arm die Straße entlanglaufen sehen", erzählte Jacky vergnügt.

Jesse sah sie misstrauisch an.

Sie erwiderte seinen Blick ungerührt. „Du kannst nicht davon ausgehen, dass sie sich ewig nach dir verzehren wird, Jesse. Da hättest du dann doch einmal eindeutiger werden müssen."

„Steckst du dahinter?", ahnte er.

„Ich? Wieso ich? Was hätte ich mit Sues Verehrern zu schaffen? Dieser junge Mann ist sowieso nicht der Einzige. Du hast ziemliche Konkurrenz bekommen. Seit der Entführung wurde Sue unglaublich interessant, und das hat ihre Mutter ausgenützt. Ich denke, sie wird demnächst reich heiraten!"

Ben blickte angelegentlich auf seinen Teller. Zufällig hatte er ein Gespräch zwischen Sue und Jacky mit angehört, das darum ging, wie man sich bei Männern interessant machte, und das war sehr aufschlussreich gewesen, aber davon brauchte Jesse nichts zu wissen.

„Ich finde es nur seltsam, dass sie so plötzlich ...", murrte Jesse leicht beleidigt. Er musste vor sich selbst zugeben, dass es ihn in seiner Ehre kränkte.

„Sie ist erwachsen. Du hattest deine Chance. Vielleicht bist du ihr auch zu alt", spottete Jacky.

„Zu alt ... seit wann ist ein Mann zu alt für ein Mädchen. Und überhaupt bin ich jünger als Ben."

„Ein ganzes halbes Jahr", bestätigte Ben grinsend.

„Wie auch immer, Jesse, du wolltest Sue doch sowieso nicht, also kann es dir egal sein", meinte Jacky, die genau wusste, was in ihm vorging. Sie kannte ihn lange genug,

Jesse antwortete nichts darauf.

Er war überzeugt gewesen, dass Sue nur ihn geliebt hatte, er hatte sich einen Spaß daraus gemacht, mit ihr zu spielen, als Ehefrau kam sie sowieso nicht in Frage. Doch dass sie sich nun so schnell anderen zuwendete, ... anscheinend hatte er sich in ihr getäuscht. Sie hatten in den wenigen sich bietenden Gelegenheiten ein paar heiße

Küsse getauscht, das war von seiner Seite aus alles gewesen, so hatte er es zumindest empfunden und sich in ihrer Liebe gesonnt. Doch nun, da sie kein Interesse mehr an ihm hatte, merkte er beunruhigt, dass da vielleicht mehr gewesen war.

Schließlich verabschiedete er sich von Ben und Jacky, um noch ein wenig durch die Bars zu streifen. Automatisch sah er zu Sues Fenster, als er das Haus verließ, doch sie war nicht zu sehen.

Wieder ein kleiner Stich der Enttäuschung, anscheinend lag ihr tatsächlich nichts mehr an ihm, schade eigentlich, es war ja ganz nett mit ihr gewesen.

Und wenn man noch bedachte, wie reich ihre Eltern waren, gegen Geld war nie etwas einzuwenden, und schließlich betonte Jack immer, dass sie nun auch zur besseren Gesellschaft gehören würden.

Vielleicht konnte er Sue zu einem Sonntagsspaziergang einladen nächstes Wochenende, dann würde er gleich sehen, ob sie sich wirklich in einen anderen verliebt hatte. Ja, das war eine gute Idee!

Als ob so ein Jüngling ihn ausbooten könne, das wäre ja gelacht. Jesse pfiff fröhlich vor sich hin, bis er sein Lieblingslokal erreichte und eintrat.

Als auch Claire gegangen war und James schlafend in seinem Bettchen lag, lachte Jacky Ben triumphierend zu.

„Jesse hat angebissen! Das hat ihn arg getroffen, dass Sue anscheinend andere Männer liebt. Jüngere!"

„Tut sie das denn nicht?"

„Natürlich nicht. Nur, ich habe ihr klargemacht, dass sie Jesse nie kriegt, wenn sie ihn weiter so anhimmelt. Und ein wenig Umgang mit anderen schadet ihr auch nicht, sie muss selbstbewusster werden, wenn sie gegen Jesse bestehen will. Das wird schwer genug werden für sie."

„Das ist also dein Plan. Raffiniert, das muss ich sagen!"

„Und er wird funktionieren. Lass mich nur machen ...“
Sie küsste ihn und führte ihn zum Sofa. Dort setzte sie
sich auf seinen Schoß.

Er nahm sie zärtlich in seine Arme und barg sein
Gesicht in ihrem Haar. Niemals hätte er an ihrer Liebe
zweifeln dürfen, das war ihm sehr bald klargeworden.
Unerschütterlich hatte sie nach ihrer Genesung am
Wiederaufbau des Ladens gearbeitet, sich um ihren Sohn
und vor allem um Ben gekümmert. Kein Tag verging, an
dem sie ihm nicht gezeigt hatte, wie sehr sie ihn liebte und
brauchte.

Jesse war ihrer beider Freund, der beste Freund, nicht
mehr und nicht weniger. Und wenn man es recht
bedachte, war es das Beste, was man in seinem Leben
haben konnte: jemanden zu kennen, der sein Leben für sie
geben würde.

Jacky wandte ihm ihr Gesicht zu und ließ die Bombe
platzen, die sie seit ein paar Tagen mit sich herumtrug.

„Ich hoffe, sie kriegen das demnächst hin, die beiden,
ich hätte nämlich gerne, dass Sue Patin für unsere Tochter
wird.“

Ben hielt die Luft an. „Unsere Tochter? Willst du damit
sagen, dass du schwanger bist?“

„Seit zwei Wochen plagt mich jeden Morgen die
Übelkeit. Es ist nicht so schlimm, wie es bei James war,
also wird es wohl ein Mädchen werden ...“

Ben strahlte. „Ein Mädchen, das wäre wunderbar! Wir
müssen sehen, dass unser Haus in der Jones Street bald
fertig wird. Und dann werden wir dort auch Bäume
pflanzen, einen für jedes Kind. Sie sollen lernen, mit den
Bäumen zu reden, so wie du!“

Jacky schmiegte sich an Ben, fühlte sich vollkommen
verstanden und geborgen. Sie freute sich sehr auf das
Kind, ganz anders, als es bei James gewesen war. Damals
war sie ungeduldig gewesen, hatte auch nicht gewusst, was
es bedeutete, für so einen kleinen Menschen verantwortlich
zu sein. Diesmal würde alles anders laufen.

Nun da ihre kleine Familie wuchs und sie in Sicherheit waren, war das Glück bei ihnen eingekehrt. Sie wollten es festhalten, nie mehr loslassen.

Es war einfach der Traum von einem ganz normalen Leben, der sich nun zu erfüllen schien.

Die bösen Schatten der Vergangenheit waren erneut besiegt worden.

Und auch in Zukunft würden die Bäume über sie wachen und ein Zeichen dafür sein, dass ihre Liebe feste Wurzeln besaß.

# Nachwort

Jetzt, wo ich das letzte Bild einfügte, den letzten Punkt setzte, sitze ich wie immer ehrfürchtig da und kann kaum glauben, dass ich wieder einen Roman vollenden konnte. Es war ein älteres Buch, aber die Überarbeitung war so umfassend, dass ich es als neues Werk betrachte.

Bei diesem Buch war die größte Schwierigkeit, parallele Erlebnisse zu schreiben. Ohne Zeitstrahl und ordentliche Notizen wäre es nicht gegangen. Trotzdem raufte ich mir oft die Haare, waren es vier oder fünf Männer? War es Samstag oder Sonntag? Wie viele Tage waren inzwischen vergangen, wie viele musste ich zurückgehen? Hab ich da nicht einen Tag vergessen? Probleme über Probleme!

Vielen lieben Menschen gebührt wie immer riesiger Dank, ohne euch hätte ich es nicht geschafft. Dazu gehören:

Mein Autorenkollege Holger Haase (ebenfalls Verfasser von historischen Romanen), der mir an ein paar Stellen die Leviten lesen musste. Nochmal danke, nach deinen Anmerkungen lief der erste Showdown wie von selbst.

Die liebe Monika Deinhart („Buchblog mit Senf"), danke für das schöne Foto von mir und für deine wunderbare Rezension des ersten Teils, die mir Mut machte.

Mein genialer Sohn Kilian, danke für das doppelte Lektorat.

Alle Freunde, die mich schon beim ersten Versuch vor ein paar Jahren begleiteten, allen voran die Kinderbuchautorin und meine liebe Freundin Beate Freitag, die mich immer unterstützt, Uwe Gäb und Helga Grosser, euch gebührt wirklich großer Dank.

Alle, die sich im Internet meine ständigen Klagen anhörten und mich aufmunterten, danke dafür!

Alle, die den ersten Teil lasen und sagten, sie wollen wissen, wie es weitergeht, herzlichen Dank, das habe ich wirklich gebraucht.

Meine Familie, besonders mein geliebter geduldiger Mann, der mein Hobby immer unterstützt, egal, was es mal wieder kostet, danke, danke, danke.

Natürlich geht ein riesiges Dankeschön an meine liebe Freundin und Autorenkollegin Isabell Bayer. Ihr haben wir das wunderschöne Cover und die Zierseiten zu verdanken. Danke, dass du dir immer so viele Gedanken machst und die Geduld aufbringst, meine Sonderwünsche zu erfüllen.
Danke, dass du immer für mich da bist! Ich wünsche dir weiterhin viel Erfolg mit deinem Lycrow Verlag.

Und zu guter Letzt (das Wichtigste kommt immer am Schluss) ergeht an euch ein Dank, die ihr dieses Buch gelesen habt. Ich hoffe, es hat euch gefallen und gut unterhalten. Vielleicht seid ihr sogar neugierig, ob es noch einen dritten Teil geben wird?
Ja, wird es. Jackys Abenteuer gehen weiter.

Hinweis: Die indigenen Sprüche habe ich diesmal teilweise von der Seite https://www.indian-drums.de/ übernommen.
Seiten 24 / 40 / 70 / 100 / 132 / 140 / 158 / 182 / 192

Hinweis: Auf S. 234 stillt Jacky ihr Kind, obwohl sie Morphium bekam. Das ist aus heutiger Sicht natürlich medizinisch bedenklich.

Weitere Bücher der Autorin:

Ihr habt noch nicht genug von mir? Ich kann euch etwas mehr Lesestoff bieten!

Das amerikanische Kind Jacky Hart hatte einen ersten Teil, ,Die Kette des Apachen'. Hier erfahrt ihr, wie sich Jacky, Ben und Jesse kennenlernten und die Mörder von Jackys Familie jagten. Der dritte Band wird folgen.

Und dann ist da die Abby-Serie:

Die Geschichte einer taffen Frau an der Seite des Banditen Butch Cassidy.

*Abby 1: Mit Butch Cassidy auf dem Outlaw Trail*

*Abby 2: Totgesagte leben länger*

*Abby 3: Auf der Seite des Gesetzes*

*Abby 4: Die wahre Heimat*

Zwei weitere Bücher aus dem historischen Bereich sind:

### Rache und Gerechtigkeit
Die Geschichte einer jungen Frau, die von zwei üblen Verbrechern entführt wird.

### Wohin das Schicksal führt,
Ein Roman über das Leben einer starken Frau im ausgehenden 19. Jahrhundert, erschienen im Lycrow Verlag.

Doch das ist noch nicht alles: Ich habe auch zwei Thriller geschrieben, die ebenfalls im Lycrow Verlag erschienen.

### Und du bist ewig Sein
Die junge Marlee Baker wird zur gefährlichen Serienmörderin.

### Das Böse im Schatten
Eine mordende 15-Jährige versetzt ihre Umgebung in Angst und Schrecken.